H・G・ウェルズ

ポリー氏の人生

高儀進 訳

ExLibris Classics
白水社

ポリー氏の人生

THE HISTORY OF MR POLLY
by
H. G. Wells
1910

装丁　緒方修一

カバー図版　Lebrecht/アフロ

ポリー氏の人生＊目次

第一章　始まりと大商店《バザール》

1

「穴ぼこ！」とポリー氏は言ってから、今度はうんと力を込め、「**あーなーぼーこー！**」と叫んだ。そして間を置き、自分にしかわからない、独特な文句を口にし始めた。「**おお、おぞましい、アホな喘息病みの穴ぼこ！**」

彼は擦り切れたような二つの牧草地のあいだの垣の踏越し段に坐って、消化不良にひどく苦しんでいた。

これまでの人生で、ほとんど毎日、午後になると消化不良に苦しんでいたが、内省に欠けていたので、それに関連する不快感を外界に投射した。午後になるといつも、人生全体、人生の見せるあらゆる面は「おぞましい」ものだと、改めて思うのだった。そして今日の午後、三月の風が東から吹いているので青い、空の欺瞞的な青さに誘われ、春の楽しさの何かが摑めるのではないかと期待して、ここにやってきたのだ。ところが、精神と肉体の神秘的な錬金術的作用が、春のどんな楽しさも許しはしなかった。

彼は外出する前に、帽子を見つけるのにいささか苦労した。縁なし帽――新しいゴルフ帽――がかぶりたかったのだが、ポリー夫人は案の定、古い茶色のフェルト帽を捜し出し、「あんたの帽子はここ」と安心させるかのように言ったが、その口調は素っ気なかった。

彼は台所の食器棚の下にある新聞の束のあいだを引っ掻き回していたのだが、大いに期待して振り向き、妻の差し出したものを受け取った。そして、かぶった。だが、具合がよくなかった。何もかも具合がよくなかった。震える片手を帽子の天辺に置き、頭にぐいと押しつけ、右に傾けてから左に傾けた。

屈辱を蒙ったという強い気持ちが胸に徹した。帽子は、顔の上部の左四分の一を隠した。彼は、憤怒に燃えた目で帽子の鍔《つば》の下から妻を睨みながら話した。声は、怒りで不明瞭になっていた。「お前はこの馬鹿げた泥饅頭を永久にかぶせたいんだと思うな、え？　かぶるつもりなんてない。うんざりしたんだ。その点になれば、何もかにもうんざりした……帽子！」

震える指で帽子を摑んだ。そして「帽子！」と繰り返した。それから、帽子を地面に叩きつけ、途方もない怒りを込めて台所の向こうに蹴飛ばした。帽子は舞い上がってドアに当たり、リボンのバンドが半分外れて地面に落ちた。

「外には行かない！」と彼は言って、上着のポケットに両手を突っ込むと、行方不明の帽子が右ポケットに入っていた。

ひとことも言わずに上階《うえ》に真っすぐ行き、外に出、店のドアを力一杯バタンと閉めた。

「結構ね！」と、やがてポリー夫人は、恐ろしいほどの静寂に向かって言い、投げ捨てられた帽子を拾い上げて埃を払い、「癇癪」と言い添えた。「あたしは我慢できない」。そして、ひどく感情を害された女特有の、気の進まぬゆっくりとした動作で、終えたばかりの食事の簡素な食器を流しに運ぼうと、積み重ね始めた。

　夫のために用意した食事は、夫の恩知らずな態度を正当化するようには彼女には思えなかった。日曜日の残りの冷えたポーク、いくらかの美味の冷えたジャガイモ、彼が尋常でないほどに好きなラシュドール印のミクスト・ピクルスを出したのだ。彼はピクルスのガーキンを三つ、玉葱を二つ、小さなカリフラワーの結球を一つ、ケイパーを数個、見た目は旨そうに、そして実際、ガツガツと食べた。さらにそのあと、糖蜜を添えた、冷えたスエット・プディング（刻んだ牛脂と小麦粉にレーズンやスパイスなどを入れたプディング）、そして、かなりの量のチーズを出した。それは、彼が好んだ淡い色の固いチーズだった。赤いチーズは消化不良になると彼は断言した。そして、パン屋の灰色っぽい大きな三切れのパンも食べた。そして、水差しのビールの大半を飲んだ。……でも、世の中にはどうしてやっても喜ばない人間がいるようだ。

「癇癪！」と流しのところにいたポリー夫人は、彼の皿に付いた辛子を拭おうと苦労しながら、自分の身に起こった問題の唯一の答えを口にした。

　そしてポリー氏は、垣の踏越し段に坐って、人生の仕組み全体を憎んだ――それは彼にとっては過剰であると同時に不足だった。彼はフィッシュボーンを憎み、フィッシュボーン本通りを憎み、自分の店と妻と隣人たち――すべての呪わしい隣人たち――を憎んだ。そして、言うに言われぬ激しさで自分自身を憎んだ。

「なんで自分は、こんな馬鹿げた穴ぼこに落っこっちまったんだろう？　一体なんで？」

　彼は垣の踏越し段に坐り続け、はっきりとは感知できない欠陥で曇らされている目で、辺りを見やった。春の樹木の芽でさえ萎れ、陽光は金属的で、物の影には濃い藍色のインクが混ざっていた。わたしの知っている道徳家にとっては、彼は罪深い不満な人間の例になったかもしれない。だがそれは、道徳家が、ポリー氏が太っているのを見て、物質的要因を無視する傾きがあるせいである――

もし、彼がついさっきとった食事をその一つの要因と言っていいなら。事実、当節、わたしたちの教師は酒の量と質の両方については批判するだろうが、教会も国家も学校も、男と男の空腹と妻の料理のあいだの関係については指を上げて警告はしないだろう。そういう訳で、ポリー氏はこれまでの人生のほとんど毎日、午後になると外界に対して激しい怒りと憎しみに駆られるのだが、わたしがなんとも見事に繊細に仄めかしている彼の内的世界こそが、外の事物に邪悪な無秩序な姿を投影していることに彼は気づいていなかった。ある人間が、もっと透明でないのは残念なことである。例えばポリー氏が透明であったなら、あるいはそこそこに透明であったなら、たぶん彼は、二匹の海蛇に巻き殺されたラオコーン的闘いから、実際には自分は人間というより内乱だということを悟っただろう。

驚くべきことがポリー氏の内部で起こっていたに違いない。おお！　驚くべきことが。それは、不況の時代に運営に失敗した工業都市に似ていたに違いない――煽動者、暴力行為、ストライキ、全力を尽くしている治安当局、騒乱、激動、ラ・マルセイエーズ、死刑囚護送車、死刑囚護送車のゴロゴロという雷鳴のような音……

なぜ東風が不健康な人間の人生をさらに悪化させるのか、わたしは知らない。東風はポリー氏の歯を緩めたようだし、肌をがさがさにさせ、髪を、乾いた紐状の手に負えないものにした……

なぜ医者は、東風に対する解毒剤をくれないのか？

「お前は伸びすぎないうちに髪を刈る分別を持ち合わせていない」とポリー氏は、自分の影を目にして言った。「お前は潮垂《しおた》れて駄目になった絵筆みたいだ！　へっ！」彼は、突き出ている髪の尖端を片手でぐいと平らにした。

2

ポリー氏の齢は、正確には三十五歳と半年だった。背が低く、小作りで、ところどころ肉付きが良すぎる傾向がややあった。顔は感じが悪くなかった。目鼻立ちは結構だったが、顔の下半分がほんの少し大きすぎた。鼻は古典的に完璧であるには、ほんの少し尖っていた。感受性豊かな口の両端は、への字に下がっていた。目は赤茶色で、困惑の色が浮かんでいた。左目は何かにびっくりしたように、右目より円くなっていた。顔色は冴えず、黄ばんでいた。それは、すでに説明したように、例の内乱のせいだった。髭を文字通り綺麗に剃っていた。右耳の下にわずかな剃り残しがあり、顎のところに一ヵ所切り傷があったが。額には、何にも満足していない男特有の小さな皺があり、特に右目の上にはごくわずかな皺と瘤があった。彼は両手をポケットに突っ込み、少し斜めに踏越し段に坐り、片脚を振った。

「穴ぼこ!」と間もなく繰り返した。

そして、震え声で歌い出した。「**ぐーれつな、おーぞましい、アホな穴ぼこ!**」

声は怒りで不明瞭だった。あとの文句は、罵りの言葉の不適切な選択によって損なわれた。

彼は、よれよれの黒のモーニング・コートとチョッキを着ていた。それらの衣服の縁取りは、ところどころ緩んでいた。カラーは店の在庫品から選んだもので、折り返しが突き出ていて、それは当時、「ウィング・ポーク」と呼ばれた。それと、新しくて緩くて派手な色のネクタイは、顧客の購買意欲をそそるために選んだものだった——というのも、彼は紳士用装身具を扱っていたからである。やはり在庫品から取り出し、片方の目にかぶさるように斜めになっているゴルフ帽は、彼の惨めさに絶望的な色合いを添えていた。そして、茶色の革の深靴《ブーツ》を履いていた——黒い靴墨の臭いが嫌だったからである。

おそらく、結局のところ、彼を悩ましていたのは単に消化不良だけではなかったのだろう。

ポリー氏の存在の表面下には、もっと大きく、もっと曖昧な苦しみが潜んでいた。彼は初等教育を受けた結果、算術は見せかけの学問で、実務においては避けた方がよいという印象を持つようになった。しかし、帳簿を付けず、元金と利子の区別がまったくできなくとも、本通りの彼の小さな店が儲かっていないという事実に、永遠に盲目ではあり得なかった。収益が上がらないこと、問屋につけが利かなくなったこと、現金箱の中身が激減したこと——笑顔を絶やすまいとする勇猛極まる決意さえ、こうした執拗な現象に打ち勝つことはできなかった。人は、昼食までの午前中とお茶のあとの午後のあいだは忙《せわ》しく立ち働き、背景で湧き上がって広がる、支払い不能という巨大な黒雲を忘れることができるかもしれないが、人生が骨まで露《あらわ》になったように思え、絶望的なほどに赤裸々に現実を見るのは、勇気の一切が穴の中の見えない修羅場まで堕ちてしまう、こうして踏越し段に坐っている午後の時間、食後のそういう灰色の時間のわびしさの中でだった。

揺り籠から、現在のそうした苦境に陥るまでのポリー氏の人生の話をしよう。

初めは誰しも赤ん坊で、乳母《ばあや》の手に抱かれて、おぎゃァおぎゃァといって、涎《よだれ》を垂らす。（シェイクスピア『お気に召すまま』、第二幕第七場）

二人の人間が、ポリー氏をこの世で飛び切り素晴らしく可愛らしいと思い、ちっこいねえ、ちっこいねえと言いながらいとおしそうに足の指の爪にキスし、髪の精妙な柔らかさと繊細さに驚嘆し、彼がバブーと言う時の特異な言い方に互いの注意を惹き合い、彼が発した音が、ただのダ、ダだったのか、あるいは本当の、意図的なダッダ（父ちゃん）だったのかについて論議し、彼の体の隅々まで洗い、柔らかくて温かい毛布に彼を包《くる》み、キスで彼を息ができないほどにした時もあった。それは彼が王侯だった時で、三十四年前のことだった。ポリー氏は幸い忘れっぽかったので、その屈託のない贅沢、独裁的な要求、それが瞬時に受け入れられたことを、現在の暮らしの状況と比較することはなかった。あの二人の人間は、彼の頭の天辺から、精妙な足の裏に至るまで敬った。そしてまた、少々無思慮に育てた。というのも、誰も彼の母に、子供の養育についての奥義について教える労をとらなかったからである――もちろん、月極めで来る乳母と雑役婦は、いくつかの貴重な示唆を与えたのだけれども。そして五回目の誕生日を迎えるまでには、彼の素敵な新しい内面の完璧なリズムは、さまざまな厄介な事柄によって早くも乱されていた……

母は、彼が七歳の時に死んだ。彼は、教育がすでに始まっていた時になってやっと、自分に関するはっきりとした記憶を持ち始めた。

わたしは、「教育」についての一枚の絵を見たことを思い出す――ある所で。それは『教育』という題だったと思うが、十中八九、帝国が「息子たち」を教えている絵で、マンチェスターかバーミンガムかグラスゴーかの、ある公共建築物の壁画だったという鮮明な印象が脳裡にあるが、わたしが間違っていることは大いにありうる。それは、賢そうで恐れを知らぬ顔をした神々しい女が、自分の子供たちの上に身を屈《かが》め、子供たちに遥か彼方の地平線を指差して教えてやっている絵である。空は夏の夜明けの真珠色の暖かみを帯びていて、画面全体が、前景の繊細な美しさを持っている子供たちの若さと希望によってかのように、感嘆するほどに輝いている。彼女は子供たちに、彼らの洋々たる前途について、彼らが旅をし、目にするであろう海と山について、彼らが身に付けるであろう技倆の歓びについて、努力と、努力する誇りについて、実現するのが彼らの義務である献身と高貴さについて語っていた。たぶん彼女は、忍耐心と無垢な心を持った者にやがては訪れる愛の暖かく誇らかな神秘についてさえ囁いたであろう……彼女は彼らに、イギリスの子供として、人類の五分の一以上を統《す》べる者として受け継ぐ偉大な遺産について、果たすべき義務と、そうした帝国の誇りが必要とする最良の人間であることについて、彼らの本質的な気高さと騎士道精神について、騎士と指導者にふさわしい抑制と慈愛と鍛錬された力について語ったであろう……

ポリー氏の教育は、この絵に非常に忠実に従ったものではなかった。彼は、しばらくのあいだ、国民学校（一八七〇年に公立学校が出来る前、ボランティア団体によって運営された学校）に通った。その学校は、もっぱら訓練されていない教員を雇うことで経費を抑えるという、厳しい節約方針で運営されていた。彼は、自分には理解できない、また、誰も彼に理解させようとしなかった算数をやらされた。また、至極勤勉に、句読点や意味などまったく無視して教理問答《カテキズム》、聖書を読むよう仕向けられた。さらに、習字の手本と素描の模写をやらされた。封蠟、蚕《かいこ》、ジャガイモ虫、生姜、鉄、そういったものの実物教育を受けた。彼の精神が受け入れるのを拒んだ、さまざまなほかの事柄も教えられた。その後、彼は十二くらいになった時、父親から、外観は惨めで、自負心はさらに惨めな私立学校に「仕上げ」をするためにいきなり放り込まれた。そこでは実物教育はなく、老紳士の指導のもとに簿記とフランス語の勉強が行われた（しかし決して実際には目標に達することなく）。老紳士はありふれたガウンを羽織り、嗅ぎ煙草を嗅ぎ、装飾的な書体で続け字を書き、何も説明せず、鞭を驚くほど巧みに、熱意を込めて使った。

ポリー氏は六歳で国民学校に行き、私立学校を十四歳で卒業したが、その時までには彼の精神は、親愛なる読者よ、もし諸君が、善意で、進取の気性に富んではいるが、かなり過労で安給金の肉屋の小僧に盲腸の手術を施され、手術が最高潮に達した時に、今度は志は高いが不摂生な左ぎっちょの事務員に小僧が取って代わられたのと、ほぼ同じような状態だったのだ――つまるところ、彼の精神は完全に混乱していた。子供の頃の素敵なちょっとした好奇心と自発心は切り刻まれ、混乱し、挫折した状態だったのである――施術者たちは、いわば、自分たちが使用した一切の海綿と結紮糸《けっさつし》をぐじゃぐじゃにしたままにした。そしてポリー氏は、数字と科学と言語と、物事を習得する可能性に関する限り、生来の自信の多くを失った。彼は現在の世界を、経験の「不思議の国《ワンダーランド》」とはもはや考えず、地理と歴史として、発音しにくい名前の繰り返しとして、産物と人口のリストとして、高さと長さとして、表と日付として考えた――おお！　筆舌に尽くし難い退屈。彼は宗教を、覚えにくい、総じてちんぷんかんぷんの言葉の朗誦として考え、神を、学校教師の性格を持ち、既知の、あるいは未知の無数の規則、常に仮借なく強制される規則を作り、人を罰する無際限の能力と――あらゆるものの中で考えうる最も恐ろしいことだが――監視の無限の力を持つ、無限の存在と考えていた。（そういう訳で彼は、容赦しない神のその目を、なんとか考えまいとした。）彼は、われわれの美しいがきわめて豊富で人を困惑させる言語のほとんどの言葉の綴りも発音も怪しかった――それは殊のほか残念なことだった。なぜなら、言葉は彼を惹きつけ、もっと恵まれた状況に置かれていたならば、言葉を的確に使いこなしたかもしれないからだ。63は8×7か9×8か、いつも自信がなかった（その難問を解くなんの方法も知らなかった）、そして、素描の長所は「ライニング・イン」（自在画に鉛筆で仕上げ線を描くこと）を丁寧にすることにあると思った。「ライニング・イン」は、彼にとって限りなく退屈だった。

　しかし、彼のその後の人生において非常に大きな役割を果たすことになる、精神と肉体の消化不良は、まだ始まったばかりだった。肝臓と胃液、驚異の念と想像力は、魂と肉体の両方を圧倒しそうな物事に対する闘いを続けた。学校のカリキュラムで滅茶滅茶に荒らされた領域以外では、彼は依然として強い好奇心を抱いていた。彼には進取の気性を発揮する明るい面があり、十三歳の頃、読書とその愉しみを不意に発見した。物語と、やはり冒険に満ちたものなら旅行記を貪欲に読み始めた。そうした本を、もっぱら地元の労働者教育用施設から借り、また、凡庸な連中が「三文犯罪小説」と呼んでいた血湧き肉躍る週刊誌の一つを、時たま購読しただけだったが、初めから終わりまですっかり読み、いつもではないものの、完全に理解した。そうした週刊誌は、想像力の充満した賞讃すべき週刊誌だった。当節では、安っぽい少年向け「漫画」に取って代わられているが。彼が十四歳で教育の影の谷（旧約聖書の詩篇第二三篇の「死の影の谷」のもじり）から姿を現わした時、世界には興味深いものと幸福が存在するということを暗示する何かが、つまり、例の『教育』という絵のあの美しい女の指のような、目に見える際立った指ではないものの、ともかくも指し示す何かが心の中に残っていた――それは実際三十五歳になっても、ぼかされ、挫《くじ》かれてはいたものの、依然として残っていた。ポリー氏の存在の奥深くに、あの暗闇の奥深くに、頭を殴られ死んだと見なされたが、まだ生きている動物のように、愉しく素敵な物に加えて、美と歓びがあるという信念が這っていた。どこかに――おそらく摩訶不思議でそこには近づけないかもしれないが――それでもどこかに、肉体と精神の純粋で気楽で喜ばしい状態があるという信念が。

　月のない冬の夜、そっと家を抜け出して星を見上げ、そのあと、自分がどこにいたのかを父には話しにくいと思ったものだった。

　狩人と探検家についての話を読み、ムスタングに跨《また》がってアメリカ西部の草原地帯を風のように素早く横切る自分の姿や、征服し崇敬される白人として中央アフリカの密集する部落の中にやってくる自分の姿を想像した。リボルバーで熊を撃ち――もう一方の手に煙草を持って――熊の歯と爪で酋長の美しい若い娘のためにネックレスを作った。また、ライオンが彼の上にのしかかった時、先の尖った杭でライオンの心臓を刺し貫いた。

　潜水夫になって海の暗い緑の神秘の中に降りて行ったら素敵だろうと思った。

　ほとんど難攻不落の要塞に突撃隊を率いて突入し、勝利の瞬間に塁壁の上で死んだ。（彼の墓は、国民の涙で濡れた。）

一対十で敵艦に激突し、水雷で敵艦を破壊した。

蛮地の女王たちに愛され、すべての国をキリスト教と和解させた。

殉教者になり、そのことを至極平然と、見事に受け入れた——ただし信仰復興週間後の一度か二度で、それが習慣になることはなかった。

アマゾン川を探検し、巨木が倒れたために新たに剝き出しになった大きな金塊を発見した。

こうした仕事に従事していたので彼は、手元の直ちにすべきことをなおざりにし、教室の長い腰掛けにややだらしなく坐り、鞭を持った教師の注意を惹くような態度をとった……そして二度、本を没収された。

人生の現実に呼び戻された彼は、その場に応じ、目の辺りを擦《こす》るか溜め息をつくかし、できるだけうまく装飾的な書体で続け字を書く試みを続けるのだった。書くのが大嫌いだった。インクはいつも指のあいだに這い登り、インクの臭いは気分を悪くした。そして、口には出さない疑念に取り憑かれた。なぜ、右から左に斜めに書かねばならないのか？　なぜ、下向きの線は太く、上向きの線は細くなければならないのか？　なぜ、ペン軸は右の肩越しを指していなければならないのか？

学校を終える頃の習字帳は彼のその後の運命を予示していて、商業文の形をとっていた。「拝啓」と、それは始まっていた。「先月二十六日の貴殿の御注文に関してでございますが、次のように御通知申し上げたく」等々。

当時の教育機関でのポリー氏の精神と魂の圧搾は、十四回目と十五回目の誕生日のあいだで、父によって突如終わらされた。息子の小さな四肢が神の手からじかに届けられたように思われた時、息子の足の指の爪に、いとおしそうにうっとりと五分キスした時をとっくの昔に忘れてしまった父は、こう言った——

「あの忌々しい餓鬼が生計のために何かしてもいい頃だ」
そういう訳で一《ひと》月か二《ふた》月後ポリー氏は、ついには彼を破産した紳士装身具店の店主へと導くことになった、また、今坐っている垣の踏越し段へと導くことになった商売の道に歩み出したのである。

3

ポリー氏は生来、靴下類や紳士用装身具には関心がなかった。実際、その商売に偽りであれ興味を持とうと努めたことも何度かあったが、すぐに、もっと自分の性に合った何かが現われ、その努力を阻止した。彼は、ピアノや家具から、本や婦人帽まで売る、大きくてかなり低級の店、百貨店に徒弟として入った。正確に言うと、それは、ポート・バードック海軍工廠《こうしょう》を囲む三つの町の一つ、ポート・バードックにあるポート・バードック服地大商店《バザール》だった。彼は、そこに六年とどまった。ほとんどの時間、仕事（それは消化不良を悪化させた）には身を入れずに、快適にではないものの一応幸福に過ごした。

概して仕事の方が学校より好きだった。仕事の時間は学校より長かったが、緊張感はさほどでもなかった。仕事場は学校よりも空気がよく、まったくなんの理由もなく拘束されることもなかったし、鞭が使われることもなかった。自分の口髭の生え具合を興味と忍耐心をもって観察し、世間付き合いの初歩を学んだ。人と話をし、言うべき面白いことがあるのに気づいた。そのうえ、定期的に小遣いを貰い、自分の気に入った服を買う際には意見が言えた。そして間もなく、少額の給料が出るようになった。それに、娘たちがいた！　それに友人も！　のちに思い返すと、ポート・バードックには、かなり多くの楽しい時間の思い出がちりばめられていた。

（「でも、あんまり金は貯まらなかった」とポリー氏は言った。）

最初の徒弟用宿舎は長くてわびしい部屋で、六台のベッド、六つの整理箪司、鏡、木製あるいはブリキ製のいくつかの箱があった。部屋は、八台のベッドのある、さらに長く、さらにわびしい部屋にじかに通じていて、その部屋は、壁面が黄色い木目模様の紙で、エナメル光沢のある油布を掛けたテーブルのある三つ目の部屋に、じかに通じていた。三つ目の部屋は昼間は食堂、九時以降は男の居間、喫煙室だった。ひとりっ子だったポリー氏は、ここで社交の歓びを初めて味わった。まず、洗顔を日毎の義務と考えるのを拒んだせいで苛められかけたが、すぐ上の徒弟と二度喧嘩をしたことで、短気だという、彼にとっては役立った評判を取った。また、店に女徒弟がいたため、ともかくも彼の清潔さの水準は、受け入れられるレベルにまで上がった。もちろん彼は、自分の持ち場にいる女従業員とはあまり関わらなかったが、大商店《バザール》のほかの所に行ったり、彼女たちの邪魔にならないように礼儀正しく脇にどいたり、重い箱を下ろすのを手伝ったりする際には、彼女たちとさりげなく言葉を交わした。そういう時、彼女たちが自分をじろじろ見ているのを感じた。店の男女は、仕事中あるいは食事時間以外は、会う機会はごく稀だった。男たちは自分たちの部屋にいて、娘たちは自分たちの部屋にいた。だが、非常に身近であると同時に非常に遠いそうした女たちは、彼に大きな影響を与えた。彼は行き交う女たちを眺め、その髪の美しさ、首の丸さ、頬の温かそうな柔らかさ、手の繊細さを密かに嘆賞したものだった。また、食事の時間には彼女たちに激しい恋心を抱き、お茶の際にはパンとマーガリンを渡す仕草によって献身ぶりを示そうとした。隣の紳士用服飾品売場に、非常に明るい色の髪をし、明るい色の肌をした女徒弟がいて、彼女に毎朝「お早う」と言ったが、それはしばらくのあいだ、一日の最も重要な出来事に思えた。「あした晴れるといいわね」と彼女が言った時、それは画期的なことに感じた。彼には姉妹がいなかったので、生来、女性を崇拝する傾向があった。しかし、プラットとパーソンズには、そのことを明かさなかった。

プラットとパーソンズには、筋金入りの女誑《おんなたら》しのふりをした。プラットとパーソンズは服地売場の同輩の徒弟で、三人は、自分たちの名前がPで始まるという事実によって親友になった。自分たちは三Pだと決め、晩になると破れかぶれの犬よろしく歩き回った。金を持っている時には、パブに行って飲むこともあった。それから一層破れかぶれになり、互いに腕を組み、歌を歌いながらガス灯の下の舗道を歩いて行くのだった。プラットはテノールの美声で、教会の聖歌隊にいたことがあった。彼が歌の音頭をとった。パーソンズは役に立つ銅鑼声で、大変見事に、喚くかと思うと声を潜め、再び喚いた。ポリー氏の受け持ちは、特異な、唸るような声を出すことで、一種の平板なレチタティーヴォだった。彼はそれを「セカンドを歌う」と呼んだ。三人は、歌い方を知っていれば輪唱しただろうが、実際には、瀕死の兵士と遠く離れた老いた親についてのメランコリックな演芸場《ミュージック・ホール》の歌を歌った。

三人は時折、ポート・バードックの閑静な住宅街に行った。そこでは巡査やその他の邪魔が入ることは稀だった。彼らは自分たちの声を文字通り鷹のように高く舞い上がらせ、大いに愉快な気分になった。辺りの犬はそれを聞いて空しくも張り合おうとし、三Pが夜の闇に呑まれてしまってずっと経ってからも、競い続けた。嫉妬に駆られた一匹のアイリッシュテリアが勇敢にもパーソンズに咬みつこうとしたが、数と結束に敗れた。

三Pは互いに相手に対し最大の関心を抱き、自分たちの仲間以上に良い仲間はないと思っていた。そして、この世のあらゆることについて話した。ガス灯が消えたあとも、ほかの者たちが深靴《ブーツ》を三人に投げつけざるを得なくなるまで、宿舎で喋り続けた。午後の閑散とした時間に自分たちの持ち場からそっと離れ、倉庫の荷造り部屋で噂話をした。日曜日と銀行休日《バンク・ホリデー》（土曜、日曜以外の法定休日）には、三人は話しながら長時間の散歩に出掛けた。

プラットは、顔が蒼白く髪が黒っぽく、含みのある謎めいた言い方を好み、世間と、いかがわしい女たちに興味を抱いていた。彼は、『現代社会』という、ひどく仄めかしに満ちた一ペニー新聞を読んでいたので時勢に明るかった。パーソンズは大柄で、すでに肥満の兆候を見せていた。巻き毛で、顔はどこもかしこもでこぼこで、陽気なほどにひずんでいた。鼻は大きくてぶよっとした塊のようだった。強靭な記憶力の持ち主で、文学に正真正銘の関心を抱いていた。シェイクスピアとミルトンの数多くの箇所を暗記していて、ほんの少しでもきっかけがあれば朗誦するのだった。手当たり次第なんでも読み、気に入ると声に出して読んだ。ほかの誰が好こうと好くまいと構わなかった。最初ポリー氏は、そうした文学は胡散臭く感じたが、パーソンズの熱意にすっかり圧倒された。三Pはポート・バードック・シアター・ロイヤルでの『ロミオとジュリエット』の公演に行った。そして、すっかり魅了されて天井桟敷から身を乗り出した。そのあと三人は、合言葉のようなものを作った。「お手前は吾等に対《むか》うて指の爪を嚙ましゃったな？」それに応える合言葉は「如何にも爪を嚙みまする」だった。

数週間、シェイクスピアのヴェローナの華やかさで、ポリー氏の人生は明るくなった。彼は剣を小脇に差し、マントを肩から垂らしているかのように歩いた。そして、目を家々の二階の窓に向けてポート・バードックの薄汚い通りを歩いた――バルコニーを探しながら。中庭の梯子は、ロマンチックな想念で心を満たした。するとパーソンズは、あるイタリア人の作家を発見した。その名はポリー氏には「ボッカシュー」（ボッカチオ）に聞こえた。その作家の作品を少しばかり読んだパーソンズの話には「情事《アムール》」という言葉がやたらに出てくるようになった。そしてポリー氏は、自分の担当の靴下類売場で包装紙と紐をいじりながら、イタリアの永遠の陽光を浴びた黒っぽいオリーヴの木の下での絶えることのないピクニックについて考えたものだった。

また、その頃三P全員で、ターンダウン・カラーと、大きな、うんと片側に寄せて緩く結んだ芸術的な絹のネクタイという装いをすることにした。そして、反抗的な素振りをした。さらに、一種の空威張りの態度をとった。

　すると、ポリー氏が「ラブールース」（ラブレー）と呼んだ、あの偉大なフランス人の輝かしい存在が啓示のように訪れた。三Pは、ガルガンチュワの誕生の祝宴は世界で書かれた最も輝かしいものだと思った――わたしは、その点で彼らが間違っていたかどうか確信はない。雨の降る日曜日の晩、誰かが讃美歌を歌う危険のある時は、パーソンズにその祝宴の場面を朗読させるのだった。

　同じ宿舎にいたYMCAの数人の会員に対して三Pは、嘲笑的で反抗的な態度をとった。

「俺たちは、自分たちの隅で好きなことをする完全な権利があるんだ」とプラットは主張した。「お前たちはお前たちの隅で好きなことをしろよ」

「けど、下品な言葉だよ」と、蒼白い顔をし、真剣な目をした見習い職人のモリソンが異議を唱えた。モリソンは非常に辛い状況の中で、ごく敬虔な暮らしを送っていた。

「下品な言葉だと！」とパーソンズは怒鳴った。「いいか、これは**文学**なんだ！」

「日曜日は文学の時間じゃない」

「俺たちには日曜日しか時間がないんだ。おまけに――」

　そして、おぞましい宗教論争が始まるのだった……

　ポリー氏は三Pに忠実だったが、心の秘めた場所では、引き裂かれていた。確信の火がモリソンの目の中で燃えていた。モリソンは切迫した、説得力のある声で話した。彼がポリー氏たちより立派な生活をしているのは明らかだった。言動に慎みがあり、勤勉で、芯から親切だった。年少の徒弟が足が痛くなったりホームシックに罹ったりすると、モリソンは足を洗ってやったり慰めてやったりした。そして、自分は早く帰れただろうに、人が仕事を済ませるのを手伝った――それは超人的な行いだった。苦役と睡眠のあいだ、ほんの少しの休息も自由もなく延々と何時間も毎日毎日働いたことのない者は、それがいかに超人的かは理解できない。ポリーは、こうした精神力を持ったこの男と二人だけになるのを、密かに少々恐れていた。監視されているように感じたのだ。

心がうまく折り合いをつけることのできない事柄と、やはり苦闘していたプラットは言った。「あの忌々しい偽善者野郎」

「奴は偽善者じゃない」とパーソンズは言った。「奴は偽善者じゃないんだ。でも、ジョイ・ド・ヴィーヴ（「ジョワ・ド・ヴィーヴル」、「生きる歓び」）ってものを持ってない——それが奴の問題さ。〈ハーバー紋章《アームズ》亭〉に行って、老いぼれ船長どもが飲んだくれるのを見ようじゃないか」

「金欠なんだ」とポリーは、ズボンのポケットを軽く叩きながら言った。

「なに言ってるんだい」とパーソンズは言った。「いつもビター一杯で二ペンスじゃないか」

「パイプに火を点けさせてくれ」とプラットは言った。最近、盛んに煙草を吸うようになったのだ。「それから一緒になる」

（間《ま》と苦闘。）

「ぎゅっと詰めるんじゃない」とパーソンズは、眉を顰《ひそ》めてその様子を見ながら言った。「詰めすぎるんじゃない。空気を入れるんだ。俺のステッキを見なかったかな？　あった」

そしてステッキに寄り掛かりながら、プラットが火を点けるのに苦労している様を、同情しながら辛抱強く眺めていた。

4

それは、垣の踏越し段に坐っている破産しかけた男が追想する、仲間たちとの愉しい日々だった。

大商店《バザール》での果てしない労働時間は記憶から薄らいだが――一度か二度の大喧嘩か、二度か三度の浮かれ騒ぎ以外――たまさかの日曜日や休日は、小石のあいだのダイヤモンドのように輝いた。それは、凪《な》いだ海面に反映した夕暮れの空の芳醇な素晴らしさで輝いた。そして、そういう場合にはいつも、年長のパーソンズが、人生の意味について大声で論じ、身振りをし、何かを嘆賞し、人に嘆賞させ、本について説明し、例の謎めいた言葉「ジョイ・ド・ヴィーヴ」について話した。

銀行休日《バンク・ホリデー》には、何度かとりわけ素晴らしい散歩をした。三Pは日曜日の早朝に出発し、小さめな宿屋《イン》の一室を見つけ、話しながら眠り、夜、歌いながら戻ったものだった。あるいは、月曜日の晩には、星について「侃侃諤諤《かんかんがくがく》」の議論をしたものだった。彼らは、快適なイギリスの田園を逍遥し、丘を越え、眼下に広がるポート・バードックを眺めたものだった。それは灯台が宝石のように輝く、港の果てしなく広がる黒い海面を背景にした、街灯や走る路面電車の明かりの網織物だった。

「首輪を付けられに戻ろうや」とパーソンズは言うのだった。

「それを言うな」とプラットは言った。

ある時三人は、夏の一日ボートを借り、停泊中の装甲艦、黒ずんだ老朽船、港のさまざまな船舶を過ぎ、白い軍隊輸送船を過ぎ、小綺麗な海岸通りと造船台を過ぎ、浅い海峡と、港の上手《かみて》の岩だらけで雑草の生えた荒れ地に至るまでの、造船所の興味深い眺望を過ぎてボートを漕いだ。そしてパーソンズとポリー氏はその日、大砲はどのくらい遠くまで撃てるのかについて大論争をした。

ポート・バードックの後ろの丘陵の向こうに広がる田園は、見渡す限り、古風な、ほとんど乱されることのなかった本来のイギリスの田園だ。当時、自転車はまだ稀で高価で、自動車は田舎の静寂を乱しにやっては来なかった。三Pは、野原をでたらめに通っている小径《こみち》を歩き、忍冬《すいかずら》と野茨の高い生け垣のあいだをくねくねと通っている、見知らぬ細道に飛び込んだものだった。大胆にも三人は、桜草が点在する下生えの中を通っている緑の乗馬用公道を歩いたり、山毛欅《ぶな》の森の羊歯《しだ》の茂みに腰の高さまで入って逍遥したりした。ポート・バードックから二十マイルほど行くと、ホップ栽培園とホップ乾燥所のある農園地帯だけになる。そして、その向こうは、バンク・ホリデーの鉄道割引乗車券でしか行かれない、非常に綺麗な道路の通っている不毛の尾根、赤い砂坑、松、針金雀枝《はりえにしだ》、ヘザーがあった。三Pには自転車を買う余裕がなかった。三人は、懐の寒い自分たちにはブーツが一番いいものだと気づいた。とうとう世間体などはかなぐり捨て、底に鋲の打ってある労働者用の既製品の半長靴を買った。宿舎の中では、そうした手段を取ったことについて盛んに論議され、三Pは当店の品位を傷つけたと見なされた。

　イギリスの田園は、それを愛するようになった者にとっては、比類のない田園である。丘陵と谷間の画然としているが穏やかな輪郭、ごちゃごちゃしながらも統一されている佇《たたず》まい、鹿猟園と傾斜牧草地《ダウンランド》、城と大邸宅、村落と古い教会、農場と干し草の山と大きな納屋と古木、水溜りと池と光っている細流、花がちりばめられた灌木の列、果樹園と小さな森林地、村の緑地と親切なイン。ほかの国の田園にも楽しい面があるが、イギリスの田園ほどに変化に富んだもの、一年を通してまったく変わらずに光り輝くものは見られない。ピカルディーは、花の咲く頃はピンクと白になって楽しい。ブルゴーニュには絶えず陽が降り注ぎ、丘の中腹は広々とし、狭い葡萄園があり、摘み手の美しい歌声が繰り返し聞こえてくる。イタリアには、登り坂《サリータ》と路傍の礼拝堂と栗の木とオリーヴ園がある。アルデンヌには森と小峡谷がある――トゥーレーヌとライン地方、アペニン山脈を遠くに望む広大なカンパニア、整然として豊かで山を背にした南ドイツ。これらはすべて、人の記憶に特に残る。また、イギリスが非常に大きくなりだらけたようなヴァージニア州の丘陵と牧草地、ペンシルヴァニア州の森と大河の流れ、ニューイングランド人の精神のようにややわびしいが見事な、整ったニューイングランドの風景、ニューヨーク州の広い、荒れた田舎道と丘陵と森林地帯がある。しかし、そのどれも、我が母なるイギリスのように、三マイル歩けば辺りの景色と性格が変わるということもないし、芳醇な陽光が射すこともないし、千変万化の空もないし、常に爽やかで強いが柔らかい風が海から吹いてくるということもない。

三Pにとって、そうした土地を歩き、自分たちは実際にはそこになんの基盤も持っていないし、人生の大半をポート・バードックのような場所で、帳場の後ろで齷齪《あくせく》働く運命にあるのを束の間忘れるのは、いいことだった。三人は、心地よいそよ風が吹き、鳴鳥《めいちょう》が飛び交い、樹木が陰を作っている世界で、顧客と売場監督と各持ち場のバイヤーとその他一切を忘れ、単なる幸福なさすらい人になるのだった。

インに着くというのは大事なことだった。インの誰も、自分たちを服地屋と思うことはあるまいと三人は確信していた。また、可愛い給仕女か陽気な年老いた宿の女主人がいるかもしれないし、パーソンズの言う「ちょっとした変わり者」がインのパブで飲んでいるかもしれない。

三人は、インでどんなものが食べられるのかについて、いつも詳しく訊いたものだが、結局は、コールド・ビーフとピクルスかハムエッグ、それに、シャンディガフ、つまり、丸い胴の水差しの中で泡立っている二パイントのビールと二本のジンジャー・ビールを混ぜたものになるのだった。

インの看板が揺れ、芝生には鵞鳥がいて、池には鴨がいて、一台の荷馬車が停まっていて、教会の塔が見え、眠っている猫がいて、空は青く、揚げ物をするジュージューという音が奥から聞こえる中で、インの戸口に殿様気分で立つ瞬間の素晴らしさ！　ベーコンの刺激的な匂い！　食事を速足《はやあし》で運んでくる音。食器がついに並べられるカチカチ、カタカタという音！　清潔な白いテーブルクロス！

「用意が出来ました！」「用意が出来ました、紳士方！」それは、「仕事にかかれ、ポリー！　てきぱきやれ！」という文句を聞くより良かった。

イン に入る！　坐る！　食事を始める！

「パンはどうだい？」

「いいね！　耳まで全部食べるんじゃないぜ」

一度、ピンクのプリント模様の服を着た立ち居振る舞いの素朴な少女がテーブルの脇から去らずに、三人が食べているあいだ、話をしたことがあった。女に親切なパーソンズに先導され、一同は、自分たちはみな彼女にぞっこん惚れ込んだと公言し、自分たちのうちで誰が一番好きか言うようにしつこく少女に訊いた。少女が実際、誰かを好いているのは明々白々だったが、ずっとそばに立っているのは誰のためなのかを言うのは、彼女にはできない相談だった。すると遠くの方で母親の声がし、彼女は呼び戻された。そのあと、三人が宿を出る際、彼女は果樹園の角で待ち伏せしていて、三つの黄緑色の林檎を、やや恥ずかしそうに渡した——そして、いつかまた来てくれるようにと言ってから姿を消したが、三人が角を曲がるとまた姿を現わし、白いハンカチを振った。その日、三人は少女の好意の印についてずっと論じ合い、次の日曜日、再びそこに行った。

しかし少女の姿はなかった。母親は険しい表情をしていて、彼女がいない理由を明かそうとはしなかった。

仮にプラットとパーソンズとポリー氏が百まで生きたとしても、灌木の列の枝を掻き分けて出てきて、顔をピンクに染め、かすかに微笑みながら、しかし真剣な顔をして立ち、林檎を手に身を乗り出した少女の姿を忘れることはないだろう……

またある時、三人は海岸の波打ち際にできるだけ近く歩き、ついにフィッシュボーンに着いた。そこは、ブレイリングとハムステッド＝オン＝シーの東端の郊外である。

その日の午後、フィッシュボーンは非常に楽しいちょっとした場所にポリー氏には見えた。そこには、泥と小石と石炭の多い隘路であるポート・バードックとは異なり、綺麗な砂浜がある。そして、六台の移動更衣車が一列に並び、遊歩道に雨宿り所があった。三Pは、セロリ付きの、満足がいくがかなり高価な昼食をとったあと、そこに坐った。幾列にも並んだベランダ付きの別荘が部屋を提供していた。三人は、ポーチが白く塗られ、その上にゼラニウムが派手に置いてあるホテルで食事をした。そして、端に古い教会のある本通りは、午後の静けさに満ちていて心地よかった。

「商売をするには打ってつけのちょっとした場所だ」とプラットは、大きなパイプを銜《くわ》えながら賢《さか》しげに言った。

その言葉は、ポリー氏の記憶に残った。

5

ポリー氏は、パーソンズほど派手な若者ではなかった。声量が豊かではなく、当時は両手をポケットに突っ込んで、考え事に耽っているかのような風情で歩いた。

もっぱら俗語《スラング》を使い、英語を盛んに誤用し、パーソンズに対してよい刺激剤の役割を果たした。言葉、特に示唆に富んだ言葉に奇妙なほど惹きつけられ、斬新で、どきっとするような言葉遣いを愛した。学校では、英語の発音の神秘をほとんど、あるいはまったく習得しなかった。また、自信というものも全然与えられなかった。教師は事実、不健全、かつ、むら気だった。新しい言葉は彼を脅かすと同時に魅了した。彼はそれを身に付けなかったが、それを避けることはできなかったので、自らそれに飛び込んだ。守った唯一の法則は、綴りに騙されるな、というものだった。どんな指針もなかった。月並みなあらゆる決まり文句を避け、無知というより気紛れと思われるよう、あらゆる言葉を間違えて発音した。

「セスクイプルダン」と彼は言うのだった。「セスクイプルダン・ヴァーブージュース」（「セクイペダリアン・ヴァービジ」、「ひどく長たらしい言い回し」）。

「なんだって？」とプラットは言った。

「雄弁なラプソドゥース」（「ラプソディーズ」、「熱狂的文章」）

「どこでだい？」とプラットは訊いた。

「倉庫の中でさ。テーブルクロスと毛布のあいだで。カーライル。奴は朗読してるんだ。熱弁を振るってるのさ。口角泡を飛ばして！　風車のように腕を回して！　ワー、ワー！　一見の価値があるぜ。奴はそのうち、指の関節を備品で擦り剝くだろうな」

ポリー氏は片手に本を持っているふりをし、その手を大袈裟に振るジェスチャーをした。「また、それにもかかわらず、どの英雄も常に現実に立ち戻るであろう」と彼は、熱狂的なパーソンズの真似をした（彼はカーライルの『英雄崇拝論』を読むふりをしている）。「その結果、英雄は関節を震わせる身振りをしながら、事物の下ではなく上に立つ」

「旦那が奴のところに不意に来たら、俺は笑っちゃうね」とプラットが言った。「奴は旦那が来る足音を絶対聞かないだろうな」

「奴は、あの本で酔っ払ってるんだ——かなり酔っ払ってる」とポリーは言った。「俺はそんなことはなかった。奴はラボルースに夢中になった時より悪い」

第2章　パーソンズの解雇

1

突然、パーソンズは解雇された。

特異な暴力的状況のもとで解雇されたのだ。そのことは、ポリー氏の心に強く印象づけられた。彼はその後数年、事の真相を知ろうと、それについて思いを巡らせた。

パーソンズの徒弟期間は終わり、低賃金の見習いの地位に達していた。そして、マンチェスター産綿織物売場のショーウィンドーの飾り付けをしていた。彼自身の水準では、飾り付けは見事だった。

「なあ、諸君」と彼は言うのだった。「俺のここでの地位について言えることが一つある――俺はショーウィンドーの飾り付けができるってことさ」

そして、問題が起こって論議された際には、「チビの屑男《フラファムズ》」――それは、大商店《バザール》の店主で専務取締役のガーヴェイス氏に徒弟たちが付けた綽名《あだな》だった――は、ショーウィンドー一杯のマンチェスター産の綿織物を引き立たせることのできる、店でただ一人の男をお払い箱にするのは躊躇するはずだとパーソンズは言ったものだった。

そして、多くの仲間の芸術家同様、空論の虜になった。

「ショーウィンドーの技術は、まだ幼児期にあるんだ、諸君——ひどい幼児期に。忌々しいエジプトの絵みたいに、釣り合いばっかり気にかけていて堅苦しい。そこに、なんの歓びもない、爪の垢ほどの歓びもない！　因習的だ。ショーウィンドーは、人を引き止めなくちゃいけない、通行人をひっ摑まなくちゃいけない。それが理に適ってるんだ。ひっ摑む！」

声は低くなり、いわば静かな吠え声になった。「あれはひっ摑むか？」

そして、間があってから、猛々しい吠え声がした。「駄目だ！」

「奴は威張ってるな」とポリー氏は言った。「そうだ、そうだ。もっと聞かせろ」

「モリソン爺さんのドレス用の布のショーウィンドーを見てみろ！　きちんとして、趣味がよく、正しいってのは認める、でも、わびしい！」彼は、その言葉に力を込めて叫んだ。「わびしい！」

「わびしい！」とポリー氏は鸚鵡返しに言った。

「手際よくちょっとばかりふっくらさせた何列もの反物。ほんの少し端を解いてあるだろうが。そうして地味な掲示」

「教会にあってもいいかもしれないな」とポリー氏は言った。

「ショーウィンドーは人を刺激しなくちゃいけない」とパーソンズは言った。「見た時、『なんだ、これは！』と人に言わせなくちゃいけない」

パーソンズは間を置いた。プラットは、荒い鼻息のような音を立ててパイプを吸いながら、彼を見つめていた。

「ロッコッキョー（ロココ）」とポリー氏は言った。

「俺たちは新しい様式のショーウィンドーが必要なんだ」とパーソンズは、合いの手を無視して言った。「新しい様式！　ポート・バードック様式。あさって俺は、フィッツアラン通りのものを変えてやる。今度こそ変わるぞ。大勢寄って来させるか、大失敗するかだ！」

実際、彼は、その両方のことをした。

声は低くなり、自分を責めているような調子になった。「俺は引っ込み思案だった、諸君。自分の才能を十分発揮してこなかった。煮えくり返っている、沸き立っている、溢れ返っている着想を押し殺してきた……いまや、それは一切終わったんだ」

「終わった」とポリー氏は、ごくりと飲み込むように言った。

「永遠に終わったんだ、諸君」

2

プラットが、カラー用ボックスを整理していたポリーのところにやってきた。「奴は例のショーウインドーをやってるぜ」

「なんのショーウィンドー？」

「奴が言ってたものさ」

ポリーは思い出した。

彼は先輩のマンスフィールドを警戒しながら、カラー用ボックスの仕事を続けた。マンスフィールドは、間もなく会計室に呼ばれた。すぐさまポリーは通りに出るドアから飛び出し、店の通りに面した側を足早に歩き、マンチェスター産綿織物売場のショーウィンドーの前を過ぎ、絹織物室のドアから入って行った。長くはそこにとどまれなかったが、自分に気づかぬパーソンズの背中をちょっと見て、欠びを、束の間の恐ろしい欠びを感じた。パーソンズは燕尾服を脱ぎ、精力的に仕事をしていた。

チョッキのストラップを目一杯に締める習慣のせいで、若い体がやがて肥満する愉しい兆候のすべてが現われていた。彼は興奮して息を切らし、指で髪を梳いていた。すると、霊感を受けた男のような熱心さで素早く行動した。足と膝の周り中に何枚もの緋色の毛布が、折り畳まれてもいず、丁寧に広げられてもいず――こうとしか言い様がないのだが――辺りに放り投げられていた。そして、ロールタオルが、ショーウィンドーの右の一番高い隅から左の一番下の隅に長く垂れていた。ショーウィンドーには掲示があった。その掲示には、太く黒い字で、こう書いてあった――「**見よ！**」

ポリー氏は絹織物売場に入って、プラットに出会うや否や、自分が外にあまり長くいなかったのを悟った。

「奥の掲示を見たかい？」とプラットは言った。

ポリー氏は見なかった。「えらく変わったことが書いてある」とプラットは言って、装身具売場に戻ろうと、地下の曲がりくねった通路に飛び込んだ。

通りに出るドアがほどなく開き、プラットが、あの普段は使わないルートをとったことを隠すため、仕事に熱中しているふりをしてやってきて、下の倉庫に通ずる階段に向かった。そしてポリーを上目遣いに見て、「いやはや魂消《たまげ》た！」と言って姿を消した。

抗し難い好奇心がポリーを摑んだ。店内を通ってマンチェスター産綿織物売場に行くべきか、もう一度外に出る危険を冒すべきか？

彼は、通りに出るドアに衝動的に突進した。

「どこに行くんだ？」とマンスフィールドが訊いた。

「小犬《リル・ドッグ》」とポリーは、それは明快な説明だというふりをした。そして、あとはマンスフィールドの解釈に委ねた。

パーソンズが、そのあと厄介なことになるのも当然だった。パーソンズは、実際、極度に馬鹿げていた。今度は、ポリーは立ち止まって、じっくり見た。

パーソンズは、厚手の白と赤の毛布を、羊毛の柔らかさを強調するため捩《ねじ》って丸め、非対称的な形に大きく積み重ね、いわば暖かい混乱を作り出していた。ショーウィンドーの大きな掲示には、どぎつい赤い字で、こう書いてあった――「割引価格で心地よい安楽《コージー・カムフォート・アット・カット・プライシーズ》」、「安値で丸くなって寝る《カール・アップ・アンド・カドル・ピロー・コスト》」。陽が射しているにもかかわらず、彼は毛布の山に暖かい光を当てるため、ショーウィンドーのその側を電灯で照らした。そして、その後ろに、対照的な暗さを求め、彼はいまやグレーのシレジア織りの布と、冷たい色のダスターコート用の布の長い切れを吊るしていた。

それは見事だったが、しかし――

ポリー氏は、店の中に入るべき時だと思った。入ると、絹織物売場にプラットがいた。どうやら、もう一度外に出るところのようだった。「コージー・カムフォート・アット・カット・プライシーズ」とポリーは言った。「頭韻は技巧的助け《アリトリションズ・アートフル・エイド》」（「アリトリションズ」は「アリタレーションズ」）。

ポリーは三度通りに出て行く勇気はなかった。窓のそばを熱に浮かされたようにうろうろしていると、主人のガーヴェイス氏――バザールの専務取締役――が、自分が仕切っている店が万事恙《つつが》ないことを確認しようと、独特の歩き方で舗道を歩いてくるのが見えた。

ガーヴェイス氏は背の低い、がっしりした男で、肥満と非常にしばしば結び付いている、ささやかな誇りを漂わせ、怒りっぽく、態度が決然としていて、指の束のように見える手をしていた。赤毛で、肌が赤らんでいて、そうした肌の色の者によくあることだが、鼻の頭から毛が飛び出ていた。店員を睨《ね》めつけようとする際は、胸を突き出し、片方の眉を顰《ひそ》め、左目を半ば閉じた。

果たしてどうなるのだろうという表情が、ポリー氏の顔に広がった。自分は、この目で見なくてはならない、と彼は感じた。そう、何が起ころうと、この目で見なくてはならない。

「パーソンズに話があるんです」とマンスフィールド氏に早口で言って、急いで自分の持ち場を離れ、いくつかの売場を脱兎のごとく走り抜け、主人が通りから入ってきた時、ボルトンの敷布地の束の後ろにいた。

「一体、お前はそのショーウィンドーで何をしてると思ってるんだ？」とガーヴェイス氏は始めた。

パーソンズの脚と、チョッキの下の部分と、そのあいだのワイシャツの一インチほどが見えるだけだった。パーソンズはショーウィンドーの中で脚立に立ち、天井に沿って付けてある真鍮のレールから、背景の最後の切れを吊るしていた。店の中から見ると、マンチェスター産綿織物のショーウィンドーは、旧式の教会の信徒席の仕切りに似た仕切りで、店のほかの部分から区切られていた。それに、いわば信徒席の扉に似た小さな扉の付いた、鏡板を嵌めた衝立があった。パーソンズの顔が現われ、雇い主を目を丸くして凝視した。

ガーヴェイス氏は、質問を繰り返さねばならなかった。

「飾り付けをしているのでございます、ご主人様——新しいやり方で」

「そこから出てこい」とガーヴェイス氏は言った。

パーソンズは、相手をただじっと見つめていた。ガーヴェイス氏は、命令を繰り返さねばならなかった。

パーソンズは茫然とした顔で、脚立をゆっくりと降り始めた。

ガーヴェイス氏は向きを変えた。「モリソンはどこだ？　モリソン！」

モリソンが現われた。

「モリソン、このショーウィンドーはお前がやれ」とガーヴェイス氏は指の束をパーソンズの方に向けて言った。「このごちゃごちゃしたものを全部取っ払って、ちゃんと飾り付けをしろ」

モリソンは前に進み、躊躇《ためら》った。

「失礼ですが、ご主人様」とパーソンズは至極丁寧に言った。「これは、わ、た、しのショーウィンドーでございます」

「全部取り出すんだ」とガーヴェイス氏は向きを変えながら言った。

モリソンは前に進んだ。パーソンズが扉をカチリと閉めると、ガーヴェイス氏は立ち止まった。

「そのショーウィンドーから出てこい。お前には、飾り付けはできない。ショーウィンドーを弄びたいんなら――」

「このショーウィンドーは、ちゃんとしております」と、ショーウィンドーの飾り付けの天才は言った。少しの間があった。

「扉を開けて、中に入れ」とガーヴェイス氏はモリソンに言った。

「その扉に触るんじゃない、モリソン」とパーソンズは言った。

ポリーは、もはやボルトンの敷布地の束の後ろに隠れようとさえしなかった。自分のことなど気にするにはあまりに巨大な力の前にいるのを悟った。

「奴を出せ」とガーヴェイス氏は言った。

モリソンは、自分の立場の倫理を熟考しているように見えた。雇い主に忠実であろうという考えが勝った。扉を開けようと、扉に片手を置いた。パーソンズは、彼の手をどけようとした。ガーヴェイス氏がモリソンに力を貸した。すると、ポリーの心臓が跳び上がり、世界が燃え上がって、驚異的で素晴らしいものになった。パーソンズは仕切りの後ろに一瞬姿を消し、ハッカバック（綿製・麻製のタオル地）を細く筒状に巻き上げたものを手に摑んで、すぐさま再び現われた。そして、それでモリソンの頭を強く叩いた。モリソンの頭はバシリという音と共に、ひょいと引っ込んだが、モリソンは扉にしがみついていた。ガーヴェイス氏も同様だった。扉が開くと、ガーヴェイス氏は手を頭にやって、よろめきながら後ろに下がった。独裁的な、聖なる禿げ頭がビシリと叩かれたのだ。パーソンズは自制心を完全に失っていた――奇妙で、驚くべき光景だった。いかにして芸術的努力が、あの豊かな才能に恵まれた気質に過度の負担をかけたのかは、神のみぞ知る、である。「俺には飾り付けができないと言ってみろ、老いぼれの大ペテン師め」とパーソンズは言って、ハッカバックを主人に向かって投げつけた。そのあと、まず毛布を、次に一抱えのシレジア織りの布を、さらにショーウィンドーからその支柱を店の中に放り投げた。パーソンズは自分が苦労して作ったものを憎んでいて、それを壊すのが嬉しいのではないのか、という考えがポリーの心に不意に浮かんだ。混乱した一瞬、ポリーは、上着を脱いで物を手当たり次第に投げている、地震の権化のような、激怒し、腕を振り回しているパーソンズに注意を集中した。

それからガーヴェイス氏の背中を見、ガーヴェイス氏が州知事風の声で、誰にともなく、みんなに向かって叫んでいる声を聞いた。「奴をショーウィンドーから出せ。奴は気が狂ってる。奴は危険だ。奴をショーウィンドーから出せ」

すると緋色の毛布がガーヴェイス氏の頭に一瞬かぶさり、束の間くぐもった声は、突如、いつにない激しい罵声に変わった。

そうこうしているうちに、バザールの至る所から人が駆けつけた。帳簿係のラックがポリーにぶつかり、「あの人を助けろ!」と言った。絹織物売場のサマヴィルはカウンターを跳び越え、椅子の背を摑んだ。ポリーは狼狽した。そして、目の前のボルトンの敷布地を爪で引っ搔くようにして摑んだ。もし、その一部を引き剝がすことができたなら、間違いなくそれで誰かを打っていただろう。実際には、その束を引っくり返しただけだった。それはポリーの手から落ちた。それが倒れた時、誰かがキーキー声を出したような印象を受けた。それは、普通なら人が無視するような印象だった。品物の束が倒壊するというのは、誰かを何かで打ちたいという、潜在的意思をなくすのに十分だった。いまや彼のすべての注意は、ショーウィンドーの中の闘争にのみ向けられた。見事な一瞬、パーソンズは、ショーウィンドーの扉のところに群がって忙《せわ》しく動いている人々の背中の上に聳え立った。激しく体を動かし、物を引き剝がして投げつけたが、やがて押さえつけられた。束の間、凄まじい揉み合いがあり、二度、物が倒れる大きな音がし、板ガラスがガシャンと割れる音がした。すると静かになり、荒い息遣いが聞こえた。

パーソンズは取り押さえられた……

散乱するボルトン敷布地の上を跨《また》いだポリーは、変わり果てた友人を見た。額に黒ずんだ切り傷が出来ていた。今のところ出血はしていなかったが。一方の腕がサマヴィルに摑まれ、もう一方の腕がモリソンに摑まれていた。

「お前たちには――お前たちには――お前たちには――うんざりだ」とパーソンズは言って、喘ぎながら啜り泣いた。

3

物事の全体的流れから離れ、啓示のような性格を帯びるように思える出来事というものがある。このパーソンズ事件が、そうだった。それは、最初は一見グロテスクだった。最後は、心を乱すものだった。いわばポリーの日常生活の基盤が裂け、彼はその下に深淵と恐怖を見出した。人生は面白おかしいことばかりではないのだ。

警官を呼んだことは、その時は、形式のように思えた。しかし、ガーヴェイス氏が復讐の念に燃えていることがはっきりすると、事件は違った様相を呈した。呼ばれた警官がすべてを書き留め、その際hを発音しなかったことが、ポリーの繊細な心に深い印象を与えた。ポリーは間もなく、「それから彼はあんたの頭を叩いた《イー・ゼン・イット・ユー・オン・ジ・エッド》――強く《アード》」という警官の言葉がリフレーンのように頭から離れなくなった。

その夜、宿舎でパーソンズは英雄になった。頭に包帯を巻いた姿でベッドの裾に坐り、ごくゆっくりと荷造りをしながら、何度も何度も言い張った。「奴は俺のショーウィンドーに口出ししちゃいけなかったんだ。奴は俺のショーウィンドーに手を触れちゃいけなかったんだ」

ポリーは翌朝、証人として警察裁判所（軽犯罪の即決裁判を行う）に出頭することになっていた。その試煉の恐怖は、パーソンズは暴行の廉《かど》で召喚されただけではなく、「お払い箱」になって荷物を纏《まと》めてもいるという悲劇的事実をも小さいものに思わせた。ポリーは、自分が駄目な証人なのをよく知っていた。一つの事実しか確信がなかった――すなわち、「イー・ゼン・イット・ユー・オン・ジ・エッド――アード」。それ以外は、目下、彼の心の中で動き回っていた。それが翌朝、どんな風に動くかは神のみぞ知る、だった。反対尋問があるのだろうか？　言い間違えると偽証罪になるのだろうか？　人は時に偽証する。重大な罪だ。

プラットはパーソンズを助けようと全力を尽くし、モリソンに対するみんなの敵意を掻き立てようとしていた。しかしパーソンズは、モリソンを非難するどんな言葉にも耳を貸さなかった。「奴はあれでよかったんだ、諸君――奴は自分の主義に従ってたんだ」とパーソンズは言った。「俺が文句を言いたいのは、奴じゃない」

パーソンズは、翌朝どうなるかを推測した。「罰金を払わなくちゃいけないだろうな。それを免れようとするのはよくない。俺が奴を叩いたのは確かだ。俺は奴を叩いた」——間を置き、厳密な表現を探しているように見えた。その声は、打ち明け話をするように低くなった——「頭を——この辺を」

彼は、宿舎の隅にいる、優秀な年少の徒弟の提案に答えた。「一体、反訴にどんな意味があるんだい？　薬屋のコークス爺さんや不動産屋のモティスヘッドみたいな連中が治安判事を務めていたんじゃ？　臓物パイ、そいつがあしたの俺の食事さ（「臓物パイを食べる」は「甘んじて屈辱を受ける」の意）、諸君。臓物パイ」

荷造りは、しばらくのあいだ続いた。

「でも、なあ！　なんたる人生！」とパーソンズは、低い声を響かせて言った。「十時三十五分に、一人の男が自分の義務を果たそうとする、おそらくやり方は間違っていたかもしれないが、最善を尽くす。十時四十分には——破滅。破滅だ！」彼は声を張り上げ、叫ぶように言った。「破滅だ！」そして、声を低くした。「地震みたいに」

「激しいオールタクレーション」（「オールタケーション」、「口論」）とポリーは言った。

「すげえ地震みたいな」とパーソンズは、吹き起こる風のような声で言った。

パーソンズは、自分の将来について、暗い気持ちでじっくりと考えた。そして、前より強い冷気がポリーの心に侵入してきた。「別の仕事が見つかるかな——暴行された主人の書いた人物証明書で……でも、奴は人物証明書をくれないだろうな。えらく景気のいい時でさえ、仕事を見つけるのは難しい」とパーソンズは言った。

「粘り強くやるんだ、あんた」とポリー氏は言った。

警察裁判所では、物事はポリー氏が心配していたほどひどくはなかった。彼は裁判所の壁際に、ほかの証人と一緒に坐らされた。そして、興味深い窃盗罪裁判のあと、パーソンズが現れ、被告席にではなく、テーブルの前に立った。その時には、裁判所に敬意を表して最初は椅子の下に引っ込められていたポリー氏の脚は、前に真っすぐ伸ばされ、両手はズボンのポケットの中にあった。彼は、判事席にいる四人の治安判事のために名前を拵《こしら》えた。「壮麗なる鼻を持った、厳粛なる尊師」まで行った時、自分の名前が呼ばれるのを聞き、真面目になった。さっと立ち上がり、空いている被告席にずんずん入ろうとすると、老練の警官に引き戻された。治安判事書記は、信じられないような速さで、宣誓の言葉を繰り返した。

「いいとも」とポリー氏は言ったが、口調はごく恭《うやうや》しかった。そして聖書に接吻した。

彼の証言は簡単で、「もっと大きな声で」と警視から一度注意されたあと、ごく聞き取りやすいものになった。彼は、パーソンズが「生まれつきコレレイク（「コレラ性の」。ポリーは「コレリック」すなわち「怒りっぽい」と言おうとした）の性質」だと言って、パーソンズを弁護しようとしたが、「壮麗なる鼻を持った、厳粛なる尊師」の顔に浮かんだ驚きの表情と、これは愉快だという緩慢なニヤニヤ笑いは、彼の言葉が思ったほどよくなかったことを仄めかしていた。判事席のほかの者は、正直なところ困惑していて、急いで相談を始めた。

「あんたの言うのは、彼は癇癪持ち《イー・アズ・ア・オット・テンパー》という意味だね？」と裁判長は言った。

「イー・アズ・ア・オット・テンパーという意味です」とポリーは、一瞬、摩訶不思議にも自分も気息音のhが出せずに、そう答えた。

「コレラに罹るという意味じゃないね？」

「つまり――すぐに怒るという意味です」

「なら、なぜそう言えないのかね？」と裁判長は言った。

パーソンズは、今後、行いを改めることを誓わされた。

彼は、みんなが店にいる時に荷物を取りにやってきたが、ガーヴェイス氏は、彼がさようならを言うために店に入るのを許さなかった。ポリー氏は、マーガリン付きパンと紅茶を飲むために上階《うえ》に行った際に、パーソンズ事件がその後どうなったかを知ろうと、すぐに宿舎に急いだ。しかし、パーソンズは消えていた。パーソンズの姿もなく、パーソンズの痕跡もなかった。彼の仕切り小部屋は掃除され、見場がよくなっていた。ポリーは、これまでの人生で初めて、取り返しのつかないものを失ったという感情を覚えた。

一分ほどのち、プラットが駆け込んできた。

「おっ！」と言ってから、ポリーに気づいた。ポリーは窓から身を乗り出していて、振り向かなかった。プラットは、ポリーのところに行った。

「奴は、もう行っちまった」とプラットは言った。「仲間にさよならぐらい言ったってよさそうなもんなのに」

ややあって、ポリーは答えた。一本の指を口に入れて、ごくりと唾を呑み込んだ。

「忌々しい歯を嚙んじまったんだ」とポリーは、依然としてプラットを見ずに言った。「おかげでしょっちゅう涙が出るんだ。誰だって、俺の顔を見れば、泣いていると思うかもしれない」

第3章　仕事

1

ポート・バードックは、パーソンズがいなくなってから、それまでと同じ場所ではなくなった。彼から時折来る手紙には深みがなかったし、「ジョイ・ド・ヴィーヴ」もほとんど感じられなかった。パーソンズは、本人が言うところでは、ロンドンに行き、セント・ポールズ・チャーチヤードの近くの、安物の装身具を扱う店の倉庫係の仕事を見つけた。その店では、人物証明書の必要はなかった。時が経つにつれ、新しい関心事が心を占めるようになったのは明らかだった。彼は、社会主義と人間の権利について手紙に書いてきたが、それはポリー氏にはなんの魅力もない事柄だった。ポリー氏は、自分の知らない人間がパーソンズの心を捉え、彼に働きかけ、彼を別の誰か、あまり派手ではない何かにしようとしていると感じた……ポート・バードックは、パーソンズの褪せた思い出に満ちたわびしい場所になった。仕事は退屈なものになった。プラットは一人だけだと面白い相手ではなく、陰謀や悪徳や「上流社会の女」についてのロマンチックな想念に取り憑かれていた。

ポリー氏の憂鬱な気分は、総じて不活潑になったことに現われていた。ガーヴェイス氏の態度に見られるある種の苛立ちが、間もなく神経に障るようになった。二人の関係は緊張したものになった。ポリー氏は自分の地位を試すため、昇給を要求し、断られると、退職届を出した。

別の職場を見つけるのに二月《ふた》かかった。その間、孤独と失望と不安と屈辱の実に不愉快な思いをした。

彼はまず、イーズウッドに家を持っている、妻帯者の従兄のところに滞在した。鰥夫《やもめ》の父は最近、自分の家を支えていた楽譜と自転車の店を畳み（父は教区教会のオルガニストの地位にもあった）、ポリーの従兄の家に同居し、わずかな年金で暮らしていた。父は、ある謎の内臓の不具合のせいで、少々うんざりする人間になってきていた。地元の開業医は、その不具合は気のせいだと診断した。父は異例の速さで老け、極度に苛立つようになったが、従兄の妻は生まれながらに人のあしらいに長《た》け、彼となんとかうまくやっていた。我らのポリー氏の立場は純然たる客の立場だった。彼は、ごたごたした家に二週間厄介になっているあいだに、次のような文面の手紙を百通ほど書いた。

拝啓　紳士用装身具を扱う見習いを求める、貴殿が『クリスチャン・ワールド』にお出しになった広告に関してですが、その職に応募致したいと存じます。六年の経験があり……

そして、ポリーが化粧台掛けと寝室の絨毯に一ペニーのインク瓶を引っくり返したあと、従兄は彼を散歩に連れ出し、ロンドンで部屋を借りる利点を指摘した。その部屋から、わずかなあいだ空いている地位を、言ってみれば、急襲することができる。

「役に立った」とポリー氏は言った。「大変役に立った、本当に。僕は、あと何週間もここにいるところだった」。そして、荷物を纏めた。

彼は、一つには彼のような境遇にある男のための慈善ホステルでもあり、一つには高邁ではあるが不快なコーヒーハウスでもあり、「楽しい日曜の午後運動」（一八七五年に設立された、労働者のための宗教的、文化的、道徳的教育を目的とする運動）のためのセンターでもある施設の部屋を借りた。ポリー氏は、後ろの方の席に坐って、次のような文句を考え出しながら、批判的にだが楽しい日曜の午後を過ごした。

「異常肥大喉塔の情感に満ちた持ち主」。喉仏を問題にしたものだ。

「糞真面目な歓び」

「昂揚し、切迫した悲愛感」

一人の男らしい副牧師が、彼の夢中になっている顔と、動いている唇を誤解し、そばに来て坐り、もっと寛いだ気分にさせようと、話を交わし始めた。その会話はぎごちなく、一分ほど途絶えた。すると、ポート・バードック・バザールの思い出がポリー氏の頭に不意に蘇り、「小犬《リル・ドッグ》」と小声で言って相手を戸惑わせ、安心させるように頷いてから立ち上がってその場を逃げ出し、変化に富んだロンドンの通りに、ほっとした気分で、辺りを観察しながらさ迷い出た。

彼は、ウッド通りとセント・ポールズ・チャーチヤードにある何軒かの問屋（そこで問屋は、田舎から来たバイヤー志望者に面接するのだ）の中で待っている際に会った大勢の男たちを、面白くかつ刺激的だと感じたが、自分自身の運命をあまりにも強く暗示していたので、実際には楽しくなかった。そうした男たちは、自信と苦悩のあいだのあらゆる段階、過度のお洒落と零落の最終段階のあいだのすべての段階を体現していた。意気軒昂で、いわば人を肘で押し退《の》けて進む気概に満ちた陽気な若者もいたが、ポリーは、彼らの前では気分が沈み、憎しみと失望を覚えた。「粋がっている若造たち」とポリーは心の中で言った。「粋な若さで溢れている。〝肩で風切る主義〟信奉者」。三十五歳くらいのひもじそうな男たちもいたが、彼らは「プロレテレリアン」（「プロレタリアン」）に違いないとポリーは断定した――彼は、その魅力的な言葉に合う者を見つけたいと、かねがね思っていたのである。「四十歳で老けすぎた」中年の男たちが、商売の景気について待合室で話していた。これほど悪かったことはない、と彼らは言ったが、ポリー氏は、「乾涸《ひから》びている」というのが彼らに対して使いうる形容詞ではないかと思った。自分は偉いのだと思い上がり、自分がまだ職がないことに明らかに苛立ち腹を立てていて、自分に対して陰謀が企まれているのではないかという気になっている男たちがいた。あまりに気が弱く、面接の際の彼らの振る舞いを想像するのも恐ろしいような男たちがいた。一人の知的ではないが爽やかな顔の青年がいた。その青年は、際立って高いカラーを着けていることで、世のあらゆる災難から免れていると思っているらしかった。また、フランネルのワイシャツと、毒々しいほど派手な格子模様のスーツを着ることで陽気な気分を出している青年がいた。毎日ポリー氏は辺りを見回し、見慣れた顔の多くがいなくなってしまったこと、残っている顔に、濃くなっていく不安感(それは、彼自身の不安感を反映していた)が現われていることに気づいた。また、毎日、いくつかの新しいタイプの顔が、漂う人の群れに加わった。自分がイーズウッドから出した惨めな手紙では、いわば水源に集まる飢えた競争相手に勝つチャンスのいかに少ないかを悟った。

ポリー氏はこんな風に観察していたが、心の奥には、歯医者の待合室にいるような、嫌な感じがあった。今にも自分の名前が大声で呼ばれ、新しいタイプの雇い主の面前に行かねばならないだろう、そして、この仕事に強い興味があり、熱意に燃えていることを、またも力説しなければならないだろう――誰であれ年に二十六ポンドの給料をくれる者のための熱意に。

これから自分の雇い主になるかもしれない者は、使用人について、自分の理想を開陳するだろう。「わたしは気が利いていて、意欲のある若者、申し分なく意欲のある若者を求めているんだ、苦労を厭わない若者を。怠け者は要らない。強制しなければ仕事をしないような若者は。そんな者には用はない」

ポリー氏の心の奥では、自分では制御できないのだが、手に負えない名文句考案者が、「丸ぽちゃ《チャビー・》ほっぺ《チョップス》」とか「丸ぽちゃ女誑し《チャビー・チャーマー》」とかいう言葉の組み合わせを作り出していた。それはまさに、帽子屋の店員が見繕って帽子を出すように、目の前の紳士にぴったりだった。

「わ、わたしには、怠け者のようなところはあまりないと存じます」とポリー氏は、自分の本心を無視して、明るく言った。

「その通りでございます。より高く《エクセルシオー》」

「本気でやり抜く若者が欲しいんだ」

「失礼？」

「エクセルシオーと申したのでございます。わたしのモットーのようなものでございます。ロングフェローの言葉でございます。ずっと勤めさせて頂けるでしょうか？」

丸ぽちゃの紳士は、やや疑わしそうな様子で、自分の理想の使用人についての説明に戻った。「あんたは、やり抜くつもりかね？」と彼は訊いた。

「そう願っております」とポリー氏は言った。

「やり抜くか、やめるか、だね？」

ポリー氏は狂喜したような声を出し、その通りだという風に頷き、曖昧な口調で言った。「まったくわたしの流儀」

「うちの使用人の何人かは、二十年働いてくれている」と雇い主は言った。「うちのマンチェスター産綿織物のバイヤーは、十二の少年の時に、うちに来た。あんたはクリスチャンかね？」

「英国国教会でございます」とポリー氏は答えた。

「ふーむ」と雇い主は、ちょっと考える様子だった。「商売全般のためには、バプティスト派がいいんだが。それでも――」

彼はポリー氏のネクタイをしげしげと見た。それは、野心に燃える装身具商にふさわしい、地味なほどきちんとしていて、ビジネスライクのものだった。自分自身のポーズと表情に対するポリー氏の考えは、心の奥の例の手に負えぬ名文句考案者によって、「葬式風服従《オブセクウィズ・デフエレンス》」（「オブセクウィズ」は「オブシークウィアス」（媚びへつらう）にかけている）と表現された。

「あんたの」と将来の雇い主は、これで面接は終わりだという態度で言った。「人物証明書がみたい」

ポリー氏は不意に立ち上がった。

「ご苦労」と雇い主は言って、彼を去らせた。

「チャンプ・チョップス（骨付きの肉の厚切り）！　チャンプ・チョップスはどうだい？」と、名文句考案者は霊感を受けたかのように心の中で言った。

「ご連絡をお待ち申しております」とポリー氏は、自分の最高の店員風の態度で言った。

「万事恙《つつが》なかったら」と将来の雇い主は言った。

2

頭脳の奥を、こじつけの言葉で妙な文句と綽名を作るのに捧げている男、人生は金《きん》を含む岩の塊で、人生のすべての価値は、実務的ではない歓びという稀少な鉱脈によって与えられると考えている男、ボッカチオとラブレーとシェイクスピアを熱心に読み、「鼾《いびき》をかく肩で風切る主義者」と「粋がっている若造」という文句を、最も厳しい非難として使うような男は、当節の商売の世界では大成功する見込みはない。ポリー氏はいつも、派手で芳醇な物を夢見ていて、努力を必要とする生活を本能的に憎んでいて、元大統領のルーズヴェルトやベイデン＝ポウエル将軍（ボーイスカウト運動の創始者）やピーター・キアリー（英国の出版業者。ベイデン＝ポウエルの熱心な支持者）や故サミュエル・スマイルズ（『自助論』の著者）の魅力には楽々と抗っただろう――セント・ルー・ストラッチー（当時の『スペクテイター』の編集長）でさえ、彼を鼓舞することができたかどうか疑わしい。彼は、フォールスタッフ、ヒューディブラス（サミュエル・バトラーの諷刺詩の主人公。）、下品な笑い、ワシントン・アーヴィングの書いた古きイングランド、チャールズ二世の宮廷の日々の思い出を愛した。したがって、仕事の進み具合は必然的に遅く、昇給しなかった。いくつかの職場を失った。彼の目の中には、雇い主が好かない何かがあった。時折、飛び抜けて優秀な店員ぶりを発揮したり、かなりきちんとした服装をしたり、時間はかけたが非常に巧みにショーウィンドーの飾り付けをしたりしなかったなら、もっと頻繁に職場を失っていただろう。

彼は、仕事口を次から次に変え、夥しい数の綽名を発明し、何度も敵意を抱き、友人を作った――しかし、パーソンズのような心から満足できる友人は一人も作ることができなかった。しばしば恋に落ちた。しかし、それは微温的で散漫だった。黄緑の林檎をくれた、あの少女を思い出すことがあった。彼女が我を忘れた行動をしたのは、自分が若くて爽やかだったからだという、己惚《うぬぼ》れた確信に近い考えを彼は持っていた。そして、陽光を浴びてのんびりと眠っているようなフィッシュボーンを思い出すことがあった。また、消化不良の始まりが原因の、不快で物憂く不機嫌な気分に陥ることがあった。

さまざまな力と暗示が彼の人生に忍び入り、長期間あるいは短期間、影響を与えた。

カンタベリーに行き、ゴシック建築の影響を受けた。ポリー氏とゴシック建築には血の繋がりがあった。中世だったら疑いもなく足場に坐り、柱頭に、教会の高位聖職者の、洞察力に満ちた、しかしあまり諂《へつら》わない肖像を彫ったことだろう。両手を後ろに組み、大聖堂の後ろの柱廊をぶらぶら歩き、中央の芝が繁茂した所を見た時、家にいるような不思議な感覚に襲われた——家にいた時よりも遥かに強く。「でっぷりしたケイポン」（「ケイポン」は「去勢鶏」。ポリーは「キャノン」すなわち「修道会会員」と言おうとした）と彼は、中世の聖職者の特徴的なタイプに名前を付けているという気分になって、一人で呟いたものだった。

礼拝式のあいだ身廊に坐って、身廊と聖歌隊席を隔てている大きな門を通して蠟燭や聖歌隊員を眺め、オルガンの伴奏の歌声を聴くのが好きだったが、翼廊には決して入らなかった。料金を取られるからだ。音楽と、雷文《らいもん》模様の長い屋根の眺めは、言葉では表現できない、間違った発音の言葉によってさえも表現できない、漠然として神秘的な幸福感で彼を満たした。しかし、座席と座席のあいだの通路で自己満足に浸った瞬間には、いくつものものものしい形容語句が浮かんだ。例えば、「賞讃すべき壺」《メトローリアス・アーンフルズ》（「メリトーリアス・アーンズ」）、「葬送記録」《フユニエリアル・レコード》、「がっくりしている天使」《デイジエクテッド・エンジエロシテイー》。彼は境内をぶらぶらし、そこにとても快適に集まっている、灰色の石で出来た、かなりの歳月を経たこぢんまりした家に住んでいる者について、あれこれ推測した。高い石の塀にある緑の扉を通し、平らな芝生と燃えるような花壇を垣間見た。縦仕切りの窓の向こうに、笠の付いた卓上電気スタンドと、茶色の装丁の本が整然と並んだ本棚があった。時折、ゲートルを巻いた高位聖職者が彼の横を通り過ぎた（「でっぷりしたケイポン」）。あるいは、白いローブを羽織った聖歌隊の大勢の少年が遠くの拱廊《アーケイド》を横切って、戸口に姿を消した。あるいは、少女にふさわしいクリーム色とピンクの服が、ひんやりとして静かなその場所を、蝶のようにいくつかすっと動いた。とりわけベネディクト会附属診療所の、廃墟と化したいくつもの拱門《アーチ》と、キングズ・スクールの建物からのベル・ハリー・タワー（カンタベリー大聖堂の中央の塔で、天辺にヘンリー八世が寄贈した鐘がある）の眺めに強く惹かれた。彼は『カンタベリー物語』を読もうという気を起こしたが、チョーサーの古風な英語に馴染めず、注意力が散漫になった。道中のいくつかの冒険を読むために、語りの部分はすべていそいそと飛ばしたでもあろう。そうした素敵な人物たちがもっと活躍し、もっと口数が少なかったらよいのにと思った。彼は、バースの女房が大いに気に入った。その女と知り合いになりたかった。

　また、カンタベリーでは、彼の知る限り、初めてアメリカ人を見た。

　ウェストゲイト街にある、彼の働いていた店は繁盛していた。チョーサーの「チェカーズ・イン」（『カンタベリー物語』に出てくる宿）を眺め、そこから曲がって服地屋小路《マーセリー・レイン》を下り、ゴールドストーン修道院副院長の作った門に行く途中のアメリカ人を見たものだった。アメリカ人は、いつも、いわば静かに急ぎ、自分の知っているどんなイギリス人よりも、すこぶる毅然としていて几帳面な国民だという印象を彼は受けた。

「洗練された貪欲《カルチャード・ラパカシティー》」（「ラパカシティー」は「ラパシティー」）と彼は言ってみた。

「文化遺産への貪欲な回帰《ヴォローシャス・リターン・トゥ・ザ・ヘリテージ》」（「ヴォローシャス」は「ヴォレイシャス」）

　彼はそのことについて、ついでの折に、自分の手伝いの徒弟に詳しく話して聞かせるのだった。クライストチャーチの門のところで、小柄な婦人が自分の考えを友達に向かって述べているのを立ち聞きした。そのアクセントと抑揚が記憶に残り、多少とも正確にそれを真似てみるのだった。「ねえ、このマーロー（エリザベス朝のシェイクスピアに次ぐ偉大な劇作家）記念碑は本当に、掛け値なく重要なのかしら？」と、その小柄な婦人が訊くのを耳にした。「あたしたち、付けたりのものや二流の見かけ倒しの物には用はないわ、メイミー。あたしたちは、ここの大きくて素朴な物、幅広い基本的なカンタベリーの事柄《プラポジション》（アメリカ人の発音）だけが欲しいのよ。それは、あたしたちに何を語りかけているのか？　あたしは、それが摑みたい、そうして、チョーサーが紅茶を飲んだ、まさにその部屋で紅茶が飲みたい、それから急いで四時十八分の列車でロンドンに戻りたい……」

彼は、このもっともらしい文句を心の中で繰り返し、それには、えも言えぬ味わいがあると思った。「大きくて素朴な物、幅広い基本的なカンタベリーのプラポジションだけ」と彼は繰り返すのだった……

彼は、アメリカ人を前にした時のパーソンズの対応を想像しようとした。自分は、うまくやれる資格にまったく欠けているのを自覚していた……

カンタベリーは、ポリー氏があちこちさ迷っていたその数年で、最も自分の性にあった場所だった。友人に関しては、ひどくわびしかったけれども。

3

世界がポリー氏にとって真に不愉快なものになったのは、カンタベリーを去ったあとだった。自分は己の商売では敗残者だということを、生々しく、というより、厳しくおぞましい執拗さで思い知らされた。それは、自分の選ぶべき商売ではなかったのだ、なら、どんな商売を選ぶべきだったのか、まったくはっきりしなかったけれども。

彼は大いに努力したものの、それは間歇的だった。そして、無理に才人ぶろうとしたが、それは陽に当たると褪せてしまう安物の染料に似ていた。また、一種の倹約を身に付けた。それを身に付ける際、二、三度陥った、まったくの無一文状態が役に立った。しかし、本気で出世しようというつもりの、生来才能のある、生まれついてのやり手の若者には敵わなかった。

彼はひどく残念な気持ちでカンタベリーの店を去った。彼ともう一人の店員は、ある日曜日の午後、スタリー゠オン゠ザ゠ストゥア村で舟に乗った。西風が吹いていて、舟は一時間ほど東にごく快適に帆走した。二人はそれまで舟を帆走させたことはなかった。舟を帆走させるのは簡単で素晴らしいことに思えた。戻ろうとすると、川は舟を上手回《うわて》しにするにはあまりに狭いことがわかった。おまけに、潮がどっと引いていた。二人は六時間のあいだスタリーに戻ろうと必死の努力をし（最初の一時間の料金は一シリングで、そのあと一時間ごとに六ペンス取られた）、一時間半ほど一マイル漕いだ。ついに潮の流れが変わり、二人は助かった。それからカンタベリーまで夜通し歩いた。店に着くと、無情にも二人は締め出されていた。

カンタベリーの店主は気立てのいい、信心深い男で、もし、妙な言い回しをする、ポリー氏の例の嘆かわしい癖にショックを受けなかったなら、ポリー氏を馘《くび》にはしなかっただろう。「潮は潮で、仕方がないですよ、旦那」とポリー氏は、事態はさほど悪くないと感じながら言った。「わたしは、そいつを変える力を授かるほど、月に憑かれて狂っちゃいませんよ」

それは甚だ無礼な文句でも冒瀆的な文句でもないということを、カンタベリーの雇い主に説明するのは不可能なのがわかった。

「おまけに、お前たちは今朝、なんの役に立つと思ってるんだ？」とカンタベリーの雇い主は言った。「両腕が付け根から外れてるんだから」

という訳でポリー氏は、またしてもウッド通りの何軒もの問屋で観察を続け、惨めな時を過ごすことになった。勤め口というパン屑を待っている魚の群れは、これまでになく多くいるように見えた。

彼は自問自答した。自分は紳士用装身具商人をやめるべきか？　それは今でも自分にとって良いものではまったくないが、やがて年を取って若さの才気が中年の鈍さに変じれば、もっと嫌なものになるだろう。自分は、ほかに何ができるというのか？

何も考えつかなかった。ある晩、演芸場《ミュージック・ホール》に行き、喜劇役者になろうかと漠然と考えた。喜劇役者はひどく粗暴な輩《やから》で、面白い人間にはまったく見えなかった。だが、広い平土間の観客が目の前で欠伸《あくび》をしている光景を思い浮かべると、自分の才能は、そんなことに使うにしてはあまりにも繊細なのを悟った。ロンドン橋のそばの露店で野菜の競り売りをする魅力に感銘を受けたが、よく考えてみると、専門知識に総じて欠けていることを認めた。移住に関していくつか問い合わせたが、どの植民地も、資金のない店員を求めてはいなかった。そこで、ウッド通りに日参した。

理想の給料を、年合計五ポンドに下げ、クラパムにある、店員をこき使う店に雇われた。その店は、もっぱら既製服を扱い、店員は地下の食堂で食事をした。土曜日には夜中の十二時まで営業した。その店は、その店で陽気ではいられなかった。消化不良の発作は一層ひどくなり、夜、横になっても目が冴え、あれこれ考えるようになった。陽光と笑いは、永遠に失われたもののように思われた――ピクニックと、月光のもとで叫ぶことも。

売場主任監督は彼を嫌い、がみがみ小言を言った。「さあさあ、ポリー！」「しっかりしろ、ポリー！」という文句が、彼にとって重荷になった。「お前はえらく粋がってるが」と売場主任監督は言った。「熱意がない。なんの熱意も！　なんの活気も！　一体どうしたんだ？」

夜眠れない時、ポリー氏はこんな気分になった……陽の当たる森で元気に跳ね回ったり、伸びつつある小麦を浮かれ気分でこっそり襲ったり、無能で暢気《のんき》な犬の前で、わくわくしながら誇らかに駆け出したりした若い兎が、一生、長い夜を網の中でもがき、途方に暮れる羽目についになった時に強く抱くに違いない気分に。

彼は、自分の何が悪いのか理解できなかった。自分の状況を診断しようと大変な努力をした。自分は本当に、「発奮」しなければならない、ただの「怠け者」なのだろうか。そう信じることはできなかった。自分を気の染まない職業に無理に就かせた父を大いに責めたが――父親とは、そうされるためにある――では自分がどんな職業に就くべきだったかは、言えなかった。自分の通った学校に何か馬鹿げたところがあったと感じたが、それが自分にどう影響したのかは言えなかった。遮二無二「発奮」し、「人を押し退ける」努力を何度か本気でしてみた。だが、それは地獄のようだった――不可能だった。自分が、社会にうまく適応できない者の一切の悲哀を体現し、前途には、ごく偶発的な幸福以外のなんの明確な見込みもない、惨めな人間であるのを認めざるを得なかった。そして、そうやって自分を責め、自己訓練をしたものの、心の奥底では、自分が悪いとは感じていなかった。

実のところ、彼の抱えている悩みのすべての要素は、ハイベリーに住んでいて、執筆は大方クライマックス・クラブの美しい図書室でしていた、金縁の鼻眼鏡をかけた、ある知識人の紳士によって十分に診断されていたのである。その紳士はポリー氏を個人的には知らなかったが、総じてポリー氏は「社会の複雑さに釣り合う、集合的知性と秩序への集合的意志を育て損なった社会に多数存在する不適合者の一人」(ウェルズ自身の著作のパロディー)だと断じた。

だが、そうした類いの文句は、ポリー氏にはまったく訴えかけなかった。

第4章　孤児のポリー氏

1

　すると、父が死んだことでポリー氏の人生に大きな変化がもたらされた。父は急死したのだ。父は気の病に罹っていたという説に地元の開業医は依然として固執していたが、死亡診断書には妥協して、死因は、当時非常に広く知られるようになった盲腸炎と記入した。そしてポリー氏は、イーズウッド連絡駅の近くに住む従兄の家にあった、異論の余地のある数の家具、一冊の家庭用聖書、ガリバルディ（十九世紀のイタリアの愛国者、革命家）の銅版画の肖像とグラッドストーン氏の胸像、動かない金時計、かつては母のものだった金のロケット、いくつかの小さな宝石類と古い小物類、ほとんど価値のない多量の古着、保険証書と、総額三百五十五ポンドの銀行預金の相続者になった。

　ポリー氏はこれまでずっと、父を不死の存在、永遠の事実と見なしてきた。父は晩年、寡黙になったので、保険証書のことについては何も言わなかった。したがってポリー氏は、大金を手にしたことと父を失ったこととで度を失い、少々慌てた。母の死は、子供の頃には悲しんだものの、とうの昔に忘れていて、これまでの人生で最も強い愛情を抱いた相手はパーソンズだった。そして、社交的なひとりっ子だったので、大方、家には背を向けていた。母の代わりになった叔母は倹約家で、家具を磨き上げ、彼が悪さをすると、指の関節を軽く叩き、騒ぐとすぐに叱責した。だらしない少年にとっては、友人ではなかった。彼は、ほかの少年や少女に、束の間、好意を抱いた。しかしそれも、心に深く根差すほど頻繁なものでも、親密なものでもなかった。成長の過程で他人に愛情を示すことは稀で、ごく散発的だったので、極度に内気な男になった。父は常日頃他人だった。苛立ちやすい他人で、何事にも権柄《けんぺい》ずくに異常なほど介入してきて口を出し、子供に失望していることを態度に出した。父を失ったのはショックだった。それは、世界に予期しない穴がぽっかりと空《あ》いたようだった。空に「死」という文字が書かれたようだった。しかし最初は、ポリー氏は父の死をさほど痛切には感じていなかった。

彼は至急電報を受け取ると、イーズウッドのコテージに行った。すると、父はすでに息を引き取っていた。従兄のジョンソンは重々しい顔で彼を迎え、二階に連れて行き、屍衣に包まれ、硬直して真っすぐな遺体を見せた。顔はいつになく穏やかで、鼻孔が狭いので、人を嘲っているように見えた。

「安らかそうだな」とポリー氏は、嘲っているような表情をなんとか無視して言った。

「大いにほっとしたよ」とジョンソン氏は言った。

間《ま》があった。

「二つ目——僕が見た二つ目の遺体——ミイラを勘定に入れなければ」とポリー氏は、何かを言う必要があると感じながら言った。

「僕らはできる限りのことをした」

「それは間違いないさ」とポリー氏は言った。

二度目の長い間が続いた。するとジョンソンがドアの方に向かったので、ポリー氏は芯からほっとした。

そのあとポリー氏は、夕暮れの光の中を独りで散歩に出掛けた。歩いているうちに、死んだ父が不意に現実のものになった。そして、記憶の遥か彼方にある事柄に思いを馳せた――父が、ひどく興奮している小さな少年と一緒に馬鹿騒ぎをした楽しい一時《ひととき》。ちょっとした派手な事件と不思議な出来事に満ちているパントマイムを観に、恒例で水晶宮《クリスタル・パレス》を訪れた時のこと。客が、古い、彼が隅から隅まで知っている店にいるあいだ、客の応対をしている父の恐ろしい背中。彼を死んだ父と最も近く結び付けるように思える記憶が、怒りの発作の記憶なのは奇妙な話だ。父は、店の裏にある小部屋から、小さなソファーを二階の寝室に運ぼうとした。だが、それは狭い、螺旋状の階段の途中でつかえてしまった。しばらくのあいだ父は騙し騙し動かそうとしていたが、やがて苦悶している者のような唸り声をあげ、それから激怒した。罵り、忌まわしい家具を蹴り、殴り、ついに、大変な努力の末に、それを無理矢理二階に引っ張り上げた。そのため、壁の下地の小幅板と漆喰と、ソファーのキャスターの一つが、かなり損傷した。父が自制心をすっかり失ったその瞬間に、父の完全な人間性を知ってショックを受けたことが、ポリー氏の奇妙な精神に特別の印象を与えた。まるで、途方もなく生き生きとした何かが父から漂い出て、温かい熱情的な手を彼の心に置いたかのようだった。彼はそのことを非常に鮮明に思い出した。そしてそれが、それまで四散し混乱していた無数のほかの記憶に対する鍵になった。

自分の言いなりになろうとしない物を引っ張り上げ、曲がるのが不可能のような角を遮二無二曲がろうとする、弱々しくも依怙地《いこじ》な人物――その象徴的姿に、ポリー氏は自分自身の姿と、人間の抱えるすべての問題を見ることができた。

父は、とりわけ良い思いはしなかった、気の毒な老人だ。そしていまや、すべては終わったのだ

――おしまいだ……

ジョンソンは、葬式に非常な満足感を覚える類いの人間だった。三十五歳のメランコリックで、生真面目で、実際的な考えの持ち主で、人に忠告する大変な能力があった。彼はイーズウッド連絡駅の上り線の改札係で、自分の立場の責任を自覚していた。生来思慮深く控え目で、その点は、生まれつき姿勢がよく、顔の上半分と頭が前方に傾いているということで大いに助けられていた。顔は蒼白かったが雀斑《そばかす》があり、黒っぽい灰色の目は奥に引っ込んでいた。彼の最も軽い趣味はクリケットだったが、それを軽くは考えていなかった。休日にする主なことは、クリケットの試合を観に行くことだった。まるで教会に通うような具合だった。試合を批判的に観戦し、時たま喝采し、非正統的な試合の仕方には激怒した。すべての問題に対する彼の確信は、あまり口には出さなかったが不動のものだった。チェッカーとチェスの頑固な指し手で、『ブリティッシュ・ウィークリー』（十九世紀に創刊された宗教雑誌）の熱心な長年の読者だった。妻は顔色がピンクで背が低く、意図して微笑し、おせっかいで、人に取り入ろうとする話し好きな女で、楽しくあろうと決意し、何事に対しても明るく楽観的な見方をした。実際には明るくも楽観的でもない時でさえ。目は大きくて青く、表情豊かだった。顔は円く、夫をいつもハロルドと呼んだ。彼女は元気づけるような調子で、ポリー氏の父のことを同情と思い遣りに満ちた文句でポリー氏に話した。「あの人は最期は本当にごく明るかった」と、祝福するように力を込めて何度か言った。「ごく明るかった」

彼女は、死ぬことを快適なことのように思わせた。

ジョンソン夫婦はポリー氏を至極親切に扱い、彼の飛び切りの無能をあらゆる方法で助けようと決心していた。そして、ハム、パン、チーズ、ピクルス、冷えた林檎タルト、少量のビールの簡単な夕食が片付けられたあと、夫婦は彼を、まるで病人かのように肘掛け椅子に坐らせ、自分たちは、彼を見下ろすような具合になっている椅子に坐った。そして、葬式の手配の指示についての話し合いを始めた。つまるところ葬式とは紛れもなく社交的な機会で、自分に家族がいず親戚もごく少ないならばその稀な機会なのだ。ジョンソン夫婦は、葬式がぶち壊しになったり台無しになったりするのを見たくはなかった。

「霊柩車が要るでしょうよ、もちろん」とジョンソン夫人が言った。「御者が柩に坐る、例のコンビネーションではなく。あれは失礼だと思うわ。なんで人がコンビネーションで運ばれて埋葬される気になるのか、あたしは想像できない」。彼女は、審美的感情を仄めかす時に使うやり方で、声を少し下げた。「あたしはガラスの霊柩車が大好き」とジョンソン夫人は言った。「とっても洗練されてて素敵」

「ポジャーの霊柩車を君は使うことになる」とジョンソンは断定するように言った。「イーズウッドで一番いい」

「すべて申し分なし」とポリー氏は言った。

「ポジャーが、もう寸法を計りに来る頃さ」とジョンソンは言った。

「それから、君が誰を招くかによって、一台か二台の会葬者用馬車が必要になる」とジョンソン氏は付け加えた。

「誰かを招くことは考えなかったなあ」とポリー氏は言った。

「そうさ、何人か友人を招かなくちゃいけない」とジョンソン氏は言った。「何人か友人を招《よ》ばずに、お父さんを墓場に送ることはできないのさ」

「葬式に用《つか》うたその炙《あぶ》り肉（『ハムレット』に出てくる文句）、っていうようなものね」とポリー氏は言った。

「炙ったものじゃないわ。でも、もちろん、あなたは何かを出さなくちゃいけない。ハムとチキンが最適。式の真ん中の儀式だから、あんまり料理をすることはないわ。アルフレッドは誰を招くべきかしらね、ハロルド？　一番近い親戚だけね。やたらに大勢は嫌だし、敬意を表さないのも嫌」

「でも、父は僕らの親戚を憎んでた――その大方を」

「今は憎んじゃいない」とジョンソン氏は言った。「それは確かだろうよ。まさにそれだから、親戚のみんなが来るべきだと思う――君のミルドレッド叔母さんでさえ」

「ちょっと禿鷹じみてるな」とポリー氏は言ったが、誰も取り合わなかった。

「もし、みんな来たら、十二人か十三人以上だろうな」とジョンソン氏が言った。

「あたしたち、奥の部屋に何もかも用意しといて、表の部屋に手袋とウィスキーを出しておくの。そうして、あたしたちみんなが、そう、式に出ているあいだに、ベシーがすべてトレーに載せて表の部屋に運んで、ちゃんと並べられる。ウィスキーと、御婦人のためにシェリーかポートがなくちゃいけない……」

「喪服はどこで手に入れるんだい？」とジョンソンが出し抜けに訊いた。

ポリー氏は、悲しみのその副産物のことは、まだ考えていなかった。「まだ考えてなかったのさ」

不快感が体中に広がった、まるで、坐っているあいだに自分が黒くなっていくかのように。彼は黒い服を嫌った。

「喪服は着なくちゃいけないんだろうな」

「いやはや！」とジョンソンは言って、苦笑いをした。

「やり遂げなくちゃいけない」とポリー氏は、ぼそりと言った。

「僕だったら」とジョンソンは言った。「既製品のズボンを買うね。実際必要なのは、それだけさ。それに、黒のサテンのネクタイと、正式喪章の付いたシルクハット。それに手袋」

「黒玉のカフスリンクを付けなきゃいけないわ――喪主として」とジョンソン夫人が言った。

「義務じゃない」とジョンソンが言った。

「それは敬意を表するわ」とジョンソン夫人が言った。

「もちろん、敬意を表することになる」とジョンソンが言った。

するとジョンソン夫人は、柩（彼女はコフィンと言わずに気取って「カースケット」と言った）の細部に関して大変な勢いで喋り始めた。一方ポリー氏は、肘掛け椅子にさらに深く、だらりと坐り、二人の言っているすべてのことに、抗議する調子を滲ませながら同意した。彼は夜、部屋に退《の》くと、ベッド代わりのソファーの縁に長いあいだ腰掛け、自らの将来を、じっくりと考えた。「最期まで親父の道を辿る」と独りごちた。

彼は、健康な動物が死を嫌っているに違いないように、死についてあれこれ考えるのを嫌ったが、父の葬式に関する思ってもみなかったいくつかの世間の仕来りに、心の中で取り組んだ。

「どうにか、そいつを片付けなくちゃいけないな」とポリー氏は言った。「親父が生きているあいだ、もうちょっと会っておけばよかった」

2

ポリー氏は父が死んだことだけを考えていたので、多額の遺産を相続したこと、それに伴う不安と責任を自覚したのは、そのあとのことだった。朝になってやっと、そのことに気づき始めた。その日は、たまたま日曜日だった。彼は教会に行く時間の前に、ジョンソンと一緒に、イーズウッドに広がりつつある市街地区に、躍起になっている建設事業の結果出現した、入り組んだ建物の辺りを歩いた。ジョンソンは、その日の朝は非番で、ポリー氏の今後の身の振り方についての忠告めいた話に、ごく気前よく時間を割いた。

「どうも商売のこつが呑み込めないのさ」とポリー氏は言った。「僕の考えでは、インチキが多すぎる」

「僕だったら」とジョンソン氏は言った。「ロンドンの一流の店になんとしてでも入るね――ごく安い給料で働き、自分の蓄えで生活する。僕なら、そうする」

「目上ぶって忠告する、ってわけか」とポリー氏は心の中で言った。

「いい店の人物証明書を貰うのさ」

間《ま》があった。「君の金を投資することを考えたかい?」とジョンソンは訊いた。

「金を手にしたってことに、まだ慣れてないのさ」

「君は、その金をどうにかしなくちゃいけない。ちゃんと投資すれば、年に二十ポンドくらい入る」

「そういう風には、まだ見なかったのさ」とポリーは言い訳するように言った。

「投資できるものは際限なくある」

「いつ投資を引き揚げるかには自信がないな。僕は財政家向きじゃないんだ。競馬で賭けた方がいい」

「僕だったら、そんなことはしないね」

「僕の流儀でもないさ」

「それは君の蓄えだ」とジョンソンは言った。

ポリー氏は、曖昧に何やら言った。

「住宅金融組合がある」とジョンソンは探るような口調で言った。ポリー氏は、それがあることを、気乗りのしない口調で認めた。

「抵当を取ってその金を貸してもいい」とジョンソンは言った。「ごく安全な投資の方法だ」

「そのことは、まだ考えないことにするさ――親父が埋葬されるまでは」とポリー氏は、思いついてそう言った。

二人は、連絡駅に通ずる方向に曲がった。

「小店に使うのも悪くない」とジョンソンは言った。

その時は、その言葉はポリー氏には、ほとんどなんの魅力もないものだった。だが、のちにその言葉は重みを増してきた。それは、彼の心の中に、ある得体の知れない種のように落ち、発芽した。

「ああいう店の場所は悪くない」とジョンソンは言った。

ジョンソンが言った通りには、漆喰職人が、粗い煉瓦積みに漆喰を塗って見場よく仕上げる建築の最後の段階にある、がらんとした建物が並んでいた。店のスペースは、矩《く》形《けい》にぽっかりと空いた一階の空間で、上部には鉄製の大梁が渡してあった。「窓と備品は借家人の要望に応じます」と、通りの端の掲示板が約束していた。店の奥にはドアを取り付けるスペースがあり、上階の居間に通ずる階段が少し見えた。「悪い場所じゃない」とジョンソンは言って、先に立って、出来かけの一つの店に入って行った。「あそこに備品が取り付けられる」と、何もない壁を指差して言った。

二人の男は二階に上り、店の上の小さな居間（あるいは、一番いい寝室になるだろう部屋）に入った。それから、下の台所に降りた。

「新しい家の部屋は、いつだってちょっと狭く見えるものさ」とジョンソンは言った。

二人は、裏のドアを取り付ける予定の所から店を出て、大工の出したゴミのあいだを通って裏庭を抜け、再び道路に出た。そして、連絡駅に近づくと、道路は舗装されていて、すでに開店し営業しているいくつかの店があり、イーズウッドの商業地区を作っていた。道路の向かい側にある、繁盛している小さな店の横手の入口が開き、夫婦と、水兵服を着た小さな少年が通りに出てきた。妻は茶色の服を着た可愛らしい女で、たくさんの花で飾った麦藁帽をかぶっていた。一家全員、いかにも日曜日らしく、真新しいよそゆきを着ていた。店自体には、大きな板ガラスが嵌まったショーウィンドーがあり、中の品物は、その時は淡黄色の日除けで隠されていた。その日除けには、筆記体で、「ライマー、豚肉専門店および食料品商」と書いてあった。それから、派手に念入りに、「世界的に有名なイーズウッド・ソーセージ」と記してあった。

ジョンソン氏と、その著名な肉屋の主人は挨拶を交わした。

「もう教会にお出掛け？」とジョンソンは言った。

「野原を歩いて越えてリトル・ドリントンに行くんですよ」とライマー氏は言った。

「非常に快適な散策ですな」とジョンソンは言った。

「非常に」とライマー氏は言った。

「楽しんで下さいよ」とジョンソン氏は言った。

ジョンソン氏は、ポリー氏と一緒にまた歩き出した時、「あの男はよくやったよ」と小声で言った。「ここに無一文でやってきたのさ——ほとんど。四年前に。そうして、痩せこけてた。今の奴を見てみろよ！」

「奴は懸命に働いた、もちろん」とジョンソンは、その機会をうまく捉えて言った。

従兄弟は、しばらく思いに耽った。

「ある人間は、一つのことができる」とジョンソンは言った。「そうして、ほかの人間は……。一つのことに専心する人間は、店を開いても成功する」

3

葬式のすべての準備は、ジョンソン夫人が巧みに取り仕切ったおかげで、滞《とどこお》りなく進んだ。葬式の前の晩、彼女は予備の黒いサテン、台所用踏み台、一箱の錫めっきの鋲を取り出し、できる限り趣味よく、黒の花綵《はなづな》とリボンで家の中を飾った。また、ノッカーに黒のクレープの喪章を結び、ガリバルディの銅版画の隅に大きなリボンを付け、故人のものだったグラッドストーン氏の胸像を真っ黒な布で包《くる》んだ。さらに、ティヴォリとナポリ湾の眺めが描いてある二つの壺をぐるりと回し、そうしたかなり派手な風景が隠れ、あっさりした青いエナメルだけが見えるようにし、表側の部屋のために前々から買おうと考えていたテーブルクロスを買い、これまで務めを果たしてきた、模造フラシ天の今ではすっかり擦り切れて褪せた無花果《いちじく》と薔薇の模様の上に、菫色に近い紫のそのテーブルクロスを掛けた。彼女の愛情の籠もった配慮のおかげで、彼女の小さな家に、威厳のある重々しさを与えうる一切のことがなされたのである。

彼女は、招待状を出すという煩わしい義務からポリー氏を解放し、会葬者が集まる時間が迫ると、自分の思い通りに葬式の準備の仕上げをするために、彼とジョンソン氏を家の裏の狭い、細長い庭に出した。彼女が二人を一緒に外に出したのは、ポリー氏は自分の聖なる義務から逃げ出したいと思っているのではないかという、妙なちょっとした考えを、心の奥に抱いていたからだ。家の中を通る以外、庭から出る術《すべ》はなかった。

ジョンソン氏は、堅実に上手に庭造りをした。とりわけ、セロリと豌豆《えんどう》を育てるのがうまかった。庭の真ん中の小径《こみち》をゆっくりと歩きながら、豌豆を栽培する際の興味深いいくつかの点、うまい工夫、賢明に克服したいくつかの難題、気紛れだが育て甲斐のあるその野菜を快適にし、宥《なだ》めるために自分がした一切のことを、ポリー氏に話した。間もなく、家から、落ち着かない笑声と張り上げた声が聞こえ、早めの客が到着したことを告げた。今か今かと緊張して客を待つ、最悪の状況は終わったのだ。

ポリー氏がまた家に入ると、ピンクの顔をした、まったく知らない三人の若い女がいた。黒ずくめの喪の服装をした彼女たちは仕草に感情を表わしながら、ジョンソン夫人とりとめない会話をしていた。三人は、昔のイギリス風に、彼に大袈裟にキスした。「こちらは、あなたの従妹のラーキンズさんたち」とジョンソン夫人は言った。「あちらがアニー」（ポリー氏は不意に抱き締められ、チュッとキスされた）、「そうして、あちらがミニー」（長い抱擁と軽いキス）、「あちらがミリアム」（大胆な抱擁と軽いキス）

「そうなんですか」とポリー氏は、心の籠もった紹介のあとで、ちょっと服装を乱し、息を切らして言った。「わかりました」

「こちらがラーキンズ叔母さん」とジョンソン夫人が言った。年輩で、三人の若い女をもっとどっしりさせた女が戸口に姿を現わした。

ポリー氏は少々気が弱くなり、後ずさりしたが、ラーキンズ叔母を拒むことはできなかった。彼女は甥を抱き締め、音を立ててキスしてから、彼の両手首を摑んで、顔をしげしげと見た。彼女の顔は円く、情に脆そうで、雀斑《そばかす》が浮き出ていた。「どこにいても、この人はわかったでしょうよ」と彼女は熱を込めて言った。

「母《かあ》さんの言うことを聞いてよ！」と、アニーという従妹が言った。「母さんは、その人を以前見たことがないのよ」

「どこにいても、この人はわかったでしょうよ」とラーキンズ夫人は言った。「リジーの子なんだから。あんたは、あの人の目をしてる！　母親にそっくり！　この人を見たことがないってことについては——あたしは、この人を撫でてやったことがあるの、生意気お嬢さん。優しく撫でてやったのよ」

「今は撫でられないわよね、母さん！」とミス・アニーは、けたたましく笑いながら言った。それを聞いて、姉妹全員が笑った。「なんてこと言うの、アニー！」とミリアムが言った。しばらくのあいだ、部屋はさんざめいた。

ポリー氏は、何か言わねばならないと感じた。「僕が撫でられる日々は終わりましたよ」

その文句の受けっぷりは、ポリー氏よりずっと謙虚な人間にさえ、それがきわめてウィットに富んだものだということを確信させただろう。

ポリー氏は、もう一つの、やはり同じくらい気の利いた文句を口にした。「撫でるのは、僕の番ですよ」と彼は言って、叔母をこっそりと見た。誰もが笑い転げた。

「あたしは嫌よ」とラーキンズ夫人は彼の言わんとすることを理解して言った。「ご免だわ」。誰もが大笑いした。

妙なことだったが、彼女たちは、ともかくも気楽に付き合える人間に思えた。一同は、ポリー氏がラーキンズ叔母を撫でるということを考えて、まだ笑いさざめいていたが、ノックに応えてドアを開けに行ったジョンソン氏が、体を屈《かが》めた一人の人物を中に案内してきた。すると、すぐさまジョンソン夫人は、「あら、ペントステモン伯父様！」と呼びかけた。ペントステモン伯父は、いささか人を驚かせた。その姿は、崇敬すべき姿というより、老いた姿だった。時が髪を彼の頭頂から奪い、奪ったわずかな髪を、小さな房にして、無造作に不均等に顔のほかの部分に配分したのだ。非常に大きくて古いフロックコートを着、円筒状のシルクハットをかぶったままだった。腰がひどく曲がっていて、藺草《いぐさ》で出来た籠を持っていた。そこから、葬儀に花を添えるために持ってきたレタスと玉葱が、恥ずかしそうにそっと突き出ていた。彼は、手にしているさまざまな邪魔なものを取り除いてやろうとするジョンソンの努力に抵抗しながら、足を引きずって部屋に入ってきて立ち止まり、強い敵意の籠もった表情で一同を見渡し、深く息をした。一同が誰であるのかがわかると、目が生き生きとなった。

「お前がここにいるのか?」とラーキンズ叔母に向かって言った。「お前は……そこにいるのは、お前の娘か?」

「そうよ」とラーキンズ叔母は言った。「そうして、いい娘《こ》たち——」

「あれはアニーか?」とペントステモン伯父は、親指の角張った爪で指しながら言った。

「あの子の名前を覚えているなんて驚いたわ!」

「あの子は、わしの茸《きのこ》の菌床を台無しにした、あのお転婆は!」とペントステモン伯父は無愛想に言った。「そうしてわしは、あの子を正しく罰してやった。懲らしめてやった——ちゃんと。わしは、あの子を覚えとる。お前に少し青物を持ってきてやった、グレイス。新鮮で、健康にいい。籠は返してもらいたい。忘れず、わしに渡してくれ……納棺は、もう済んだのか? ああ! お前はいつも、ちょっと早まったことをする」

彼の注意は、痛む一本の歯のせいで、内側に向けられた。彼は、悪意を込めてその歯を啜った。その老人にはどこか迫力があり、束の間、誰もが黙り込んだ。老人は、英国の昔の粗野な農業国時代の名残のように見えた。まるで、紙で出来たもののあいだの土塊《つちくれ》に似ていた。老人は、土の付いた野菜の籠を、新しい菫色のテーブルクロスの上にごく慎重に置き、帽子を注意深く脱ぎ、額の汗を軽く拭い、帽子の鍔《つば》を深紅色と黄色の大きなハンカチで拭いた。

「来て頂いて嬉しいわ、伯父さん」とジョンソン夫人が言った。

「そうとも、わしは来たよ」とペントステモン伯父は言った。「来たよ」

彼はラーキンズ夫人の方を向き、「娘たちは奉公してるのかね?」と訊いた。

「いいえ、これからもしない」とラーキンズ夫人は言った。

「そうかね」と彼は意味深長に言い、ポリー氏に目を向けた。「あんたはリジーの息子かね？」

ポリー氏は、新しく何人かの会葬者が到着し騒々しくなったおかげで、詳しく説明する必要がなくなった。

「あら！　メイ・パントだわ！」とジョンソン夫人は言った。大柄な女の喪服を借りた小柄な女が、ごく小さい、金髪で尖った鼻をし、辺りをキョロキョロ見回している少年――少年には初めての葬式だった――を連れて現われた。そのすぐ後ろに、死者に対する敬意を大いに表わそうとやってきた、ジョンソン夫人の数人の友人が続いていた。彼女たちは、ポリー氏には曖昧で混乱した印象しか残さなかった。（理由は明かされなかったが、一族の恥であるミルドレッド叔母はジョンソン夫人の招待を断ったので、ジョンソン夫人が仄めかしたように、事情を呑み込んでいる者はみなほっとした。誰が何を理解していたのかは、ポリー氏には見当がつかなかったが。）

もちろん、誰もが恭《うやうや》しく喪服を着ていた――現代の英国風の喪服を。喪服は染物屋が染めたものなのが一目瞭然で、帽子と上着は今風の仕立てだった。クレープの喪章を付けている者は、ごく少なかった。葬儀の服装は、ヨーロッパ大陸の会葬者の立派で特別なものでも、喪服が着たいために喪服を着る真の歓びを現わしたものでもなかった。それでも、他人が黒を着て集まったということは、ポリー氏の感じやすい心を驚かせ混乱させるに十分だった。それは、これまでに予期したどんなことより遥かに特異なことに思われた。

「さあ、娘たち」とラーキンズ夫人は言った。「何かお手伝いができるかどうか、見てきなさい」。

三人の娘は、表の部屋と奥の部屋をやたらに往復し始めた。

「みなさんが、一杯のシェリーとビスケットを召し上がるといいんですけど」とジョンソン夫人は

た。「あたしたちは、儀式張るのは嫌ですの」。そして、デカンターが、ペントステモン伯父の野菜の代わりに現われ

ペントステモン伯父は部屋に入ってきた時、帽子を渡すのを断った。壁際の椅子にぎごちなく坐り、敬うべき帽子を両足のあいだに置き、誰かが近づいてくるのを注意深く監視していた。「わしの帽子を踏み潰さんでくれ」。誰もが、がやがやと世間話をした。ペントステモン伯父はポリー氏に話しかけた。

「あんたはちっこい奴だった。ちびだった。わしはリジーがあの男と結婚するのには賛成しなかったが、そのことは水に流そうと思う。あんたは事務員かなんかになったんだろうな」

「紳士用装身具商です」とポリー氏は言った。

「思い出したよ。あの娘たちは婦人服仕立屋のふりをしてる」

「本当に婦人服仕立屋よ」とラーキンズ夫人が、部屋の向こうから言った。

「シェリーを一杯貰おう」と彼は言った。それから穏やかに、ポリー氏に向かって言った。「連中は、ああ言い張ってる」

彼は、ジョンソン夫人が渡してくれたグラスを受け取り、角張った人差し指と親指で摑み、吟味するように支えた。「あんたが、この代金を払うんだ」とポリー氏に向かって言った。「乾盃……わしの帽子を踏まないでくれ、娘さん。あんたのスカートが帽子に擦《こす》れるんで、帽子の価値が一シリング下がる。これは、当節やたらにお目にかかれるような代物じゃない」

彼は、喧しい音を立ててシェリーを飲んだ。

シェリーを飲んだせいで、誰もが饒舌になり、初めの頃の堅苦しさがなくなった。

「検死があったはずよ」と、パント夫人がジョンソン夫人の友人の一人に言っているのをポリー氏

は聞いた。ミリアムともう一人は、ジョンソン夫人が施した飾りを、しきりに褒めた。「とっても素敵で洗練されてる」と、二人とも間を置いては繰り返した。

一同がシェリーとビスケットをまだ賞味している時に、葬儀屋のポジャー氏が到着した。肩幅の広い、陽気に物悲しそうな、髭を綺麗に剃った小男で、メランコリックな顔をした助手を連れていた。ポジャー氏は、部屋の外の廊下で、ジョンソンとしばらく話をした。彼が仕事に取り掛かろうとする気配で、盛り上がっていたお喋りは静まり、彼が重い足取りで二階に上がる後ろ姿に一同は注目していた。

4

ポリー氏は急に忙しくなった。誰もが、重々しい顔つきでシェリーを盛んに飲んでいるのに気づいた。少量のシェリーが、パント夫人の息子にさえ、聖餐式でのように与えられた。そのあと、黒いキッド革の手袋が配られた。誰もが何度も試しに手袋を嵌めてみたり、指の入り具合を確かめたりした。「とっても、い、い、いい手袋」と、ジョンソン夫人の友人の一人が言った。「ウィリーに合う小さいのがあるわ」とジョンソン夫人は誇らしげに言った。誰もが、その場の事の成り行きの素晴らしさに深く満足しているように見えた。間もなくポジャー氏の指示で、ポリー氏が喪主として、ジョンソン夫人、ラーキンズ夫人、アニーと一緒に最初の葬儀用馬車に乗ることになった。

「よしきた」とポリー氏は言ったが、待ってましたというようなその文句を、すぐさま悔いた。

「歩かなくちゃいけない方もいますわ」とジョンソン夫人は陽気に言った。「馬車は二台しかありませんの。一台に六人乗れるけど、三人残ってしまう」

誰もが争って自分が歩こうと気前よく言ったが、ラーキンズの二人の娘は、新しいブーツがきついと恥ずかしそうに言ってしきりにせがんだせいで、一台目の馬車に乗ることになった。

「窮屈になる」とアニーが言った。

「僕は窮屈なのは構わない」とポリー氏が言った。

彼は、そう言った結果起こった事態を形容する適切な文句は、「ヒステリックなカテキュネイションズ（「カキネーションズ」、「哄笑」）だと密かに思った。

ポジャー氏は、いまや階段の下に運ばれている柩の監督をちょっとしてから、再び部屋に入った。

「出棺です」とポジャー氏は、両手を擦り合わせながら陽気に言った。「出棺です！」

その時の様子は、ポリー氏の心にきわめて鮮やかに残った。ちぐはぐで平凡で光沢のある黒い服を着た二人の若い女に挟まれ、窮屈な思いをしながら教会の墓地に馬車で向かった時の様子は。また、冷たい風が吹いたということ、葬儀を執り行う牧師が風邪をひいていて、文章と文章のあいだで洟《はな》を啜ったことも。素晴らしき哉、人生！　何もかも素晴らしき哉！　この葬式が、驚くほどに違ったものになるなどと、なんで自分は期待したのか？

彼は、自分が一層ラーキンズ姉妹に注目するようになったのに気づいた。その関心は、相互的なものだった。彼女たちは、興奮を抑えているかのように彼を観察し、彼の一言一句、一挙手一投足をおかしがるようになった。彼は、彼女たちの個性に、一層注意を払うようになった。アニーは青い目、赤い唇の魅力的な口をしていた。声は嗄《しゃが》れていて、すこぶる活潑で、この葬式という場でもそれを抑えることはできなかった。ミニーは優しく、手に触れたりするような愛情表現に、きわめて屈託がなかった。ミリアムは髪が黒く、ほかの二人より物静かで、彼を真面目に扱った。ラーキンズ夫人は娘たちにすっかり満足していた。娘たちは、ほとんど人に会わず、初めて会う従兄を感情の素敵な捌け口と見る者特有の、単純な情愛の深さを持っていた。ポリー氏は、そう何度もキスされたことはなかったので、姉妹にキスされると、頭がくらくらした。自分が従妹のラーキンズの全員を、あるいは誰か一人を好いているのか嫌っているのか、どうしてもわからなかった。ともかく、彼女たちを笑わせるのは、ちょっと魅力的だった。彼女たちは、なんにでも笑った。

従妹たちは彼の心を捉えていた。そして、葬儀も彼の心を捉えていた。また、自分が、幅の広い喪章の付いた新品のシルクハットをかぶった喪主であるという感覚も。彼は葬儀の進行をじっと見ていたので、応唱し損なった。そして、奇妙な感情が心の琴線を捩《よじ》った。

5

ポリー氏は、独りになりたかったので、歩いて家に戻った。ミリアムとミニーは彼に同伴したであろうが、ペントステモン伯父が横にいたので、二人の前を歩いた。

「あんたは賢明だ」とペントステモン伯父は言った。

「そう思って頂いて嬉しいですよ」とポリー氏は我に返って話した。

「わしは食事の前にちょっと歩くのが好きでね」とペントステモン伯父は言い、大きなしゃっくりのような音を立てた。「あのシェリーでげっぷが出るんだ。乾物屋で買ったものだな」

彼は、葬式費用がどのくらいになるかと尋ね、ポリー氏が知らないのがわかると嬉しそうだった。

「そうなら」と彼は、肝に銘じさせるような口調で言った。「あんたが予想してる以上なのは、まず確かさ」

彼は、しばらく思いに沈んでいた。「わしは、たくさんの葬儀屋に会った」と明言した。「たくさんの葬儀屋に」

ラーキンズ姉妹が彼の注意を惹いた。

「母親は下宿人を置いていて、自分は雑役婦をしている。いずれにしても、夕食の料理をしに出掛ける。あの女たちを見てみろ！　盛装してる。借り物に決まってる。そうして、あの女たちは工場に働きに出てるんだ！」

「父をよくご存じでしたか、ペントステモン伯父さん？」とポリー氏は訊いた。

「リジーが、あんなつまらん男の女房になるのには我慢ならなかった」とペントステモン伯父は言った。そして、さらに大きな音でしゃっくりを繰り返した。

「あれは、いいシェリーじゃ全然なかった」とペントステモン伯父は言ったが、ポリー氏は、その震える声に、初めて哀感が籠もっているのに気づいた。

かなり冷たい風の中での葬式で、会葬者はひどく食欲が湧いていて、いまや表の部屋のテーブルに並べられている冷えた軽食を見ると、どの目も輝いた。ジョンソン夫人は大層てきぱきしていて、ポリー氏がまた家に入ると、一行はテーブルの前に坐っていた。

「さあ、お出でなさい、アルフレッド」と女主人は陽気に叫んだ。「あんたがいなければ、始められない。瓶ビールを開ける用意は出来てるの、ベシー？　伯父様、ウィスキーをちょっとお飲みになるでしょ？」

「わしが自分で混ぜられる所に置いといてくれ。女が混ぜるのは我慢できん」とペントステモン伯父は言って、帽子を安全な本箱の上に慎重に置いた。

二つの冷えた茹でたチキンが出ていた。ジョンソンは、それを非常に丁寧に、公平に切り取った。また、立派なハムの塊、いくらかの豚肉、ステーキとキドニーパイ、大きなボウルに入ったサラダと何種類かのピクルスがあった。そのあと、冷えた林檎タルト、ジャムロール、スティルトン・チーズの大きな塊、何本もの瓶ビール、婦人たちのためのレモネード、パント坊やのための牛乳が出た。大いに華やかで満足のいく食事だった。ポリー氏は、パント坊やのテーブルマナーをしきりに注意していたパント夫人と、ジョンソン夫人の学校友達の一人のあいだに坐った。その友達はジョンソン夫人と、学校時代の思い出や、さまざまな共通の友達がどんな風に変わり、結婚したかについての情報を交換していた。彼の正面には、ミリアムと、ジョンソン夫人の若い頃の仲間の一人がいた。そして彼は、豚肉を切り分けなければならなかった。いろいろと世話を焼いていたベシーは彼の椅子の後ろを通ろうとしたが、狭くてどうしても通れなかった。そういう訳で、現代の若い女の教育についての舌戦が、ペントステモン伯父とラーキンズ夫人のあいだで不意に始まり、ジョンソンが機を見てとりなそうと何か言ったにもかかわらず、悲しい折の人の融和の一切をぶち壊しそうな事態にあわやなりかけたということがなかったとしても、ポリー氏の心は、人間の死について思いを巡らすことから、すっかり離れていただろう。

その場の状況は、こんな具合だった。

まず、彼の右側のパント夫人の、上品な小声でこう言った印象的な言葉――「ポリーさん、あなたの気の毒なお父様を検死してもらうってことは考えなかったんですの？」

口を挟む、彼の左側の婦人――「取り返せない、過ぎ去った懐かしの日々（当時流行った歌の文句）を、グレイスに思い出させていたところ」

パント夫人に対する返事――「まったく考えませんでしたよ。この豚肉をちょっといかがです？」

左側からの話の断片――「みんなはあたしたちを、グレイスとビューティーって呼んだものよ。あたしたち、おんなじ机の席だった」

不意に言葉を発したパント夫人。「フォークを口に突っ込んじゃ駄目、ウィリー――ねえ、ポリーさん、あたしの家に、若い紳士で、医学生が下宿してたんですの――」

テーブルの向こう端から、大きな優しい声――「アム（hを落とした、「ハム」のロンドン訛り）、エルフリッド（アルフレッド）？　あんたに、あんまりアムをあげなかった」

ベシーは、ポリー氏の椅子の後ろを通ろうと、目に見えて必死になった。ポリー氏は全力で手を貸した。「通れないかい？　ちょっと椅子を前に出そう。よいしょ！　これでよし！」

ポリー氏の左側の婦人は、聞こうとする者になら誰にでも滔々と話し続けた。一方、ジョンソン夫人は、彼女の傍らで満面の笑みを湛えていた――「あの女《ひと》は、ほんとに図々しく坐っていたわ、そうして、誰もとっても信じられないほど、物事を面白くしたものよ――今のあの女《ひと》を知ってるとわからないだろうけど。そうして、そっと女教師に向かって顰《しか》めっ面をした――」

休みなく話すパント夫人――「ともかくも、胃の内容物は検査すべきよ」

ジョンソン夫人の声――「エルフリッド、マスティッド（マスタード）を回して」

テーブルに身を乗り出したミリアム――「エルフリッド！」

「一度先生は、あたしたち全員を禁足にしたの。全校生徒をよ！」

さらに執拗に言うミリアム――「エルフレッド！」

挑むように声を張り上げたペントステモン伯父――「あの娘が今同じことをしても、ぶちのめしてやる。そうするとも。忌々しい悪戯者！」

ポリー氏の目を捉えたミリアム――「エルフリッド！　このご婦人はカンタベリーをご存じよ。あんたがそこにいたって、話してたの」

ポリー氏――「ご存じなのは嬉しいな」

大声を出す婦人――「あたしは、あそこが好き」

声を張り上げたラーキンズ夫人――「年寄りであれ青年であれ、うちの娘の噂をするのは許せない」

ポンッ！ 瓶を開けるその音が、どこから出たのかポリー氏にはわからなかった。

みんなに向かって言うジョンソン氏――「ビールが泡立ってるんじゃないかな？　部屋が暑いんだ」

ベシー――「ご免なさい、またすぐ通って、でも――」。そのあとの言葉は聞こえなかった。ベシーを通してやろうとしたポリー氏――「よいしょ！　これでいいかい？　大丈夫だ！」

ナイフとフォークは、おそらく、ある秘密の共通の合意によって、一緒にカシャン、カタカタという音を立て、ほかのどんな音も聞こえなくした。

「あの人がどんな風に死んだか、誰も全然知らなかった――誰も……ウィリー、そんなにガツガツ食べちゃいけません。お前は急いでる訳じゃないだろ？　列車に乗りたいんじゃないだろ――そんなにガツガツ食べて！」

「覚えてる、グレイス、ある日、習字の授業の時……」

「あんなにいい娘たちはいませんよ――あたしが言うのもなんですけど」

甲高い、よく通る、人を歓待するような声を出したジョンソン夫人――「ハロルド、ラーキンズさんは、もうちょっと鶏肉を召し上がらないかしら？」

ポリー氏は、それに応えた。「もしくは豚肉は、ラーキンズさん？」ペントステモン伯父の目を捉えたポリー氏――「豚肉を伯父さんに回しましょうか？」

「エルフリッド！」

ペントステモン伯父は一瞬狼狽して大きなしゃっくりをし、アニーがクスクス笑った。

ポリー氏のすぐそばでの話は、静かだが仮借ない勢いで展開していった。「新しいお医者さんは入ってきた瞬間、言ったわ、『何もかも取り出してアルコールに漬けなくちゃいけない――何もかも』」

ウィリー――人に聞こえるような音を立ててガツガツ喰う。

左側の女の話はクライマックスに達した。「お嬢さん方、って先生は言うのよ、貴女たちのインク壺にはペンを突っ込むのであって、居眠りして鼻を突っ込むんじゃありません、って」

「エルフリッド！」と、催促するような調子の声。

「自分では娘を一人も持たないくせに、他人の娘を悪く言う人がいるかもしれない、もっとも、二人の哀れな妻は、あの出来事で死んで埋葬されたけど――」

嵐を鎮めようとするジョンソン――「今日のようなこんな日に、昔の恨みを蒸し返すことはない――」

「昔の恨みってあんたは言うかもしれないけど、あの妻たちは、彼女たちを死なせた亭主より十倍も価値があるのよ、哀れな妻たち」

「エルフリッド！」という、諌《いさ》める調子の声。

「もう一口食べたら窒息するんだよ。素敵なプディングはおしまい！　もう駄目！」

「そうして、あたしたちを禁足にしたのよ、一週間、毎日午後！」

それが話の終わりに思えたので、ポリー氏は大いに感銘を受けたというふりをして答えた。「本当に！」

「エルフリッド！」という、少々がっかりしたような声。

「そうして、わかったのよ！　その男が引出しの鍵を飲み込んだってことを発見したの――」

「なら、人に悪く言わせないでよ！」

「一体誰が悪く言ってるの？」

「エルフリッド！　このご婦人はお知りになりたいの、プロッサーさん一家がカンタベリーを去ったかどうか」

「あたしは誰をも怒らせたくない、神の創り給もうた一番卑しい者をも――」

「アルフ、そこの豚肉をみなさんにあんまり取り分けてないわね！」

そんな具合に一時間が経過した。

その時にポリー氏が受けた全体的印象は、混乱していると同時に気持ちを浮き立たせるものだった。だが、そのため彼は、たらふく、無頓着に食べてしまい、一時間十五分後に騒々しい食事が終わるずっと前に、消化不良ゆえのわずかな苛立ちとメランコリーが心の平静さを乱した。やがて会葬者一同はチーズの皿を押しやり、食べ物の残りを前にして溜め息をつきながら立ち上がり、背筋を伸ばした。

彼は、炉棚と窓のあいだに立った。ブラインドは上げてあった。ラーキンズ姉妹が彼の周りに集まった。彼は、襲ってくる憂鬱と闘い、アニーの指に嵌まっている目立つ二つの指輪について、無理をしてなんとか飛び切り面白いことを言おうとした。「本物じゃないの」とアニーは婀娜《あだ》っぽく言った。「お菓子の景品袋に入ってたのよ」

「ズボンを穿いた景品袋だと思うな」とポリー氏は言った。姉妹は、いつまでも笑った。

「あら、なんてことを言うの！」とミニーは言って、彼の肩をぴしゃりと叩いた。

奇妙なことにすっかり忘れていたあることが、彼の頭に浮かんだ。

「こいつは大変だ！」と彼は、不意に真面目になって叫んだ。

「どうしたんだい？」とジョンソンが訊いた。

「三日前に店に戻らなくちゃいけなかったんだ。いつまでもガミガミ言われるだろうな！」

「あんたって、ほんとに愉快な人ね！」と従妹のアニーが言い、ひどく楽しいことを想像して、キャーキャー笑った。「あなたは馘《くび》になる」

ポリー氏は、発作的に顔を顰め、彼女を見た。

「笑い死にしちゃうわ！」と彼女は言った。「あんたがちょっとでも心配してるなんて信じない」

彼女の陽気さと、従妹のミリアムの顔に浮かんだ、ショックを受けた表情に少し心を乱された彼は、ぼそっと言い訳して、奥の部屋を通って食器洗い場を抜け、狭い庭に出た。ひんやりした空気と粉糠《こぬか》雨が救いだった——ともかく。だが、たらふく飲み食いしたゆえの消化不良が原因の嫌な気分が襲ってきた。心は、救いようもなく暗くなった。彼は両手をポケットに突っ込み、格別の注意を払って栽培されている豌豆のあいだの小径を歩いた。すると、理不尽にも、父を喪った悲しみに完膚なきまでに打ちのめされた。先程の饗応の、頭の痛くなるような騒音、混乱し昂揚した気分が、カーテンを引き開けたように消えた。彼は、螺旋階段のところで引っ張り上げようとしたソファーを相手に悪戦苦闘し、ひどく馬鹿げた罵りの言葉を吐いた、短気の怒りっぽい男のことを考えた。その男は今、四方が壁の長方形の穴の底に静かに横たわり、人の目から隠されている。その脇には砂利の堆積があり、それは間もなく男を覆ってしまうだろう。その静けさ！　その不思議！　その無限の叱責！　ここにいる人間——すべての人間——に対する怒りがポリー氏の心を占めた。

「雌鶏程度の脳味噌しかない、クスクス笑い共《ども》」とポリー氏は言った。

彼は垣根の方に歩いて行き、垣根に両手を置き、何を見るともなく前方を凝視した。彼はそこに、そのままいた。長い時間に思えた。家から、張り上げたさまざまな声が聞こえたが、やがて静まった。すると、ジョンソン夫人がベシーを呼ぶのが聞こえた。

「人の気も知らぬ馬鹿騒ぎ」とポリー氏は言った。「墓の上で飛び跳ねてるって訳だ。葬儀競技（古代ギリシア・ローマでは、死者を弔う競技を行う風習があった）だ。もちろん、親父には痛くも痒くもない。親父には、どうだっていいことだ……」

もう長い時間、ポリー氏がいないことを誰も気にかけていなかった。

彼は、会葬者の中にとうとう姿を見せた。目が険悪と言ってもよかったが、誰も彼の目になど注目しなかった。会葬者は腕時計を見ていた。ジョンソンは、列車について博識ぶりを披露していた。彼らは、別れ際に、改めてポリー氏に気づいたようだった。そして、いくつかの多かれ少なかれその場にふさわしいことを口にした。だが、ペントステモン伯父は、誰かの不注意でどこかに行ってしまった、藺草《いぐさ》で作った籠が見つからないことにひどく心を乱していて（彼は、誰かが盗もうとしたと思っているようだった）、ポリー氏のことをまったく思い出さなかった。ジョンソン夫人は、似てはいるが出来が劣る籠で、なんとか誤魔化そうとしたが——老人の籠の一つの取っ手は、老人しか知らない独特の技と、誰も真似のできない巧みさで、紐で直してあった——老人は、ジョンソン夫人がしたことを、彼の齢と知能に対する最大の侮辱と受け取った。ポリー氏は、もっぱらラーキンズの三人姉妹と一緒に残った。従妹のミニーは図に乗り、彼に何度も別れのキスをした——すると、まだ帰る時間ではないのに気づいた。従妹のミリアムは、ミニーは馬鹿だと思っているようで、同情するようにポリー氏の目を捉えた。従妹のアニーはクスクス笑いをやめていて、感傷的と言ってもいい状態になっていた。そして、葬式は、言葉では表わせないほど楽しかったと、偽りのない感情を籠めて言った。

第5章　ロマンス

1

ポリー氏は、これから厄介なことになるのを覚悟して葬式からクラパムに戻り、解雇されたことを男らしく受け入れた。

「あんたは間一髪でわたしをアンチセパレート（先に馘首する）しただけですよ、こっちから頼もうと思ってたところなんです」と彼は慇懃に言った。

そして、宿舎の一同に、次の仕事を見つける前に、ちょっとした休暇を取るつもりだと話した。遺産を手にしたということは、生来寡黙だったので口にしなかった。

「それはいい考えだろうよ」と、ブーツ売場の責任者のアスコフが言った。「まさに今、そいつは大流行さ。〈素晴らしいウッド通り（セント・ポール大聖堂の近くの通り）〉で六週間〉。遊覧が流行ってるんだ……」

「ちょっとした休暇」。遺産を貰って最初に浮かんだ考えは、それだった――遺産は、ちょっとした休暇を可能にしたのだ。休暇が自分の人生で、それ以外は単なる紛《まが》い物の人生なのだ。そしていまや、ちょっとした休暇を取り、鉄道運賃代と食事代と旅館代を懐にするのだ。だが――彼は一緒に休暇を過ごす相手が欲しかった。

しばらくのあいだ彼は、パーソンズを捜し出し、今の仕事を辞めさせ、一緒にストラトフォード＝オン＝エイヴォンとシュルーズベリー、ウェールズの山々とワイ川その他たくさんのそうした場所に一緒に行き、真に贅沢で陽気で果てしない、一ヵ月にわたる素晴らしい休暇を過ごそうという考えを抱いていた。だが、残念ながらパーソンズは、セント・ポールズ・チャーチヤードの装身具店をずっと前に辞めていて、行った先の住所を残していなかった。

ポリーは、独りであちこち彷徨しても楽しいと考えようとしたが、そんなことはないのを知っていた。彼は、旅の途次での実に興味深い偶然の出会いを夢見た――ロマンチックな出会いさえ。そうしたことは、チョーサーや「ボッカシュー」では起こった。そうしたことは、彼がカンタベリーで読んだ、リチャード・ル・ギャリエン（一九四七年に没した英国の文筆家）の甚だ有害な本『ゴールデン・ガールを求めて』には、ごく頻繁に起こった。しかし彼は、そうしたことが英国で実際に起こるという自信はなかった――自分の身に。

一《ひと》月のち、彼はクラパムの店の脇の入口から、晴れたロンドンの輝かしい陽光の中についに歩み出、自分が無限の自由の身だという、めくるめくような感覚に襲われたが、辻馬車の御者に、ウォータールーまで行くように命じ、そこからイーズウッドまでの切符を買う以上の冒険は何もしなかった。

彼は望んでいた――人生でまさに何を一番望んでいたのか？　彼の切実な渇望は、愉しみ、と言えば最もよいと思う。仲間付き合いの愉しみ。彼はすでに、仲間の店員たちに三度奢《おご》り（それはスプラット（鰊に似た小魚）の夕食だった）、日曜日に一度、ウォンズワースとウィンブルドンの広々としたコモンを通ってリッチモンドまで歩いたが、それは大成功だった。真面目腐っていたものの内心は浮き浮きしていた主催者の周りを、がやがや喋りながら仲間がついてきた。そして、パブ〈雄の獐鹿《のろじか》〉で素敵な冷肉とサラダを食べた。そして、ボウル一杯のパンチ。パンチ！　それから、それに相応する勘定書。だが今日は週日で、彼は一人しかいない列車のコンパートメントに坐り、バッグとスーツケースを持ってイーズウッドに向かっていた。そして、車窓の外の世間を見渡した。自分と同じような境遇にある、ありとあらゆる者が、ある職場で苦労しているか、それとも、己を責め苛《さいな》むような絶望的な不安に満たされながら職を求めているかに見えた。彼は窓外の、郊外の開発された道路と、「貸家」と大きく、苛立たしげに書かれた看板があるか、忙《せわ》しい、人付き合いの悪い人間で満ちているかしている、何列ものどれも似たり寄ったりの家々を眺めた。ウィンブルドンの近くで、ゴルフ場がちらりと見えた。その気になれば優雅な暇人になれたかもしれない二人の年配の紳士が、追い立てられている小さな白いボールを、クラブでひどく憎々しげに叩いて遥か彼方に飛ばしていた。ポリー氏には、二人が理解できなかった。

　これまで見たこともないほど新しく見えるどの道路にも、左右の縁に、しっかりした柵か、鉄製のフェンスか、きっちりと刈り込んだ生け垣かがあった。外国には、美しいほどに無造作で、囲われていない道路があるのかもしれないと、彼は考えた。結局のところ、休日を過ごす最上の方法は外国に行くことかもしれない。

　彼は、半ば忘れた絵か夢の記憶に取り憑かれていた。一台の四輪馬車が道路脇に停まっていて、四人の美しい人物、優雅な服装の二人の男と二人の女が、旅の途中で出会ったさすらいのヴァイオリン弾きの音楽に合わせ、やたらにお辞儀をする、儀式張った踊りを踊っていた。彼らは馬車で道の一方からやってきて、彼は道のもう一方を歩いていた——その幸運な出会いが、そんな当然の結果を生んだのだ。彼らは、「汝の欲することを為せ」がモットーである幸福なテレームの僧院（ラブレーの『ガルガンチュアとパンタグリュエル』に出てくる僧院）から抜け出してきたかのような人物だった。御者は、二頭のつやつやした毛の馬を馬車から放していた。馬は、誰にも邪魔されずに草を食《は》んでいた。御者は石に坐り、ヴァイオリン弾きが演奏しているあいだ、手を叩いて拍子を取った。木陰は陽光をまったく遮るということはなく、森の草は青々と茂り、じっと動かぬ喇叭《らっぱ》水仙に満ちていた。彼らが踊っている芝には、雛菊が咲き乱れていた。

愛すべきポリー氏は、そうしたことは起こりうるし、現に起こったと固く信じていた——どこかで。ただ、その日の朝、そういうことが起こるのを目にしなかったということだけが、彼にとっては謎だった。たぶん、そういうことはギルフォードの南で起こったのだろう！　たぶん、イタリアで起こったのだろう。たぶん、百年前に起こらなくなったのだろう。たぶん、すぐ近くで起こったのだろう——すべての善良なポリー氏のような人間が店に安全に閉じ込められている週日に。そして彼は、そうした起こりえない愉しいことを、心臓が痛くなるほど夢見ながら、ジョンソンの地道な家と、ジョンソン夫人のきびきびとして刺激的な歓迎に向かって、郊外に行く列車に揺られていた。

2

ポリー氏は、愉悦と閑暇を渇望する落ち着かない気持ちを、ハロルド・ジョンソン風の言葉に翻訳して、こう言った——自分は、別の職に就く前に少しばかり慎重に考えるつもりだ。その決断に、ジョンソンは大賛成だった。そこでポリー氏は、ジョンソン家の以前の部屋を使い、ジョンソン夫妻と食事を共にするのに週に十八シリング払う、ということになった。翌朝、ポリー氏は早い時間に外出し、買い物をして戻ってきた。それは、一台の安全自転車（十九世紀末に出現した、現在の自転車に近いもの）だった。そして、ジョンソン家の下の砂混じりの小径で、乗り方を研究し会得するつもりだった。しかし、完全に会得するまでいかに悪戦苦闘したかについては言わぬが花である。

ポリー氏はまた、何冊かの本も買った。ラブレー、『アラビア夜話』、ロレンス・スターンの作品、古本屋で安く手に入れた『ブラックウッヅ・マガジン』の束、ウィリアム・シェイクスピアの戯曲、ベロックの『ローマへの道』の古本、『パーチェスの巡礼』の端本《はほん》、『イアーソーンの生と死』。「簿記に関するいい本を買った方がいいね」とジョンソンは、そうしたよくわからない本の頁をめくりながら言った。

遅い春が、失われた時間の埋め合わせをしようと、いまや大股に進んでいた。地上に陽光が降り注ぎ、春の嵐が吹き、聳え立つ雲の一団が、緊急の重大な使命を帯びているかのように、天の青い海を猛烈な勢いで疾走した。間もなくポリー氏は、ややふらつきながらサリー州の見知らぬ道路を自転車で走るようになった。そして、次の曲がり角には何があるのかいつもいぶかり、鱗木《りんぼく》に注意し、山査子《さんざし》の最初の白い花蕾《からい》を探した。そして、五月《メイ》初旬に山査子《メイ》が咲いていないことに戸惑い、悲しんだ。

まともな考えの持ち主なら誰しもそうだろうが。

彼は分別のある者とは違い、一定の速度で自転車を走らせることはなかった。分別のある者は、ある場所から別の場所へ行く際には計画を立て、どのくらい時間がかかるのか計算する。ポリー氏は、さまざまな速度で自転車を走らせた。そしていつも、自分の人生に欠けている何かを探し求めているかのようだった。それが欠けていても人生は魅力的だったものの、少しばかり意義に欠けていた。そして時折、まったくなんのいわれもなく幸福になって口笛を吹き歌を歌ったが、時折、信じ難いほど、しかし苦しいほどでは全然なく、物悲しくなった。消化不良の症状は、新鮮な空気を吸い運動をすると消えた。そして夕方、ジョンソンと庭をぶらぶら歩き、将来の計画について話し合うのは、至極楽しかった。ジョンソンは、さまざまな考えを持っていた。そのうえポリー氏は、あの人口稠密《ちゆうみつ》な発展しつつある郊外、スタムトンに通ずる道路に注目していた。自転車を漕ぐ脚が強くなるにつれ、自転車の車輪は必ずと言っていいほど、ラーキンズ家の従妹たちが一緒に住んでいる、裏通りの家並みの方に彼を運んだ。

彼は大歓迎された。

その通りはむさ苦しい小さな通りで、ごく小さな家が建ち並ぶ袋小路だった。どの家にも、ほとんど平らな弓形張り出し窓と、黒いノッカーのある、塗装面が気泡のように膨れている茶色のドアが付いていた。彼は、ピカピカの新しい自転車を窓に立て掛け、ノックしてから待ったが、麦藁帽をかぶり黒のサージのスーツを着た自分は、ごく感じのよい、裕福そうな人物に思えた。ドアを開けたのは、従妹のミリアムだった。彼女は、青みがかったプリント模様の服を着ていて、それが肌の一種の黄ばんだ温かさを引き立てていた。そして、午後四時近くなのに、何かの家事のためか、袖を肘の上に捲り上げていた。そのため、かなりほっそりしてはいるが非常に恰好のよい黄みがかった腕が見えていた。緩くピンで留めた婦人用胴着《ボディス》のせいで、繊細な丸い首が露《あらわ》になっていた。

一瞬彼女は、疑念とかすかな敵意を顔に浮かべて彼を見やってから、すぐに相手が誰なのかわかったという目付きをした。

「あら！」と彼女は言った。「従兄のエルフリッド！」

「君に会おうと思ったのさ」と彼は言った。

「こんな風にあたしたちに会いに来るなんて！」と彼女は答えた。

二人はしばらく向き合って立っていたが、ミリアムは、予期せぬ緊急事態に対処するため、気を取り直した。

「エクスプロレイシャス・ミナンダリングズ（「エクスプローラトリー・ミアンダリングズ」、「探検的散策」）」とポリー氏は、自転車を指差しながら言った。

ミリアムの顔には、その言葉がわかったという表情は浮かばなかった。

「ちょっと待って」と彼女は、素早くある決断をして言った。「母《かあ》さんに言ってくる」

彼女は彼の目の前でドアを出し抜けに閉めた。彼はちょっと驚いて、そのまま通りに立っていた。「母さん！」という声が聞こえた。そのあと早口の文句が続いたが、その意味は彼にはわからなかった。すると、彼女が再び現われた。束の間のように思えたが、彼女は変わっていた。両腕は袖の中に隠れ、エプロンはなくなり、感じがよいとも言える髪の乱れは、少なくとも直されていた。

「あんたを締め出すつもりなんてなかったの」と彼女は石段のところに出てきて言った。「母さんに話したところ。調子は、エルフリッド？　とっても元気そうね。あんたが自転車に乗るなんて知らなかった。新品？」

彼女は自転車の上に屈み込み、「ピカピカだわ！」と言った。「綺麗にしとくのにとっても苦労するでしょうね！」

ポリー氏は、廊下に人の通る衣擦れの音がし、家中が、静かだが活潑な動きに不意に満ちたのに気づいた。

「大方がメッキなんだ」とポリー氏は言った。

「その小さなバッグみたいなものに何を入れてるの？」と彼女は訊いてから、話題を変えた。「あたしたち今日はみんな、シッチャカメッチャカなの。今日は、あたしの大掃除の日。あたし、身なりが全然ちゃんとしてないのはわかってるんだけど、でも、時には徹底してやるのが好きなの。みんなは、なんでも中途半端だと思うわ。あの人たちに任せておくと……あたしたちはこんなもんだとあんたは受け取らなくちゃ、エルフリッド。あたしたちみんなが外出してなくてよかった」。彼女は間を置いた。そして、時間稼ぎに話した。「あんたにまた会えてほんとに嬉しいわ」と繰り返した。

「来ずにはいられなかったのさ」とポリー氏は色男ぶって言った。「僕の可愛らしい従妹たちにまた会いに来なくちゃいけなかったのさ」

ミリアムは一瞬答えず、真っ赤になった。そして、「お上手を言うわね！」と言った。

彼女は、ポリー氏をまじまじと見た。彼は、どう適切に応答していいのかわからず、彼女に向かって頷きかけ、円い茶色の目で彼女を見つめた。そして、思い入れたっぷりに言った。「その誰にかは言わないけど」

その言葉を聞いた彼女の表情を見て、彼は自分が軽い気持ちで恐るべき危険を招く文句を口にしたのを瞬時に悟った。貪欲さが彼女の目の中で燃え上がった。幸い、その時ミニーの声がして、窮地から救われた。

「あら、エルフリッド！」と彼女は玄関の石段に立って言った。

髪は一応整っていた。そして、赤いブラウスを着ているせいで印象が弱まってはいたものの、彼を心から陽気に歓迎していることに間違いはなかった。

彼はお茶に招ばれることになった。花模様だがみすぼらしいフランネルのガウンを羽織った、大層愛想のいいラーキンズ夫人も出てきて、中に入るようにと言った。彼は自転車を家の中に入れ、狭く、がらんとした陰気な廊下に置いた。一同は、狭くて取り散らかした台所に、どやどやと入った。食卓から、昼食の食べ滓が急いで片付けられていた。

「ここに来てもらわなくちゃいけないの」とラーキンズ夫人は言った。「ミリアムが居間を掃除してるんで。掃除にかけちゃ、あんな娘《こ》は見たことがない。ミリアムの休日は洗い掃除。あんたは不意に訪ねてきたけど、それでも歓迎。アニーが今日、働きに出てるのは残念ね。七時まで帰ってこないでしょうよ」

ミリアムは椅子を一同に出し、火の面倒を見た。ミニーは、ポリー氏ににじり寄って言った。「あんたにまた会えてほんとに嬉しいわ、エルフリッド」。彼女は心から親しげに絶え間なく話したが、歯が一本欠けているのがわかった。ラーキンズ夫人はお茶の道具を取り出し、自分たちの暮らしの高貴な質素ぶりについて述べ立て、「あたしたちの質素な暮らしを気にしないように」と言った。彼女たちはポリー氏をちやほやしたので、愛すべき性質の彼は陶酔した気分になってしまった。彼は、食卓に物を並べるのを手伝おうと言い張ったが、皿とナイフとカップはどう置くべきか知らない風をしたので、彼女たちは大笑いした。「僕は誰の隣に坐るんだろう？」と彼は言い、自分が三人全員と肘と肘を擦り合わせることができるように皿を置こうとして、みんなを大いに面白がらせた。ラーキンズ夫人は、彼の上手く演じられた困惑ぶりを気楽に笑うことができるよう、大型振り子時計（汚れて黒ずんでいて、動かなかった）の横のウィンザーチェアに坐らねばならなかった。

一同は、とうとう坐った。ポリー氏は、どんな風に自転車に乗るのを覚えたかを話して、一同を楽しませた。彼は、「ふらつく」という言葉を繰り返すだけで、鎮めることができないほどの陽気な笑いを誘った。

「ちょっとしたアクシデンチュラス（「アクシデンタル」、「偶発的」）な事故は予測してなかった」と彼は言った。「どんなものでも全然」

（ミニーの、クスクス笑い。）

「がっしりした年輩の紳士が――ワイシャツ姿で――大きな麦藁の紙屑籠みたいな帽子をかぶり――道路を渡り始め――油屋に行こうとして――油差しにプロディック（「ペリオディック」、「定期的」）に油を入れようと――」

「轢《ひ》いちゃったって言うんじゃないでしょうね」とラーキンズ夫人は喘ぎながら言った。「轢いちゃったって言うんじゃないでしょうね、エルフリッド！」

「轢いた！　僕じゃないですよ、マダム。僕はなんにも轢かない。ふらつき、ベルを鳴らす。ふらつく、ふらつく――」

（笑いと涙。）

「誰も彼を轢こうとはしない。ベルの音を聞く！　ふらつく。一陣の風。帽子が車輪にまともにぶつかる。ふらつく。**いやはや！**　何が起こるのか？　帽子は道路を横切り、老紳士はそれを追い駆ける、ベルの音、悲鳴、彼は僕にぶつかった。彼のベルは鳴らなかった、ベルを持ってもいなかった――ただ、僕にぶつかった。僕は、彼の敬うべき頭にしがみついた。彼は、僕にしがみつかれたまま、僕と一緒に転んだ。油差しはカラン、カランと道路に転がった」

（ミニーが気管に入ったパン屑をなんとかしようとしているあいだ休憩。）

「それで、油差しを持った老人はどうなったの？」とラーキンズ夫人が言った。

「僕らはデブリース（「デブリ」、「残骸」）のあいだに坐り、ちょっと口論した。僕は、そんな危険な帽子をかぶって外に出てはいけないって言った――物に飛びかかってくるから。もし帽子を上手く扱うことができないなら、家に置いておくべきだって僕は言った。僕らは延々と議論を交わした、本当に。『聞きなさいよ、あなた――』、『あなたこそ聞きなさいよ』。わー、わー、わー。インフューリエイシャス（「インフューリエイティング」、「ひどく腹立たしい」）。でも、そうした類いのことは絶えず起こるんですよ――自転車では。人は自転車にぶつかる、鶏も、猫も、犬も何もかも。あらゆる物が自転車を狙っているように思える。あらゆる物が」

「あんたは何かにぶつかるってことは決してない」

「決して。神に誓って」とポリー氏は重々しく言った。

「決してって言ってる！」とミニーがキーキー声で言った。「あの人の言うことを聞きなさいよ！」そして、緊急に背中を叩く必要のある状態に戻ってしまった。「そんな馬鹿な真似はしないで」とミリアムは、一層強く背中を叩きながら言った。

ポリー氏は、人前でそれほど成功を博したことはなかった。誰もが彼のひとこと、ひとことに聞き入った――そして、笑った。笑うということにかけて、なんという家族だろう！　彼は、笑いを愛した。また、背景の状況をぼんやりと理解した。それは、これまでの彼の人生の背景に非常によく似たものだった。食卓の上の擦り切れたテーブルクロス。茶こぼしとティーポットはカップと受け皿に合っていず、皿もそれぞれ違い、ナイフは使い古され、バターは緑がかったガラスの大皿に別に入れられている。後ろには、余分な雑多な陶磁器類、道具箱、薄汚い裁縫箱が掛けてある食器戸棚がある。窓には、枯れかけた麝香《じゃこう》ミムルスがあり、ぼろぼろで染みのある壁紙は、食品雑貨商のけばけばしい色のカレンダーで覆われている。女物の肩掛けがドアの釘に吊るしてある。床は、油布のさまざまな切れ端の寄せ集めで覆われている。彼が坐っているウィンザーチェアはぐらぐらしている――それはすぐに冗談の種を提供した。「じっとしてろ、老いぼれ馬」と彼は言った。「止まれ、飛び跳ね狂う乗用馬め！」

「面白いこと言うわねえ！　あの人が次に何を言うか、わかったもんじゃない！」

3

「帰るなんて言うんじゃないでしょうね！」とラーキンズ夫人が叫んだ。

「夕食は八時よ」

「折角来たんだから、あたしたちと夕食を一緒にしてってって」とラーキンズ夫人は言い、ミニーも、そうするようにと大きな声で言った。「娘たちとちょっと散歩して、それから夕食に戻ってきて。あたしが夕食の支度をしてるあいだあんたたちみんな外に行けば、アニーに会えるかもしれない」

「居間には手を触れないでね、いいこと」とミリアムが言った。

「誰がお前の居間なんか触るもんかね」とラーキンズ夫人は、どうやらポリー氏がいるのを一瞬忘れたように言った。

二人の娘は、ラーキンズ夫人が娘たちの性格の良い面についてざっと話しているあいだ、いささか入念に身繕いをした。そして三人の若い男女は、スタムトンの何かを見ようと外に出た。通りに出ると、それまで陽気だった三人は、意識して礼儀正しくなった。それはミリアムの態度に特に顕著だった。二人の娘はポリー氏をスタムトンの遊園地に連れて行った——少なくとも、娘たちはそう呼んだ。管理人用の立派なコテージ、アスファルトの小径、ヴィクトリア女王在位五十周年記念に造られた噴水式水飲み場、匂紫羅欄花《においあらせいとう》と喇叭水仙の茂み、縁が緑で文字が「芸術的」な掲示板、新しい墓地とサリー州の丘の遠くの眺め、ガス工場をぐるっと回ったところの運河、工場へと案内した。その工場から、間もなくアニーが大勢の工員と一緒に出てきてびっくりし、顔を輝かせた。

「あらー！」とアニーは言った。

正常な人間であれば誰であれ、仲間の好意的な関心の的になるのは非常に嬉しいことである。そしてその人間が、自分は喪服が似合い、一種の才人だということを意識している青年で、仲間が、その青年と並んで歩く栄誉を得ることについて言い争っている、三人の若くて情熱的で十分に感情を表に出す娘なら、密かに気分が昂揚しても許されるだろう。三人の娘は、まさに言い争ったのである。

「今度は、あたしがあの人と一緒になる」とアニーが言った。「あんたたち二人は、午後ずっとあの人と一緒だったんだから。おまけに、あたしはあの人に言うことがあるの」

彼女には、彼に言うべきことがあった。間もなく、彼女は言った。

「あのねえ」と彼女は唐突に言った。「あの指輪はお菓子の景品で貰ったものなのよ」

「どの指輪だい？」とポリー氏は訊いた。

「あんたの気の毒なお父さんのお葬式の時、あんたが見た指輪。あんたは、それには何か意味があるって言ったわ。意味がないのよ――本当に」

「そう、指輪を使うチャンスについてひどく不注意な者もいるのさ」とポリー氏は物知り顔で言った。

「あの指輪には、まだどんなチャンスもないの」とアニーは言った。「人にあんまり馴れ馴れしくするのはよくないって、あたしは思ってる」

「僕もさ」とポリー氏は言った。

「あたしの態度はちょっとふざけていて陽気かもしれない」とアニーは認めた。「でも、それはなんにも意味しない。あたしは、そんな女じゃない」

「そうとも」とポリー氏は言った。

4

ポリー氏が明るい月光のもとを自転車でイーズウッドの方に戻った時は、十時を過ぎていた。ハンドルからぶら下げた小さな日本の提灯は、前輪とその周囲に、ピンクの円い光の輪を投げかけていた。彼は、自分とその日にすっかり満足していた。夕食の際、ジンジャー・ビールを混ぜた、一クウォート四ペンスのエールが出た。それは水差しに入れて気前よく供され、誰もがご機嫌だった。ジョンソンの心配そうで咎めるような顔に面と向かうまで、快適で昂揚した気分に、なんの影も落ちなかった。

ジョンソンは、坐って彼を待っていて、煙草を吸い、『パーチェスの巡礼』の端本を読もうとしていた――サルマティアに行き、テントを運ぶ、無限に連なるタタール族の荷馬車を見た修道士についての巻。

「事故に遭ったんじゃないんだな、エルフリッド?」とジョンソンは言った。

ポリー氏の性格の弱さが、彼の返事に現われた。

「大した事故じゃない。スタムトンでペダルがちょっと緩んだんだ。だから乗れなかった。そこで、待っているあいだ、従妹たちに会いに行ったのさ」

「ラーキンズ一家じゃないんだろ?」

「そうなのさ」

ジョンソンは欠伸をし、尋ねたことに対し、細かい具体的な事柄を愛想よく教えられた。

「そう」とジョンソンは言った。「寝た方がいいな。あんたのあの本を読んでたんだが、妙な本だ。よくわからない。ひどく時代遅れだ、言わせてもらえば」

「それは構わないさ」とポリー氏は言った。

「僕にわかる限り、まったくなんの役にも立たない」

「まったく」

「スタムトンで、どこか店を見たかい?」

「大したことはなかった」とポリー氏は言った。「お休み」

この短い会話の前後、彼は春酣《たけなわ》のような気分で、従妹たちのことを非常に温かく、優しい気分で考えていた。ポリー氏は、英文学の毒入りの噴水の水を飲んでいたのだ。まともな事務員や店員の欲求にはまったく不適切な噴水、果敢に、そして少々無謀に恋をするのは、陽気で溌剌とした男にふさわしいという、危険な暗示に満ちた噴水の水を。その晩、従妹の全員に恋をするのは気前がよく、ユーモラスで、実行可能に思えた。彼女たちの特に誰かが気に入ったというのではなかったが、彼女たちの何かが気に入った。彼女たちの若さ、女らしさ、元気溌剌ぶり、自分に対して抱いてくれる関心が気に入った。

彼女たちはなんでもないことで笑い、何も知らなかった。そしてミニーは歯が一本欠けていて、アニーは悲鳴をあげ、大声を出した。しかし彼女たちは、面白かった、至極面白かった。

そしてミリアムは、ほかの二人の従妹ほど悪くはなかった。彼は彼女たち全員にキスし、ミニーから余分にキスされた――「接吻《オスキュラトリー・エキササイズ》」。

彼は枕に鼻を埋め、眠りに落ちた――出世する夢とはまったく別の夢を見るために。彼のような境遇の分別のある若者なら、出世する夢を見なければならなかったのだが。

5

そしていまやポリー氏は、二重の生活を送り始めた。ジョンソン夫妻には、自分で店を持つ気持ちがある（しかし、後へ引けないほど決定的にではなく）と話した――彼が好んだ文句を使えば「好機を探す」気持ちがある、と。彼は午後になると、適当な店を探しに自転車で出掛けたが、その際、チャートシーかウェイブリッジを「ストラテジェティカル（「ストラテジック」、「作戦的」）な目」で調べると言ったものだった。だが、すべての道路ではないにせよ、九分九厘の道路はいかに曲がりくねっていようと、スタムトンへと、そして、笑い声と次第に募る親密さへと通ずるのだった。アニーとミニーとミリアムとの関係は深まった。三人の各人各様の性格は、次第に興味深いものになった。笑い声は以前ほど頻繁に聞かれなくなり、浮き浮きした気分は最初の時より幾分か減ったが、それでも、従妹たちの家への訪問は依然として素晴らしく、友好的で、気持ちを昂揚させた。そして彼は戻ってくると、ジョンソンと真面目だが曖昧な話し合いをした。

ジョンソンは、ポリー氏を「一廉《ひとかど》の人物」にしようと真剣になっていた。彼は控え目で、正直な性格だった。そして、自分のところの下宿人から下宿代を受け取るより、下宿人が自立する方を見たいと本気で思っていただろう。彼は利益を望むより無駄をずっと嫌った。誰の無駄であれ。しかしジョンソン夫人は、ポリー氏がぶらぶらしているのに大賛成だった。ポリー氏には、二人のうちで彼女の方がずっと人間的で好ましい人物に思えた。

時にはポリー氏は、ジョンソンとの話し合いで開けた、安楽な生活に通ずるさまざまな道に対して熱意を掻き立てようとした。しかし、そうした道の先にあるものを考えると、心は沈んだ。ロンドンで店主になり、風格を身に付け、見事なほど粋な恰好をしている己の姿を想像した。だが、その姿はぎごちなく、嘘っぽかった。商売にはいい場所にある小店、ジョンソンが好きな角店の主人になって毎年財産がとんとん拍子に、そう、二十ポンドずつ増えるということを考えて、己を鼓舞しようとした。生き馬の目を抜くような商売を齷齪《あくせく》とするということを想像すると一種独特の興味を覚えたが、そんなことをしても意味がないと思った。

するとその時、ポリー氏の身にこういうことが起こった。本物のロマンスが夢の国から彼の人生にやってきて、甘美で美しい暗示で彼を酔わせ嬉しがらせたのだ——そして、彼のもとを去ったのだ。彼女は彼のもとに現われ、悲しい哉、愛しい女がわれわれの非常に多くの者のもとを去るように、遠ざかる空しい後ろ姿を見せることなく去ったのだ。

そのことが、本の中で起こったような具合に起こったのは、ポリー氏の趣味にまさに適っていた。

その日、スタムトンには絶対行くまいと決心した彼は、イーズウッドから真南の方向を取り、田園を目指した。そこでは、羊歯《しだ》の茂み、種漬花《たねつけばな》、繁縷《はこべ》、ブルーベルが繁茂し、仄暗い木立の下の道端に広く生えている芝が、深く物事を考えないタイプの人間の抱く、自分には有望な「好機」がないという悩みを大いに償っている。彼は道路から逸れ、羊歯のあいだを通る、かすかに跡のある魅力的な踏み分け道を自転車で走った。やがて、笠石が壊れている高い石の塀の前に丸太が山積みになっているところに出た。匂紫羅欄花《においあらせいとう》はすでに盛りが過ぎて種になっていた。彼は腰を下ろし、麦藁帽を手頃な木片に載せ、煙草に火を点け、快い物思いに耽りながら、彼がじっとしているので間もなく近くに来た、陽気そうな茶色と灰色の一羽の小鳥を優しく観察した。

「これでいいんだ」とポリー氏は茶色と灰色の小鳥に向かって、そっと言った。「仕事のことは——あとだ」

こんな風にして四、五年過ごしても、父が生きていた頃より暮らしが少しでも悪くなることはあるまい、と思った。

「仕事は嫌なものだ」とポリー氏は言った。

その時、ロマンスが現われた。あるいは、正確に言うなら、ロマンスが聞こえてきた。

ロマンスは塀の向こう側で、一連の小さな、しかし次第に激しくなる動きを始めた。すると、一つの囁き声がし、次に塀のこちら側へ小さな何かの破片が落ちる音がし、十のピンクの指先が現われたが、それが何かよくわからぬうちに、ロマンスが驚くほどはっきりと一本の脚になった。それはしばらくのあいだ、恰好のいい、ほっそりした、盛んにもがいている一本の脚だった。それは茶色の靴下に包まれ、爪先のところが擦り切れている茶色の靴を履いていた。すると……青いリンネルの短い服を着た端整な顔の赤毛の少女が塀に跨《またが》って坐った。少女は塀に登ったせいで喘ぎ、かなり服装が乱れていた。だが、まだポリー氏には気づいていなかった……

彼は見事な本能に従い、顔を背け、耳と心を後ろのあらゆる音に集中しながら、無頓着に考えに耽っているふりをした。

「あらまあ！」という、驚きを表わす鋭い調子の声がした。

ポリー氏は即座に立ち上がった。「大変だ！　手を貸しましょうか？」と、恭《うやうや》しく慇懃に言った。

「わからない」と若い淑女は言い、澄んだ青い目で、落ち着いた態度で彼を見た。そして、「ここに誰かいるのは知らなかった」と言い添えた。

「申し訳ない」とポリー氏は言った。「イントルーデイシャス（「イントルーディング」、「邪魔をしている」）なら。君が僕にここにいてもらいたくないって思ってるのを知らなかったんだ」

少女は、その言葉についてしばらく考えていた。

「そうじゃないの」と少女は彼を探るように見ながら言った。そして、「あたしはこの塀を乗り越えちゃいけないの」と説明した。「境界の外に出ては。少なくとも学期中は。でも、今は休暇中だから――」

彼は少女の態度から、その問題について何か言ってもよいと感じた。

「休暇なら違うね」とポリー氏は言った。

「実際に規則を破りたくないのよ」と少女は言った。

「そいつを後ろに残しとけばいい」とポリー氏は、声を詰まらせながら言った。「安全なところに」。そして、己のウィットと大胆さに驚きながら、また、実際内心は震えながら、少女の方に片手を差し出した。

少女は、彼にとっては未知のところからもう一本の茶色の脚を出し、ごく女らしい仕草で巧みにスカートの乱れを直した。

「塀の上にいようと思うわ」と少女は決断した。「あたしの体の一部が敷地の中にある限りは――」

少女は満足し、こらえ切れないように微笑みながら、彼を見続けた。ポリー氏も微笑み返した。

「あなたの自転車？」と少女は言った。

ポリー氏は、そうだと言った。少女も、自転車を持っていると言った。

「あたしの家族はみんなインドにいるの」と彼女は説明した（当時、インドは英国の植民地で、インドにいる英国の軍人、役人は子供を英国の寄宿学校に送った）。

「うんざり――ここに独りで置かれるのはひどく退屈って意味」

「僕の家族は全員」とポリー氏は言った。「天国にいるんだ！」

「あらまあ！」

「事実さ」とポリー氏は言った。「誰もいないのさ」

「だから――」。少女は、彼が喪服を着ていることを無考えに口にしようとして、途中でやめた。

「あのね」と少女は同情するような口調で言った。「お気の毒。本当に。火事それとも船――それとも何か別のことで？」

少女に同情され、彼はひどく嬉しくなって首を横に振り、「寿命さ」と言った。「最初に一人、次にもう一人」

彼のメランコリックな表情の背後に、歓喜が盛んに踊っていた。

「あなたは淋しいの？」と少女は訊いた。

ポリー氏は頷いた。

「僕はメランコリックなレクトロスペクテイシャスネス（「レトロスペクション」、「追憶」）に耽りながら、あそこに坐ってたんだ」と彼は丸太を指差しながら言った。すると少女は、再び考え込むような表情をさっと浮かべた。

「あたしたちが話してるのは、何も悪いことじゃない」と少女は言った。

「思い遣りってものさ。降りてこないかい？」

彼女はじっと考え、下の芝生と辺りの光景と彼を見た。

「塀の上にいるわ」と少女は言った。「境界を越えないように」

少女は実際、塀の上にいるとなんとも愛らしく見えた。少女は見事な首と、下から見るととりわけ素敵な尖った顎を持っていた。そして、可愛い目と形のいい眉は、人を見下ろした時、なんとも愛らしい。しかし幸い、そんな計算は、少女のもじゃもじゃの赤毛の下では行われていなかった。

6

「話しましょうよ」と少女は言った。そして、しばらく二人共黙っていた。

ポリー氏は文学趣味があったので、こうした状況のもとでは、騎士道精神を発揮するのが求められているということを学んでいた。そして、血の中の何かが、その教えを実行した。

「君は、僕を昔の騎士のような気持ちにさせる。竜と美しい乙女とシヴァルレスク（「シヴァルラス」、「騎士的」）な冒険を求めて国中を馬に乗って走り回る騎士のような」

「あら！」と少女は言った。「なんで？」

「麗しき乙女」と彼は言った。

少女は雀斑《そばかす》だらけの頬を赤らめた。そうした可愛い赤毛の女は、すぐに真っ赤になるものだ。「ナンセンス！」と少女は言った。

「君はそうなのさ。君にそう言うのは僕が最初じゃない。魔法にかけられた学校に閉じ込められている麗しき乙女」

「この学校に魔法がかかってるなんて、誰も考えないでしょうよ」

「で、ここにいる僕は――鋼《はがね》を纏っている。そう、正確にはそうじゃないけど、僕の気の荒い軍馬はそうさ、ともかく。全部の竜を退治し、君を救うのさ」

彼女は笑った。明るい笑いだった。魅力的に光っている歯が見えた。「あなたに竜がほんとに見えたらいいと思うわ」と彼女は、ひどく楽しそうに言った。ポリー氏は、自分たち二人が日常の世界から太陽ほどに隔たっているように感じた。

「僕と一緒に逃げてくれないか！」と彼は大胆に言った。

少女はしばらく彼をじっと見てから、弾《はじ》けるように笑った。「あなたって、面白い！　あなたに会って五分しか経っていないのよ」

「そんなことは構わない――この中世の世界では。僕は決断したんだ、ともかく」

彼は自分の冗談が誇らしく、気に入った。そして、すぐさま手際よく調子を変えた。「そうできればいいと思うよ」

「人は、そんなことをしたのかしらね」

「君みたいな人がいたらね」

「あたしたち、お互いの名前さえ知らないのよ」と彼女は、現実に戻りながら言った。

「君の名前はこの世で一番可愛らしい名前さ」

「どうして知ってるの？」

「そうに違いない、ともかく」

「確かにちょっと可愛らしいの。クリスタベル」

「ほらね？」

「あなたの名前は？」

「ちょっと貧弱なのさ。アルフレッド」

「あたしは、あなたをアルフレッドなんて呼べない」

「なら、ポリー」

「女の子の名前じゃない！」

一瞬、彼は調子が狂った。「そうならいいんだけど」と言ったが、それがラーキンズ家の者の名前のように聞こえたので、言わなければよかったと後悔した。

「忘れないでしょうよ」と少女は慰めるように言った。

「あのね」と少女は、間があったあとで言った。「なんであなたは自転車で田舎を乗り回してるの？」

「好きだからさ」

少女は、これまでの人生の限られた経験をもとに、彼の社会的地位を推し量ろうとした。彼は片手を塀に突いて立ち、大胆な考えでぞくぞくしながら少女を見上げていた。彼は小柄だったが（読者諸賢は覚えておいでに違いない）、当時は見かけは貧弱でも醜くもなく、顔は休日を過ごしているうちに日に焼け、いまや頰が紅潮していた。彼は、どんな色事師もそれ以上はうまく言えない単純な文句を咄嗟《とっさ》に口にした。「確かに、一目《ひとめ》惚れっていうことはあるのさ」と言った。真心から。

少女は興奮して、目を丸く大きくして彼を見つめた。

「思うんだけど」と少女は、怖いとか逃げ出したいとかいう兆候はまるで見せずにゆっくりと言った。「塀から降りなくちゃいけないわ」

「こんなことは君にはどうってことはないさ」と彼は言った。「僕はただの無名氏《ノーボディー》さ。でも、君は僕がこれまで話しかけた最上で一番美しい人なのを、僕は知っている」。彼は息が詰まった。「君にそう言っても悪いことはない」

「もしあなたが真剣だと思ったら、あたしは戻らなくちゃいけないでしょうよ」と少女は、間を置いてから言った。そして、二人とも微笑した。

そのあと二人は、しばらくのあいだとりとめのないことを話した。青い目が、広くて恰好のよい額の下から、優しい好奇の色を浮かべてポリー氏を見ていた。ちょうど、とりわけ知的な猫が新種の犬を眺めるような具合に。少女は、彼についてすべてを知ろうとしていた。そして、塀の下の甲冑を着けた正直な騎士を質問攻めにし、彼の働いていた店と、そこでの日常の奴隷的身分についての憎むべき秘密を聞き出した。そして、彼が大袈裟な文句を使い、言葉を間違って発音すると、少女の顔を考え込むような翳《かげ》が、雲の影のように過《よぎ》った。

ゴーン！　という銅鑼《どら》の音がした。

「大変！」と少女は叫び、茶色の両脚を彼にパッと見せてからいなくなった。

すると、ピンクの指先と、赤毛の天辺が再び現われた。「騎士様」と少女は塀の向こうから大きな声で言った。「そこの騎士様！」

「姫君！」と彼は答えた。

「あした、また来て」

「御意のままに。でも——」

「何？」

「指一本だけ」

「どういう意味？」

「キスするため」

ガサガサという、去って行く足音がしたあとは静寂……

しかし翌日、彼が二十分ほど待っていると、少女は再び現われた。塀を苦労して登ったため、少し息を切らしていた。今度は、頭が先に現われた。少女は、再会するまでのあいだの彼の夢と魅惑的な思い出の中より身が軽く、大胆で、ずっと可愛らしかった。

7

二人の交際は十日続いたが、ポリー氏はその十日に十年の夢を詰めた。

「奴はどうも」とジョンソンは言った。「何に対しても真剣な関心を向けてないようだ。あの角店は、奴がうかうかしてると誰かに取られるに決まってる」

少女とポリー氏は、その十日間、毎日会っていたわけではなかった。その一日は日曜日で、少女は来られなかった。八日目に新学期が始まったが、少女は曖昧な言い訳をした。二人は、こんな風にして会った。少女は、本人の言うところでは多少とも境界内である塀の上に坐り、ポリー氏が自分に恋をし、塀の下で恋を告白しようとするままにした。少女は、彼の様子を眺めながら、無責任な昂揚状態で塀の上に坐っていた。そして時折、少女の性と年齢に特有の奇妙な受け身の残酷さを発揮して、生体解剖者が針で突くようにして彼の気持ちを刺激した。

そして、ポリー氏は恋に落ちた。まるで、足元の世界が崩れ、その下の別世界へと、光り輝く雲と、欲望が渦巻く荒涼とした絶望的荒野と理不尽な荒々しい渓谷の世界へと、無限の悲しみが日常生活の純金よりも素晴らしく、説明し難く甘美で、その歓びが――それは、歓びを遠くから垣間見たものに実際は過ぎないのだが――死にゆく殉教者が幻に見る天国よりも輝かしい世界へと落ちたかのようだった。少女の笑顔は天から彼を見下ろし、さりげないポーズは生命の生きた肉体だった。無意味で、馬鹿げ切ったことだったが、ポリー氏の性格の中の最良で最も豊かなもののすべてが少女の足元で波のように砕けて泡を立てて死に、少女に触れることは決してなかった。そして少女は、塀の上に坐り、彼を不思議そうに眺め、面白がった。一度、彼の懇願に不意に心を動かされ、締めつけられ、ちょっと恥ずかしそうに身を屈め、雀斑のある、テニスで出来た肉刺《まめ》のある小さな手を差し出し、彼にキスさせた。そして少女は彼の目を見つめ、不意に困惑と奇妙な心の動揺を覚え、後ずさりし、体を強張《こわば》らせ、あとになっていぶかり、夢を見た……

すると、ある自己防衛本能に促され、少女は、全員が人間の性格の研究者である三人の親友に、塀の向こうで見つけた瞠目すべき不思議な人物のことを話した。

「いいかい」とポリー氏は言った。「僕は君に首ったけなんだ！　もう、こんなジェスティキュレイシャス（「ジェスティキュレイトリー」、「身振りだくさん」）のゲーム続けられない。僕は騎士じゃない。僕を人間として扱ってくれ給え。君はそこに坐ってにこにこしていられるだろうけど、僕は一時間君を自分のものにするためなら悶死してもいい。僕は無名の取るに足らぬ人間だ。でも、いいかい！　五年待ってくれないか？　君はまだほんの少女だ、辛くはあるまい」

「静かにしてよ！」とクリスタベルは、彼には聞こえないように小声で言った。そして、彼には見えない何かが彼女の手に触れた。

「僕はこれまでずっとディレッタントのような者だった。でも、働くことはできる。やっと目覚めたんだ。手持ちの金でチャンスを掴むまで待っていてくれないか」

「でも、あなたにはあんまりお金がない！」

「何かやってみるだけの金はある、何かを。チャンスを見つける。ともかく、そうする。僕は行く。本気で言ってるのさ。のらくら暮らすのはやめる。もし僕が戻ってこなかったとしても問題じゃない。

もし僕が――」

少女は不安な表情を浮かべた。そして、不意に彼の方に身を屈めた。

「よして!」と少女は声を潜めて言った。

「よす――何を?」

「そんな風に話すのはよして! あなたは違っちゃった。あたしの手にキスしたい騎士でいてよ、あたしが、あれのように――あなたはなんて言ったかしら?」彼女は唇を曲げてうっすらと笑った。

「グードルーン（北欧神話の女傑）!」

「でも――」

すると、二人は黙って見つめ合ったまま、耳を澄ました。

塀の向こう側から、くぐもったざわめきが聞こえた。

「静かにしてったら、ロージー!」と言う声がした。

「見たいのよ! 半分しか聞こえない。塀に乗るのを手伝ってよ!」

「馬鹿ねえ! あの人に見られちゃうわよ。あんたは全部台無しにしてる」

ポリー氏の世界の底が抜けた。彼は、気を失いかけた者が感じるに違いない感じを覚えた。

「誰かが一緒なんだね――」と彼はびっくり仰天して言った。

少女は、ポリー氏に事情を説明することはできなかった。少女は、彼には見えない聞き手に話しかけた。「汚らしい小さな獣!」と少女は、声に鋭い苦痛を込めて叫び、塀から身を翻して姿を消した。苦痛と恐怖の悲鳴が聞こえ、早口の激しい口論が聞こえた。

数秒ほど、彼は茫然として立っていた。

そして、塀の向こう側で起こっていることについての最悪の予感をなんとしてでも確かめようと、一本の丸太を持ち上げて石塀に立て掛け、指で覚束なく塀の笠石を摑み、体を持ち上げ、塀に手を置き一瞬バランスを取った。

ロマンスである彼の女神は、消えていた。

お下げ髪の少女が、仲間の女生徒の手首を捩《ねじ》っていた。その女生徒は苦痛で悲鳴をあげ、叫んだ。

「やめて！　お願い！　いたーい！　クリスタベル！」

「あんたって馬鹿よ！」とクリスタベルは叫んだ。「クスクス笑う馬鹿者よ！」

二人のほかの女生徒は、その残忍な暴力の現場から、山毛欅《ぶな》の木立を抜けて立ち去った。

すると、ポリー氏の指の力が抜けた。彼は笠石に顎をぶつけ、再び地面に不様《ぶざま》に滑り落ちたが、その際、塀で頬を擦り剝き、塀の天辺に登るのに使った丸太で脛《すね》に怪我をした。一瞬、塀にもたれて屈み込んだ。

彼は呪いの言葉を吐き、積んである丸太のところによろめきながら行き、坐った。唇を引き結んで、しばらくじっと動かなかった。

「馬鹿者！」と彼は、やがて言った。「お前は大馬鹿者だ！」そして、打ち傷を見つけたばかりかのように、脛をさすり始めた。

あとになって、顔が血で濡れているのに気づいた——それは、軽い擦り傷から出たものであっても、心臓から出た赤いものだった。

第6章　ミリアム

1

人は、ある人間から酷い仕打ちを受けると、すぐさま別の人間に救いを求めるというのは非論理的な話だが、それが人の性《さが》なのである。人間的な接触のみが、屈辱的な目に遭ったがゆえの心の痛みを和らげることのできる唯一の手段に、ポリー氏には思われた。さらにそれは、理由は判然としないが、女性との接触でなければならなかった。そして、彼の世界においては、女の数は限られていた。

彼はラーキンズ一家のことを考えた——ラーキンズ一家に、今では十日近くも会っていなかった。いまや自分の傷心を癒してくれるのは、ラーキンズ一家に思われた——人を癒す、単純素朴な人々。一家は善良だ。それなのに自分は蜃気楼を追い求め、一家を蔑《ないがし》ろにした。もし自転車で一家を訪れたなら、馬鹿な話ができ、笑うことができ、頭の中でなんとも耐え難いほどにぐるぐる渦巻いている思い出と想念を忘れることができるだろう。

「あらまあ！」とラーキンズ夫人は言った。「お入りなさい！　久しぶりだわねえ、エルフリッド！」

「仕事があったもんで」と不正直なポリーは言った。

「娘の誰も家にいないの、でも、ミリアムはちょっと買い物に行っただけ。あの子はあたしに買い物をさせないの。買い物をさせないのは、あたしがあんまり無頓着だから。家事の切り盛りがとっても上手なのよ、あの子は。ミニーは絨毯工場で働き口を見つけたの。それでまた病気にならないといいんだけど。優しいデリキートな子なの、ミニーは……表側の居間に入ってね。ちょっと散らかってるけど、こんなもんだと思ってね。顔をどうしたの？」

「自転車に乗ってて出来た、ちょっとした引っ掻き傷ですよ」とポリー氏は言った。

「どうやって？」

「道路の間違った側を走っていた馬車を避《よ》けようとしたんですけど、奴は寄ってきて、僕を壁にぶつけたんです」

ラーキンズ夫人は、擦り傷を入念に調べた。「誰かにその擦り傷を手当てしてもらわなくちゃ」と彼女は言った。「すっかり赤くなって、ガサガサ。コールドクリームを塗らなくちゃ。自転車を廊下に入れて、中にお入りなさい」

彼女は「ちょっと整頓」した。つまり、散らかっているいくつかの物の数を増やしたのである。裁縫箱を数冊の本の上に置き、頁の隅が折れている二、三冊の『レディーズ・オウン・ノヴェリスト』をテーブルから壊れた肘掛け椅子にさっと置き、「あらまあ、バターを忘れちゃったわ！」というようなさまざまな文句を交えながらお茶の道具一式を慌ただしく置いた。その間彼女は、アニーが元気で、婦人帽作りが巧みなこと、ミニーが愛情深いこと、ミリアムが整理整頓と家事が好きなことについて話した。ポリー氏は窓際に落ち着かない気持ちで立ち、ラーキンズ一家の雰囲気はなんと良くて真心の籠もったものだろうと思った。戻ってきてよかったのだ。

「例のあなたのお店を探すのに時間がかかってるのね」とラーキンズ夫人は言った。

「あんまり急がないようにしようと思ってるんです」とポリー氏は言った。

「それがいいわね」とラーキンズ夫人は言った。「いったん選んだら、それ切りですからね。夫選びと同じ。大丈夫かどうか確かめた方がいいわ。あたしはラーキンズを二年間待たせた。そう、この人なら確かだって思えるまで。娘たちの顔からわかるでしょうけど、あの人は男前だった。でも、行いの立派な人は見目も美しいのよ。紅茶にジャムをちょっと入れたいでしょ？　あの子たちは時期が来たら、あの子たちの男を待たせるといいと思うわ。もしあの子たちが結婚のことを考えるなら、それは、自分たちがどんなに今幸せかってことを知らない証拠だって、あたしは言ってやるの。ミリアムが帰ってきたわ！」

ミリアムは、いくつかの品物が入った網袋を持って入ってきた。不機嫌な顔をしていた。「母さん」と彼女は言った。「壊れた取っ手の網袋を持って外に出るのを止《と》めてくれてもよかったのに。家に帰る途中ずっと、網で指を切っちゃった」。するとポリー氏のいるのに気づき、顔を輝かせた。

「あら、エルフリッド！　これまでどこにいたの？」

「探し回ってたのさ」とポリー氏は言った。

「お店は見つかった？」

「二、三、有望なのがあった。でも、時間がかかる」

「カップが違うわよ、母さん」

ミリアムは台所に入って行き、買った品物を置いてから、ちゃんとしたカップを持って戻ってきた。

「顔をどうしたの、エルフリッド？」と彼女は訊き、近寄ってきて擦り傷を調べた。「すっかりガサガサね」

彼は事故の顛末を繰り返した。彼女は同情したが、その同情の仕方は感じがよく、打ち解けたものだった。

「今日は、とっても静かね」と彼女は、一同がお茶を飲もうと坐った時に言った。

「メディテイシャス（「メディタティヴ」、「瞑想気分」）とポリー氏は言った。

まったくの偶然で、彼はテーブルの上の彼女の手に触れた。彼女も彼の手に触れた。

「いいじゃないか」とポリー氏は思った。そして目を上げると、ラーキンズ夫人の目を捉え、後ろめたい気持ちで顔を赤らめた。しかしラーキンズ夫人は珍しく自制し、何も言わなかった。彼女は謎めいた顰め面をしたが、それは実は好意的なものだった。

間もなくミニーが帰ってきて、絨毯工場の工場長の出来高払いの評価の仕方について、漠然とした不満を漏らした。彼女の話は繰り返しが多く、不完全で、ごく技術的なものだったが、一種の熱心さで補われていた。「あたしの計算と工場長の算出方法の違いが六ペンス以内だったことはない」と彼女は言った。「ちょっとひどいわ」。するとポリー氏は、自分がひどく面白みのない人間に感じられたので、自分が探している店はどんな店か、また、これまでに見た店はどんな風だったかについて話し始めた。彼の心は、話しているうちに温かくなった。

「やっと口が利けるようになったわね」とラーキンズ夫人が言った。

その通りだった。彼はその話題を潤色し、話し続けた。その話題は、心の中で初めて生き生きして望ましいものになった。ラーキンズ一家が彼の思い描いている計画をいかに進んで受け入れているかを見て、刺激を受けた。どこからともなく、素晴らしいアイディアが浮かんできた。彼は、不意に熱意を感じた。

「自分の店を持ったら、猫を飼う。猫の寝場所を作らなくちゃいけない」

「鼠を捕らせるため？」とラーキンズ夫人が言った。

「違う――ショーウィンドーに寝かせるんだ。立派な雄猫。斑猫《ぶち》。猫は斑猫じゃなきゃ駄目さ。猫とカナリアを飼うんだ！　そのことはこれまで考えなかったけど、猫とカナリアは取り合わせがいい。夏には店先の後ろの小さな部屋で坐って朝食を取り、陽光がショーウィンドーから燦々と射し、椅子に猫がいてカナリアが歌う、そうして――ポリー夫人が……」

「あらまあ！」とラーキンズ夫人が言った。

「ポリー夫人がベーコンを少し余分に揚げる。ベーコンがジュージュー言い、猫が歌い、カナリアが歌い、薬缶が歌う。ポリー夫人が――」

「でも、ポリー夫人には誰がなるの？」とラーキンズ夫人が言った。

「想像の産物ですよ、奥さん《マーム》」とポリー氏は言った。「光景を完璧にするためですよ。どんな顔かわからない――今のところ。でも、そういうことになるのは保証できる。庭がちょっとなくちゃいけないと思う。ジョンソンは庭にかけちゃ大したもんだ、もちろん」と彼は脇道に逸れて言った。「でも、大骨を折るような庭じゃない。一所懸命に庭仕事をするとか、気苦労をするとか、ファーヴァス（「ファーヴェント」、「熱狂的」）に庭を掘り返すとかいうんじゃない。そういう庭にはしないんです、マーム。違う！　そんなことをすれば背中が痛くなってしょうがない。僕の庭は、金蓮花《きんれんか》とスイートピーの一区画なんです。赤煉瓦の中庭、物干し綱。暇な時にトレリスを作る。ユーモラスな飾りを付けた風見。家の裏には蔦《つた》」

「ヴァージニア蔦？」とミリアムが訊いた。

「カナリア蔓《づる》」とポリー氏は言った。

「きっと素敵でしょうね」とミリアムは夢見るように言った。

「そうとも」とポリー氏は言った。「チリン、チリン。店に客が来た！」

彼は体を真っすぐにした。一同は笑った。

「小さな店を粋なものにする」と彼は言った。「カウンター。机。すべて完備。傘立て。床には絨毯。猫がカウンターで眠る。カウンターの上の横木には長靴下とネクタイ。万事よし」

「どうしてすぐに始めないのかしら」とミリアムが言った。

「完璧にしたいんです、マーム」とポリー氏は言った。

「雄猫を飼わなくちゃいけない」とポリー氏は言って、なんでだろうとみなが思っている一瞬、間を置いた。「ある朝、店を開けると、ショーウィンドーに子猫が一杯というんじゃ困る。子猫は売れない……」

お茶が終わると、彼は数分、ミニーと二人だけになった。あることが起こるのではないかという奇妙な予感がして、ポリー氏は少々怖くなり、動揺した。二人のあいだに沈黙が訪れた――不安な沈黙が。彼はテーブルに両肘を突いて坐り、彼女を見つめていた。彼はイーズウッドからスタムトンに来るまでずっと、結婚を申し込む際のちゃんとしたやり方について、気紛れにいろいろと想像した。どうしてそうしたのかは、わたしにはわからないが、とにかく彼はそうした。それは、その時ははっきりした目的のない、一種の秘密の行為だったが、いまやそれが、非常に強く心に再び浮かんできた。結婚申し込みの口火にならないこの世のどんなことも、彼は考えつくことができなかった。自分の口から出る数語が、いかにミニーを芯から興奮させ、すっかり変えてしまうかを考えるのは、抗し難いほど魅惑的だった。彼女はテーブルの前に坐り、お茶の道具一式のあいだに裁縫箱を置いて、片付けを手伝うのを避けるため、手袋を繕っていた。

「あたしは猫が好き」とミニーは、考え込むように間を置いてから言った。「いつも母さんに言ってるの、猫が飼いたいって。でも、ここでは猫が飼えない――中庭がないから」

「僕も猫を飼ったことがないのさ」とポリー氏は言った。「まったく！」

「あたしは猫が好き」とミニーは言った。

「猫を見るのはいいものさ」とポリー氏は言った。「自分は猫好きとは厳密には言えないけど」

「いつか猫が飼いたいわ。お店はいつ頃手に入れるの？」

「もう間もなく、店はちゃんと手に入れる」とポリー氏は言った。「信用してくれ給え。カナリアも何もかも」

彼女は首を横に振った。「まず猫を飼うわ」と彼女は言った。「あんたはなんでも本気で言ってない」

「全部一緒に手に入れるかもしれない」とポリー氏は言った。気の利いたことを言おうという気持ちが、慎重さに勝った。

「あら！　どういう意味？」とミニーは不意に用心して言った。

「猫も店も一緒にさ」とポリー氏は我知らず言った。頭がくらくらした。そう言いながら冷や汗を流した。

彼は、彼女の目が、熱心な表情を浮かべて自分にじっと向けられているのを知った。「ということは――？」と彼女は、確認するかのように話し始めた。彼は不意にさっと立ち上がり、窓の方を向いた。「小犬《リル・ドッグ》！」と言って、急いで玄関に向かった。「僕の自転車のタイヤを噛んでる、と思う」と説明した。そして、そうやって逃げ出した。

玄関にある自転車を見たが、無視した。

玄関のドアを開けた時、後ろの廊下でラーキンズ夫人が何か言っているのを聞いた。

彼は彼女の方に振り返った。「僕の自転車が燃えてると思ったんですよ。外で。妙な幻覚だ！　実際には大丈夫。外の小さな犬が……ミリアムは用意が出来てます？」

「なんの？」

「アニーに会いに行く」

ラーキンズ夫人は、彼をまじまじと見た。「ちょっと夕食を一緒にするんじゃないの！」

「よければ」とポリー氏は言った。

「あんたは妙な人ね」とラーキンズ夫人は言って、呼んだ。「ミリアム！」

ミニーが部屋のドアのところから現われた。ひどく戸惑っているようだった。「小犬なんてどこにもいないわよ、エルフリッド」と言った。

ポリー氏は片手で額を拭った。「なんとも奇妙な感覚を覚えたんだ。まさしく、何かがどこかで起こってるように感じたんだ。だから、小さな犬って言ったんだ。もう大丈夫」

彼は屈んで、自転車のタイヤを撮《つま》んだ。

「あんたは猫のこと、何か言ってたわ、エルフリッド」とミニーが言った。

「一匹あげる」と彼は顔を上げずに答えた。「店を開いた、まさに当日」

彼は体を真っすぐにし、安心させるようににこりとして言った。

「信用してくれ給え」

2

ラーキンズ夫人がそれとわからぬようにお膳立てをした結果彼は、アニーに会いにミリアムと一緒に、お決まりの遊園地を抜けて遠回りをし始めることになったが、いまやすっかり取り憑かれてしまった、店を構えるという話題を避けることが、まったくできなかった。それは危険だという気持ちは、話題を持ち出す魅力を増すばかりだった。二人に是非とも同行したいというミニーの気持ちは、ラーキンズ夫人が、たまには家の中のことをしてよと、ミニーにいつになく激しく、強く言ったので潰《つい》えてしまったのだ……

「本当にお店を開くつもりなの？」とミリアムは言った。

「人に使われるのが嫌なんだ」とポリー氏は控え目な口調で言った。「自分の店を持てばそれなりの苦労もあるけど、まさに自分が主人になるんだ」

「口先だけのことじゃなかったのね？」

「全然」

「考えて見れば」と彼は続けた。「小店っていうのは、そう悪くない」

「自分の家よね」

「自分の家」

間があった。

「店員がいなければ、帳簿や何かをつける必要はない。干渉されなければ、店をちゃんとやっていくことができると思う」

「あんたが自分の店にいるところが見たいわ」とミリアムは言った。「何もかも文句のつけようのないほど整然としておくことでしょうね」

二人の会話は、だれて来た。

「あの掲示板の向こうのベンチに坐りましょうよ」とミリアムは言った。「あそこだと、青い花が見られるわ」

二人は、ミリアムの言う通りにした。二人が坐った隅には、ストックとデルフィニュームの三角形の花壇が遊園地の網目模様のアスファルトを明るくしていた。

「あの花はなんていうのかしらね」と彼女は言った。「昔っから好き。立派ね」

「デルフィカム（デルフィニュームのこと）とラークスパーさ（二つは同じ花）」ポリー氏は言った。「ポート・バードックの公園によくあったものさ」

「花咲き乱れる一隅」と彼は満足げに言った。

彼はベンチの背に片方の腕を置き、もっと楽な姿勢を取った。そして、ミリアムをちらりと見た。ミリアムは、目を花に向け、寛いで、物思いに耽るように坐っていた。彼女は古い服を着ていた。着替える暇がなかったのである。古い服の青い色調が、彼女の肌の一種の温かさを引き出していた。そしてその姿勢は、かなり痩せて不十分な体に潜む、なんであれ女らしさを強調し、彼女の平らな胸を欺瞞的に丸みを帯びたものにしていた。細い一条の光が、彼女の横顔に当たっていた。その日の午後は、事物を変貌させる陽光に満ち、子供たちは隣接する砂場で大声を出して遊び、何本かの花蘇芳《はなずおう》の木が、遊園地の縁《へり》にある住宅の庭で咲いていた。そこかしこが、初夏の色を帯びて輝かしかった。そのすべてが、ミリアムとポリー氏の心に深い影響を与えた。

彼女は自分の考えていたことを口に出した。「店を持ったら、人は幸せになるはず」と、いつになく優しい口調で言った。

彼には、彼女の言うことは正しいように思えた。人は、店を持ったら幸せになるはずだ。町から遠い森、縺れた羊歯の茂み、崩れかけた灰色の塀に坐り、陽光を斑《まだら》に受け、澄んだ青い目で相手を女王のように見下ろしている、リンネルの服を着た赤毛の人物に対して、疼くような憧れを人に抱かせる夢を捨てずにいるのは愚かなことだ。それは残酷で馬鹿げた夢で、そんな夢を見ている者は、結局は嗤《わら》われ、嘲られる。今、ここでは、嘲られることはない。

「お店って、とってもちゃんとしたものね」とミリアムは、思いに沈むように言った。

「僕は、店にいると幸せだろうな」と彼は言った。

彼は、自分の言葉が効果があったと感じ、間を置いた。

「もし、ふさわしい伴侶がいれば」と彼は言い添えた。

彼女は、黙り込んだ。

ポリー氏は、自分が会話の氷の滑走路を走り出したことで、少々動揺した。

「僕は、品物をちっとも売ることのできないようなひどい老いぼれじゃない。もちろん、人は物を買う際にはうるさくなくちゃいけない。けど、僕はちゃんとやれるだろうな」

彼は話しやめた。そして、そのあとに続いた痛いような沈黙の中を、どんどん、どんどん堕ちて行くように感じた。

「もし、ちゃんとした伴侶がいればね」とミリアムは言った。

「間違いなく見つけるさ」

「もう誰か見つけたっていうんじゃないんでしょ——？」

彼は、自分が飛び込むのを感じた。

「今この瞬間、僕の目の中に誰かがいる」と彼は言った。

「エルフリッド！」と彼女は、彼の方を向いて言った。「本気じゃ——」

自分は、本気だろうか？「そうとも！」と彼は言った。

「まさか！」彼女は、じっとしていようと、両手を握り締めた。

彼は、決定的な一歩を踏み出した。

「そうさ、君と僕と、ミリアム、猫とカナリアのいる小さな店で——」。彼は仮定的な話し方に戻ろうとしたが、遅すぎた。「ちょっと想像してみ給え！」

「つまり」とミリアムは言った。「あんたは、あたしに恋してるってこと、エルフリッド？」

男は、そうした質問に「イエス！」と答える以外、考えられない。

彼女は、公園にいることも、砂場に子供たちがいることも、誰であれ人がいることも無視し、屈み込んで彼の肩を摑み、唇にキスした。その接触で、ポリー氏の中に何かが輝いた。彼は片方の腕を彼女の体に回し、自分も彼女にキスし、自分が後に引けないことをしたのを感じた。彼は、結婚して妻を持てば至極満足がゆくだろうという、奇妙な感じを覚えた——ただ、相手がミリアムでなかったらよいのだが、となぜか願った。彼女の唇は彼にとって非常に快適で快かった。そして、腕に抱いた彼女の感触も。

二人は互いからちょっと離れ、しばらく、顔を紅潮させ、ばつが悪そうに黙っていた。彼は、乱れた心を統御することがまるでできなかった。

「夢にも思わなかった」とミリアムは言った。「あんたがあたしを好いているなんて——あんたが好きなのはアニーだと思ったこともあるし、ミニーだと思ったこともある——」

「いつも僕は三人の中で君が一番好きだった」とポリー氏は言った。

「あたしは、あんたを愛してたわ、エルフリッド」とミリアムは言った。「お気の毒なお父様のお葬式で会って以来。いずれにしても、そうしたでしょうよ、もしあたしがよく考えたなら——あんたはなんでも本気で言っていないようだった」

「あたしは信じられない！」と彼女は言い添えた。

「僕もさ」とポリー氏は言った。

「あたしと結婚して、あの小さな店を始めるつもり？」

「見つかり次第」とポリー氏は言った。

「あんたと一緒に外に出た時は、こういうことになるとは全然思わなかった――」

「僕もさ」

「夢みたい」

二人は、しばらく何も言わなかった。

「本当かどうか、頬っぺたを抓ってみなきゃ」とミリアムは言った。「あたしがいなくなると、家がどうなるのか想像できない。みんなに話したら――」

ポリー氏は、自分がこれからのことを予想して優しい感情に溢れているのか、後悔してパニック状態にあるのか、どうしてもわからなかった。

「母さんは家の切り盛りが上手じゃないの――全然。アニーは家事が嫌いだし、ミニーは家事が下手。あたしがいなくなると、どうなるか想像がつかない」

「みんな、君なしでやらなくちゃいけない」とポリー氏は、後に退《ひ》かずに言った。

町の時計が鳴り始めた。

「あら大変！」とミリアムは言った。「ここに坐って愛の告白をしてるとアニーに会い損なっちゃう」

彼女は立ち上がり、ポリー氏の腕を取ろうとするような仕草をした。しかしポリー氏は、そうやって腕を組めば、世間の目にあからさまに晒され嘲笑されるに違いないと感じた。そこで、彼女のその仕草を避けた。

躊躇と恐怖の洪水がポリー氏を襲う前に、アニーがすでに目の前にいた。

「もうちょっとのあいだ誰にも言わないように」と彼は言った。

「母さんにだけ」とミリアムは、きっぱりと言った。

3

数字というものは、この世で一番ショッキングなものだ。数字は、ちゃんと明るい所でみると、黒い、ごく些細なごちゃごちゃした小さな記号だ。だが、その数字が心臓に与えることのできる衝撃について人は考える。人は、なんの煩《わずら》いもない外国での休暇旅行から帰ってきて新聞をめくると、自分が資産の大部分を投資した、遠くの、ぼんやりとしか考えていない鉄道会社の名前の横にある株価が、見慣れた、いつもの九十五ポンドから九十六ポンドまでではなく（せいぜいのところ、配当を除いて九十三ポンドまで変動するだけだ）、ほんの少し記号が多い七十六ポンド二分の一から七十八ポンド二分の一までの数字であるのを見る。

それは、足元に無限の穴が明いたようなものだ。

そういう訳でポリー氏も、自分には無限の資産があるという幸福な気分は、この小さなごちゃごちゃした記号を見たことで、不意に消えてしまった。

預金の額は、「三百五十ポンド」ではなく、「二百九十八ポンド」になってしまったのである。彼は「三百五十ポンド」を、己が裕福さの動かぬ象徴と見るようになっていた。

彼はそれを知って、横隔膜に不快感を覚えた。それは、赤毛の女学生の裏切り行為が明白になった時に覚えた感覚に、ほんの少し似ていた。額が汗ばんだ。

「ヴォートレックス（「ヴォーテックス」、「渦巻き」）に落ちる」と小声で言った。

引き算の達人だった彼は、六十二ポンド使ったに違いないと思った。

「葬式に用《つか》うた炙り肉」と、葬式に使ったであろう品を思い出しながら言った。

彼がそれまで暮らしていた夢の世界——長く暖かい日々、どこまでも続く道路、限りない、拘束されない時間、周りを見回す無限の時間——は、魔法にかかった物のように消え失せた。彼は不意に、経済に支配される、厳しい、昔の世界に戻った。その世界は、仕事を強要し、活動の範囲を限定し、独創的な言い回しを抑圧し、笑いを一掃する。彼は、ウッド通りと、その恐るべき不安な状態が足元でぱっくりと口を開けているのを見た。

そして、ミリアムと結婚することを約束した。総じて、そうしたかったのだ。

彼は夕食の時、気もそぞろだった。そのあと、ジョンソン夫人がちょっと頭痛がしたのでベッドに行くと、ジョンソンと会話をした。

「もう潮時なのさ、何か手を打とうと調べたのさ。あちこちいくつも店を見たけど、どれもごくデボネアリアス（「デボネア」、「洒落た」）なものだった、でも、一つ確保しといてもよかった」

「だから、言ったじゃないか」とジョンソンは言った。

「あんたの勧めた角店はどんな具合だと思う？」とポリー氏は訊いた。

「本気なのかい？」

「実際的提案ならね。実際的として、あんたの考える額は？」とポリー氏は訊いた。

ジョンソンは整理箪笥のところに行って、一通の手紙を取り出し、裏側の便箋を一枚剝がし、「計算してみよう」と重々しく満足げに言った。「あんたが最低限どのくらいでやれるか見てみよう」

彼はその仕事に取り掛かり、ポリー氏は生徒のように隣に坐って、彼のわずかな資産を減らすことになる、灰色の忌むべき数字が増えるのを眺めていた。

「あんたは経常費はいくら出せるんだい？」とジョンソンは、鉛筆を舐めながら言った。「まず、そいつを計算しよう。家賃？……」

一時間に及ぶ費用の推定が終わると、ジョンソンはきっぱりと言った。「危ないところだが、あんたにはチャンスがある」

「ほう」とポリー氏は言った。「勇敢な男には、もっと何か必要かな?」

「あんたがごく簡単にできることが一つある。それについて調べてみた」

「なんだい?」とポリー氏は言った。

「二階の住居なしに店舗だけ借りるんだ」

「そうなると僕は、店の面倒を見るために店に外から頭を突っ込まなきゃいけない」とポリー氏は言った。「そうして、体を使って仕事をしなくちゃいけない」

「まったくそうだという訳じゃない。でも、あんたはここにいれば、大いに節約できる——独り者なんだから」

「それは考えなかったなあ」とポリー氏は言い、ミリアムは必要がなかったということについて、黙ってじっと考えた。

「僕らは、在庫品のための八十ポンドについて話していた」とジョンソンは言った。「もちろん、七十五ポンドはそれより五ポンド少ない、そうだろ? ほかにあんまり切り詰められない」

「そうだね」とポリー氏は言った。

「こうしたことは非常に興味深い」とジョンソンは、半裁の紙を巻いたり巻き戻したりしながら言った。「固定給の代わりに自分で商売をしたらよかったって思う時があるね。あんたは帳簿をつけなくちゃいけない、もちろん」

「人は自分がどんな具合か知る必要がある」

「僕ならすべて複式簿記でやるね」とジョンソンは言った。「初めはちょっと厄介だけど、結局、その方がずっといい」

「その紙を見せてくれないか」とポリー氏は言って、おぞましい薬を手に取る男のような気持ちで、その紙を受け取り、気乗りのしない目付きで、従兄の書いたきちんとした数字を、しげしげと見た。

「さて」とジョンソンは言って立ち上がり、伸びをした。「ベッドだ！　ベッドで眠った方がいい」

「そうとも！」とポリー氏は身じろぎせずに言った。しかし実際には、茨のベッドの上で眠った方がよかった。

彼は、恐ろしい夜を過ごした。それは、年一度の休暇の終わりに似ていた。ただ、それよりずっと悪かった。新入りの囚人が、刑務所の門を入る時、樹木とヘザーをちらりと見やるのに似ていた。自分は、また馬具を付けられねばならないのだ、そして自分は、家に飼われている普通の猫同様、馬具を付けられるのにふさわしい。一晩中、運命は静かに満足した表情を浮かべて、また、時には、まさにジョンソンの表情と身振りとで、駅の近くの、あの欲しくもない角店へと彼を導いた。「ああ、神様！」と彼は叫んだ。「使用人の身分に戻りたい。自分の金をなんとかして減らさないようにしなければならない」。運命は過酷だった。

「海に逃げ出すんだ」とポリー氏は小声で言った。しかし、自分がそうするだけの勇気がないのを知っていた。「この忌々しい喉を切るんだ」

やや勇気が湧いてきた彼は、ミリアムのことを考えようとした。そして少しのあいだ、じっと横になっていた……

「で、どうだい？」とジョンソンは、ポリー氏が朝食をとりに階下《した》に降りると言った。ジョンソン夫人は明るい表情で顔を上げた。ポリー氏にとって、朝食がその時ほど魅力的でなかったことは、それまでになかった。

「あと一日か二日、考えてみようと思うんだ」と彼は言った。

「あの店は人に取られてしまうだろうよ」とジョンソンは言った。

自分の運命を直視しようとしなかったこの数日間に、自分が婚約したことは、今の状況ではごく些細なことに思われる時があった。そして、逆にそれが自殺を考えるほどひどく不吉で重大な様相を帯びる時があった。それは、ジョンソン夫人がみんなにウェルッシュ・ラビット（チーズトーストの一種）を振る舞ったあとの夜に多かった。また、結婚したいと、きわめてはっきりと望んだ時もあった。ともかく、そういう考えを抱いたからには。そして、自分が結婚を申し込んだ時の状況を、すっかり思い出そうと何度もした。だが、なんでこんなことになったのか思い出そうとしても、あまりうまくいかなかった。彼は婚約者にふさわしい頻度でスタムトンに行き、従妹全員に盛んにキスしたが（特にミリアムには）、それは刺激的で新鮮だった。従妹たちはみな、二人が婚約したことを知っているようだった。ミニーは泣き出しそうな顔をしたが、諦めていた。ラーキンズ夫人は彼に会うと、実際、これまでにない温かさで彼を包んだ。そして、お茶の時間に、自家製のジャムの大きな瓶を出した。彼は、店についてはどんなものにも署名する決心をすることができなかった。決心すべき時が徐々に迫ってはいたが。また、店を持つという計画が、いまや彼の署名する欄が鉛筆で記してある合意書の草案が出来るほどに煮詰まってはいたが。

ある朝、ジョンソン氏が駅に行った直後、ポリー氏は自転車を道路に出し、自分の寝室に上がって行き、できるだけさりげない風に、長い白い夜着、櫛、歯ブラシをバッグに詰め、好奇の表情をはっきりと浮かべているジョンソン夫人に、「頭をすっきりさせるため、二、三日出掛けてくる」と言って、すぐさま道路に出、自転車に乗り、熱帯地方、赤道、イギリスの南海岸に向かって走り出した。もっと正確に言うなら、フィッシュボーンという小さな村が微睡《まどろ》み、眠っているところに。

四日後に戻ってきた彼は、店を持つ話が再開されるや否や、こう言ってジョンソン氏をびっくり仰天させた。「フィッシュボーンの小さな店を借りることにしたんだ。気に入ったのさ」

彼は間を置き、さらにさりげなく見える（可能なら）態度で言い添えた。「ところで僕は、スタムトンで、ちょっとした結婚式をするんだ——従妹のラーキンズの一人と」

「結婚式！」とジョンソンは言った。

「ウェディング・ベルさ。ベネディクタインの陥落（シェイクスピアの『空騒ぎ』のベネディックを指す。独身主義だったが、最後に結婚する）」

総じてジョンソンは、大変な自制心を発揮した。「それはあんたの問題さ」と、事情がもっとはっきりと説明されると言った。「後悔先に立たずにならないといいがね」

しかしジョンソン夫人は、最初は腹を立てて黙っていたが、次第に非難の言葉を発し始めた。「あたしたちがなんでこんな風に馬鹿にされるようなことをしたのか、わからないわ。あんたが快適に過ごせるよういろいろ面倒を見てきたっていうのに——あんたは夜遅くまで外出し、こっちは遅くまで寝ないで起きてるとかなんとか。それなのに、ひとことも言わずにこっそりと出掛け、あたしたちに隠れてお店を借りる、まるで、あたしたちがあんたのお金を盗もうとしてるかのように。あたしは、そんな欺瞞に我慢できない。あんたがそんなことをするとは思わなかった、エルフリッド。そうして今、人に部屋を貸すシーズンは半分終わっちゃってる、あんたの部屋をどうしたらいいのか、わからない。率直は率直、フェアプレイはフェアプレイ。そう、あたしは娘の頃教わった。よかったらいつまでもここにいていいって言ってあげたのに、あんたは、あたしたちの都合も訊かずに、お礼も言わずに不意に出て行く。ジョンソンは、あんたに甘すぎた。あの人はそこに坐ってなんにも言わなかった。そうして毎晩、自分の仕事をする代わりに、あんたのために足したり引いたり、掛けたり割ったりしていた」

彼女は一息入れた。

「不運な情事《アムール》」とポリー氏は弁解するように言った。そして、不明瞭に言い添えた。「僕自身、こうなると思ってなかった」

4

ポリー氏の結婚は、一種の必然に従って進められた。

自分は強い自発的精神で行動していると、彼は自分に思い込ませようとした。だが、心の奥では、自ら動き出させた巨大な社会的力に抵抗するには自分が無力であるのを、完全に認識していた。彼は、社会的意志の圧力のもとで結婚せざるを得なかった。ちょうど、昔、社会的意志の圧力のもとにある陽気な連中が、真剣で逃れ難い仲間の人間によって引き出され、儀式に従って溺死させられるか焼き殺されるか首を括られるかだったのと、まったく同様に。彼にとっては、見物人でいて、さほど目立たぬ役の方が遥かに好ましかっただろう。しかし、もはや選択の余地はなかった。彼は自分の役を演ずるのに全力を尽くした。そして、その時のために、とりわけきちんとした格子模様のズボンを手に入れた。服装のほかのものは、明るい黄色の手袋とグレーと青の混ざったネクタイ以外、父の葬式の時のものだった。幅の広いクレープのハットバンドは、もっと明るい色の絹のバンドに変えられていた。そういう訳で、人間の歓びと悲しみは、ほぼ似ているのである。

ラーキンズ姉妹は、グレーの綿繻子で素晴らしいことをした。オレンジの花と白のベールという考えは、馬車の費用を考えて、しぶしぶやめになった。

祭壇のところに立った当日のヒロインが「地味な新婚旅行用の服」を着ていた事実は、その決断が正しかったことを物語っていた。ミリアムはあからさまに涙を流していた。事実、アニーもそうだったが、笑うことで平然としているように見せようとしていた。ポリー氏は、ミリアムが鼠の穴のところにいる猫のようにいつも家にいたので、チャンスがなかったということについて、アニーが曖昧に何かを言うのを耳にした。それは、いわば考えさせられる事柄になった。ラーキンズ夫人は最初から顔を紅潮させていて、多弁で、盛んに涙を流したので、頬は濡れ、汚れていた。信じ難いほどにぐしょぐしょに濡れて皺苦茶になった使い古しのハンカチは、握り締めた、ふっくらとした彼女の赤い手から離れることはなかった。「いい娘《こ》、みんな」と彼女は震える声で言い続けた。「とってもいい、いい、いい娘たち！」彼女は、ポリー氏にキスした時、彼を恐ろしいほど濡らしてしまった。彼女の激しい感情は、婦人用胴着《ボディス》の背中のボタンを外してしまった。ミリアムが新生活に入る前にした、ほぼ最後の親孝行は、十一回、背中の開いてしまった孔を閉じてやることだった。ラーキンズ夫人のボンネットは小さくて坐りが悪く、赤い薔薇で飾られた黒いものだった。まず、それは、アニーに注意されるまで、彼女の右目にかぶさっていた。そのあと、彼女はそれを押し上げたので、今度は左目にかぶさり、しばらくのあいだひどい恰好だった。次に彼女はそれを押し上げたので、今度は左目にかぶさり、その繊細な婦人帽は怯え、彼女の後頭部にまで這って行き、そこでピンに留められ、集まった人々のさらに大きな感情の波が起こるたびに、哀れな恰好でぱたぱた動いた。ポリー氏は、時が経つにつれ、そのボンネットが一層気になり、それが生き物のような気がした。終わり頃になると、それは欠伸《あくび》の発作を起こした。

結婚式に集まった人々の中にはジョンソン夫人はいなかったが、ジョンソンは人目を忍ぶようにやってきて壁に背をもたせ、大きな灰色の目に疑念と憶測の色を浮かべてポリー氏を注視していた。そして、隅の方にいて、音を立てずに、疑わしそうに口笛を吹いた。彼は、いわば密かな花婿介添人だった。ミリアムの勤め先から来た、派手な帽子をかぶった少数の娘たちが教会に現われた。彼女たちは揃ってひどく口うるさい連中だったが、式のあと二人しか家に来なかった。パント夫人が、好奇心旺盛の息子を連れてやってきた——息子にとっては初めての結婚式だった。そして、ラーキンズの叔父の一人、酒類販売免許を持つ飲食店主、ヴォールズ氏という男が来た。彼は親切至極にも、花嫁を花婿に引き渡すため、サマーズヒルから、座席の高い二輪馬車でやってきた。ぽっちゃりとした、身なりのいい妻も一緒だった。二、三人の赤の他人が教会にぶらりと入ってきて、遠く離れた席に坐り、眺めていた。

そうしたわずかな数の人々は、教会のひんやりとした茶色の内部の空虚感を強めているだけのように思えた。何列もの、誰も坐っていない信徒席、誰も開いた形跡のない祈禱書と、なおざりになっている祈禱用膝布団。それは、途轍もないちぐはぐな感じを与えていた。ジョンソンは、短い裾の下から細い脚の見える堂守《どうもり》に、参列者の配置について訊いた。遠くの聖具室の出入り口に、今日の式を執り行う牧師の姿が見えた。牧師は法衣を着ているところだった。着終わると、癖なのは明らかな、物思いに耽りながら頰を搔く仕草を、また始めた。花嫁が到着する前にポリー氏は、ジョンソンと教会建築について小声で批評することで、教会についての自分の気持ちの捌け口を見出した。「初期ノルマン様式のアーチじゃないかな?」と彼は言った。「それとも、垂直式様式」

「わからないな」とジョンソンは言った。

「テレセイテッド（「テセレイテッド」、「格子模様の」）の舗床はちゃんとしてる」

「ともかく、よく敷けてる」

「祭壇は感心しないなあ。ああいう花があるので寄せ集めに見える」

ポリー氏は片手で口を隠して咳をし、咳払いをした。今、この土壇場で逃げ出せば犯罪だろうか、それとも、単なる不届きな悪趣味だろうか、と心の奥で考えていた。すると、肘で互いにそっと突き合っている者たちのひそひそ声が、花嫁の一行が到着したことを告げた。

遠くのドアから入ってきた小さな行列が、ポリー氏の人生の忘れ難い思い出の一つになった。堂守が急いでそこに出迎えに行き、伝統と仕来りに従って、世話をした。ラーキンズ夫人が「この娘《こ》をまだあたしから取らないで！」と強く言ったにもかかわらず、堂守はミリアムをヴォールズ氏と一緒に先頭を歩かせた。次に新婦介添役の女たちが続き、それから堂守が従った。彼は、ラーキンズ夫人の母親としての苦悩の呟きから、どうしても逃れられなかった。ヴォールズ夫人が殿《しんがり》を務めた。彼女は小柄で、四角い無表情の顔をした、ずんぐりした女で、どっしりとした威厳に満ちていた。そして、かなり流行の服装をしていた。

ポリー氏の目は、まず花嫁に向けられた。彼女を見ると彼は、気持ちが奇妙に動揺した。警戒感、欲望、愛情、尊敬の念――そして、妙な一抹の消極的な嫌悪感。それらがすべて、複雑な感情の渦の中で、それぞれの役を演じていた。グレーのドレスのせいで、彼女は見知らぬ女に見えた。そのドレスは、彼女をぎごちなく、平凡に見せた。彼女は、彼が遊園地でプロポーズをした時に、彼の安っぽい美の感覚に訴えかけた、うなだれるような姿勢をしてもいなかった。また、彼女の帽子の角度にも、彼の気に入らない何かがあった。それは実際、ピンクとグレーの、大きくて無意味な薔薇結びの付いた、下手なデザインの帽子だった。次に彼の注意はラーキンズ夫人と、彼の脳裏を離れなくなったボンネットに移った。それは、前に歩を進めている彼女の船舶用信号旗に見えた。そして彼の注意は、自分の義妹になろうとしている、真面目腐った、洗練されていない二人に移った。

彼は突発的な妄想に襲われ、将来、赤毛の美少女が、どこで、いつ、教会の素晴らしい通路を歩いて行くのかと想像した――。そんなことはどうでもいい！　彼は、ヴォールズ氏の存在に気づいた。

彼はヴォールズ氏を、凝視する青い目として意識した。それは、状況を把握している男の目だった。

太っていて、背が低く、赤ら顔の男で、白黒の格子模様の、体にぴったり合った燕尾服を着ていて、何重にもなった小さな赤い顎の一番下に、媚を売るような蝶ネクタイを締めていた。花嫁を、無敵のチャンピオンのような恰好で腕に抱き、空いている方の腕で、乗馬者がかぶるような型のグレーのシルクハットを振り回していた。ポリー氏は、自分がこの場から逃げ出したいと思っているのをヴォールズ氏がすっかり見通しているのをその目から即座に悟った。縁が空色の瞳は断固たる決意に燃えていた。その瞳は言っていた。「わたしは、この娘を花婿に引き渡すためにやってきた。そして、引き渡すつもりだ。わたしは今、ここにいる。そして、物事は恙《つつが》なく進まねばならない。だから、それ以上のことは考えるな」——そして、ポリー氏は考えなかった。彼の意識の閾《いき》のちょっと下でうろうろしていた一種の「小犬《リル・ドッグ》」の幻は、黒い不可能の世界に消えてしまった。式の最後の瞬間が来るまで、ヴォールズ氏は仮借なくポリー氏を見張っていたが、最後の瞬間が来ると直ちに見張りをやめ、大きくて、派手な模様のあるハンカチで洟をかみ、溜め息をつき、ヴォールズ夫人の承認と同情を得ようと辺りを見回し、彼女に明るく頷きかけた。自分はなんでも物事を成功させると常に予言する者のように。やっとポリー氏は、自分が糸から落ちた操り人形のように感じた。しかし、実際にそんな風に解放されることになるのは、ずっとあとのことだった。

彼は、ミリアムが自分の近くで大きく息をしているのに気づいた。

「やあ!」と言ったが、それがぎごちなく、非難の目で自分は見られるだろうと感じた。「グレーの服——君に実によく似合う」

ミリアムの目は、帽子の鍔の下で輝いた。

「まさか!」と彼女は小声で言った。

「君は申し分ない」と彼は、観察と批判の目で唇が強張るのを感じながら言って咳払いした。

堂守の手が、彼を後ろから押した。誰かが、ミリアムを祭壇の手摺と牧師の方に導いていた。「もう、のっぴきならないね」とポリー氏は、同情するように彼女に言った。そして堂守に、「どこで？ ここで？ よし、わかった」と言った。

彼は、牧師のポーズに、言語に絶するほど習慣的なものを感じ、一瞬、興味をそそられた。牧師は、なんとたくさんの結婚式を見たことだろう！ うんざりしているのに違いない！

「キョロキョロするんじゃない」と、その目は言っていた。

「指輪は持ってるかい？」とジョンソンが小声で言った。

「きのう、質に入れちゃった」とポリー氏は、軽口を叩こうとしたが、チョッキの違ったポケットをまさぐっているあいだ、その厳しい探るような目で見られ、一瞬、怖くなった……

式を執り行う牧師は深く溜め息をついて式を始め、だるそうに、しかし恙《つつが》なく二人を結婚させた。

「親愛ナル ミーナサン 我ラ カーミノ ミマエ 会衆ノ マエ ニテ コノ オトコ ト オンヲ 人ガ 無垢 ナル時 ニ 神ニ ヨッテ 定メ ラレタ 敬ウ ベキ 身分 デアル 聖ナル 婚姻 ニ オイテ 結ビ付ケ タメ 集イ……」

ポリー氏の想念はあちこち広く遠くさ迷い、またしても、冷たい手のようなものが彼の心臓に触れた。そして、木陰の下で、陽光を浴びているあの可愛らしい顔を見た。

誰かが彼を突《つつ》いた。それは、彼の目を、牧師が祈禱書の大事な箇所に差しかかったことに向けようとする、ジョンソンの指だった。

「アナタ ハ 病メル 時モ 健ヤカナル 時モ コレヲ 愛シ 慰メ 助ケ マスカ？……」

「『約束します』って言うんだ」

ポリー氏は唇を湿らせ、「約束します」と嗄《しゃが》れ声で言った。

ミリアムも、似たような質問に対し、ほとんど聞き取れない声で答えた。

すると牧師は言った。「誰がこの女をこの男に嫁がせるのです？」

「わ、わたしですよ」とヴォールズ氏は、活気に満ちた大声で言い、教会の中を見回した。

「わたしのあとに続けて言いなさい」と牧師はポリー氏に言った。「汝ミラムヲ我ガ妻トシ――」

「汝ミムを我が妻とし」とポリー氏は言った。

「今日ヨリノチ支エ」

「今日よりのち支え」

「悪シキ時モ　豊カナル時モ」

「悪しき時も　豊かなる時も……」

そのあと、ミリアムの番になった。

「手を放しなさい」と牧師は言った。「指輪は？　違う！　祈禱書の上。そう！　ここ！　わたしのあとに続けて、『コノ指輪ニテ　アナタト結婚スル』」

「この指輪にて　あなたと結婚する――」

そういう具合に、式は何がなんだかわからないくらい、どんどん進んだ。通過する列車の煙を通して見た、美しい事物の一瞬の姿のように……

「さあ、マイ・ボーイ」とヴォールズ氏はとうとう言い、ポリー氏の肘をしっかりと摑んだ。「届けに署名しなくちゃいけない、さあ！　それでよし！」

彼の前にミリアムが立っていた。ちょっとぎごちなかった。帽子は額にやや斜めに載っていた。そして、問うのをためらっているような表情を浮かべていた。ヴォールズ氏は、彼を押して彼女から離した。

驚くべきことだった。彼女は自分の妻なのだ！

そしてなぜか、ミリアムとラーキンズ夫人は啜り泣いていて、アニーは深刻な顔をしていた。結局、彼女たちは僕をミリアムと結婚させたくなかったのだろうか？　なぜなら、もしそれが事実なら――！

彼は、後ろの方にペントステモン伯父がいるのに、初めて気づいた。だが伯父は、明るい無機的な青色のネクタイを締め、ニヤニヤ笑い、主要な一本の歯の辺りで、謎めいた様子で慎重に唾を吸い込みながら近づいてきた。

5

ヴォールズ氏の個性の力が真価を発揮し始めたのは、聖具室においてであった。その力は、漁師の壺から現われた魔神ジンのように、式での遠慮がなくなるや否や、あらゆるものに及んだように思えた。

「式は」と彼は牧師に言った、「素晴らしい、素晴らしい」。さらにラーキンズ夫人と握手した。夫人は、しばらく彼に縋《すが》りついた。そして彼は、ミリアムの頬にキスした。「わたしにとってはファースト・キスだ」と彼は言った、「ともかく」。

彼はポリー氏の腕を取って婚姻登記簿のあるところに連れて行き、それからラーキンズ夫人と自分の妻のために椅子を出した。それからミリアムの方を向いた。「さて、お若い方々。一つキス！　さもなければ、わたしがまたしよう。そう、それでいい。同じのをまた頼む、ミス」

ポリー氏はやや頭が混乱してしまい、振り向くと、こうやってみんなの注目の的になることからの避難所を、ラーキンズ夫人の両腕の中に見つけた。それから、アニーとミニーに何度も盛んにキスされ、大いに湿ってしまった。アニーとミニーは、よくわからない理由を口にしたヴォールズ氏に、すぐさまキスされた。次にヴォールズ氏は、まったく反応のないヴォールズ夫人にキスし、舌鼓を打ってから、言った。「無事にまた家に帰るとしよう」。すると、ラーキンズ夫人が奇妙な、ひどく苦しそうな叫び声を出し、ミリアムに抱きついてキスの雨を降らせた。アニーとミニーは互いにキスした。ジョンソンは、不意に聖具室のドアのところに行き、教会の中をじっと覗き込んだ。中世の犯罪者のように、逃げ込む場所を教会に求めていたのは疑いない。「時にはちょっとキスするのも悪くない」とヴォールズ氏は言って、歯のあいだからシューッという音を出し、不意に数回、大きな音で両手を打ち鳴らした。一方、牧師は片方の手で頬を掻き、もう片方の手でペンをいじっていた。そして堂守は、文句を言いたげに咳をした。

「二輪馬車が外のすぐそこにある」とヴォールズ氏が言った。「花嫁は、今日は歩いては家に帰らない、マーム」

「あたしたちは乗せてくれないの?」とアニーが叫んだ。

「新婚夫婦用さ、ミス。もうすぐあんたの番だ」

「やめて!」とアニーが言った。「あたしは結婚しない——絶対」

「あんたは、そうはできないだろうよ。結婚せざるを得ないさ、大勢の求婚者を追い散らすためだけにもね」。ヴォールズ氏は片手をポリー氏の肩に置いた。「花婿は花嫁と腕を組むんだ、そうして真ん中を歩いて行く。プランプ、プランプ、ペランプ‐パンプ‐パンプ‐パンプ‐パンプ‐ペランプ」

ポリー氏は、自分と花嫁が先に立って教会の西側のドアに向かって歩いているのに気づいた。

ラーキンズ夫人はペントステモン伯父のすぐそばを通り過ぎたが、あまりに激しく啜り泣いていたので、彼に気づかなかった。「あんなにいい‐いい‐いい娘《こ》が」と啜り泣きながら言った。

「わしが来るとは思わなかっただろう、え?」とペントステモン伯父は言った。しかし彼女は、自分の感情を表に出すのにあまりに忙しく、彼を見ずにさっと通り過ぎた。

「彼女《あれ》は、わしが来るとは思わなかったんだな、きっと」とペントステモン伯父は、ちょっとがっかりして言った。しかし、ジョンソン氏は、それを聞き逃さなかった。

「わかりませんね」とジョンソン氏は落ち着かない気持ちで言った。「あんたは招待されたと思うんだけど。元気ですか?」

「まーねかれた」とペントステモン伯父は言った。そして、一瞬考え込んだ。

「わしは奇蹟をよく目にする」と彼は言い添えた。そして、ひどく抑えた口調で言った。「あれの娘たちの一人が結婚する。そいつが、わしの言う奇蹟さ。こりゃなんだ！　ウーン！」

「どうしたんです?」とジョンソンは訊いた。

「ちょっと背中をやられた。気候が変わるんだと思うな」とペントステモン伯父は言った。「あの子に素敵な贈り物も持ってきた、この包みに入っとる。わしのお袋のものだった、きっちょうな古い茶箱さ。こいつに何年も何年も煙草を入れといた――裏の蝶番《ちょうつがい》が壊れるまで。それ以来、わしにはあんまり役に立たなかった、そう思うね、忌々しい！　あれにやった方がいいのさ……」

ポリー氏は、気づくと西側のドアから外に出ていた。

外では、五、六人の大人と五十人ほどの子供が集まっていて、新婚夫婦が近づくと、小さな声で曖昧に喝采した。子供たちの誰もが何かを入れた小さな袋を持っていた。ポリー氏は、前の方にいる、耳の大きい小さな少年が、復讐心に燃えたような顔をしているのに注意を惹かれた。ポリー氏は、袋の物が何を意味するのか、一瞬わからなかった。すると、耳に、一握りのチクチクする米粒が当たるのを感じた。何もかも呑み込めた。

「まだだ、阿呆なチビ共《ども》」とヴォールズ氏が後ろで言うのが聞こえた。すると、二度目の一握りの米粒が彼の帽子に当たった。

「まだだ」とヴォールズ氏は、前より大きな声で言った。ポリー氏は、自分とミリアムが、小さな少年たちの二つの三日月形の集団の的になっているのに気づいた。どの少年も目に凶暴な光を浮かべ、米粒の入った紙袋を汚い手で握り締めていた。ヴォールズ氏は、大きな赤い手で、飛んできそうな米粒を防ごうとしていた。

二輪馬車は一人の浮浪者が番をしていた。馬と鞭は、白い花形記章で飾られ、後部座席は大型バスケットでごたごたしていたが、乗れないほどではなかった。「さあ、乗るぞ」とヴォールズ氏が言った。「老いぼれは前、若いのは後ろ」。手に負えない米粒投げの凶悪な集団が、三人が馬車に乗ると追ってきた。

「ハンカチを顔に当てるんだ」とポリー氏は花嫁に言って、自分は、かなりのヒロイズムを発揮して舗道側に坐り、帽子をしっかりと握り、目を閉じ、最悪の事態に備えた。「出発！」とヴォールズ氏は言った。すると、ポリー氏は集中砲火を浴び、顔がチクチクした。

馬が後ずさりした。花婿が再び辺りを見回すことができるようになった時、二輪馬車が間一髪で路面電車を避けたのがはっきりした。遥か彼方の教会の柵の前では、堂守とジョンソンが、ラーキンズ一家の残りの者の命を守ろうと、意気盛んな小さな少年の一団と闘っていた。パント夫人と息子は、道路の向こう側に逃げた。息子は無慈悲な戦闘部隊の端のところでのろのろ歩き、躓《つまず》いていた。しかしペントステモン伯父は茶箱が邪魔だったものの、少年たちの小集団の真ん中にいて、全力で少年たちを罵っているように見えた。遠くから、一人の警官が、のんびりと悠然と近づいてきた。

「落ち着け、馬鹿者、落ち着くんだ！」とヴォールズ氏は叫んだ。そして、肩越しに言った。「わたしがあの米を持ってきたんだ。昔ながらの風習が好きなんだ――ウワー！　落ち着け」

二輪馬車は大きく横に逸れた。自転車に乗っていた男が、いわれのない恐怖の声をあげた。二輪馬車は角を曲がり、結婚式の一行はポリー氏の視界から消えた。

6

「お袋さんが来る前に、持ってきた物を中に入れよう」とヴォールズ氏は言った。「馬の手綱を持っててくれないか」

「鍵はどこです?」とポリー氏は訊いた。

「持ってる。そっちに行く」

ポリー氏が汗を流している馬の手綱を持ち、馬の馬銜《はみ》から泡を避けているあいだに、ミリアムとヴォールズ氏が一緒に家に入った。ヴォールズ氏は、持ってきたさまざまな大型バスケットを運び込んでから玄関のドアを閉めた。

しばらくのあいだポリー氏は、ラーキンズ家の前の小さな袋小路に、任された馬と一緒に残っていた。その間、近所の者は鎧戸の後ろから彼をしげしげと見た。彼は、自分が妻帯者だということ、ひどく愚か者に見えるに違いないということ、馬の頭は馬鹿げた形で、その目は出っ張っているということを考えた。また、馬は自分のことをどう思っているのか、馬は繋がれて首を軽く叩かれるのを本当に好いているのか、軽蔑の念から従っているだけなのかと考えた。馬は、俺が結婚しているのを知っているのだろうか? すると彼は、牧師は自分を大馬鹿だと思っただろうか、また、隣の家の表側の部屋のレースのカーテンの後ろに潜んでいる者は、男なのか女なのか考えた。道の向こう側の家のドアが開き、刺繍を施したトルコ帽のようなものをかぶってパイプをくゆらしている年輩の紳士が、落ち着いた、満足げな表情を浮かべて現われた。彼はポリー氏を、やや珍しそうに、しばらくじっと眺めていたが、やがて大きな声で言った。「やあ！」

「どうも！」とポリー氏は言った。

「その馬の手綱を持ってる必要はない」と老紳士は言った。

「元気な馬なんですよ」とポリー氏は言った。「そうして」――ジンジャー・ビールにちょっと譬《たと》えながら――「今日は、泡立ってるんです」

「独りじゃ向きを変えない」と老紳士は言った。「ともかく。奴が抜け出るところはない」

「賢者には一言《ひとこと》で足る」とポリー氏は言って、馬をそのままにして玄関に向かった。ドアを開いた、ちょうどその時、ジョンソン氏の腕に支えられたラーキンズ夫人がやってきた。その後ろに、アニー、ミニー、二人の友人、パント夫人と息子が続いた。やや遠くの角からペントステモン伯父の姿が現われた。

「みんな来る」とポリー氏はミリアムに言って、腕を彼女の体に回し、キスした。彼女も彼にキスした。その時、二つの空の大型バスケットが廊下に投げ込まれたので、二人はびっくりした。するとヴォールズ氏が、三つ目の大型バスケットを持って現われた。

「さあ！　あんたたちにはそうする時間が間もなくたっぷり出来る」と彼は言った。「お袋さんが戻ってくる前に、このバスケットを片付けなきゃ。お袋さんをびっくりさせるくらい、冷たい軽食を持ってきたんだ。いやもう！」

ミリアムは大型バスケットを持って行った。ポリー氏は、ヴォールズ氏に促され、小さな表側の部屋に入った。大量のパイと大きなハムが、ラーキンズ夫人のつつましい料理に加えられていた。そして、何本かの上等らしいワインの瓶が、彼女が宴会に花を添えるために買った一瓶のシェリーと一瓶のポートと肩を並べていた。ワインの瓶は、中央にある氷で冷やしたウェディングケーキに、もっと似合ったのは確かだった。依然として無表情のヴォールズ夫人は窓辺に立ち、そうしたものを、かすかによしとするように眺めていた。

「ちょっと賑やかになったろう、え?」とヴォールズ氏は言い、両の頬を膨らませ、両手を数回強く打ち合わせた。「お袋さんはえらく驚く」

彼は、ほかの者が部屋にどやどやと入ってくると後ろに下がり、にっこりとして両腕を広げて頭を下げた。

「あら、ヴォールズおーじーさん!」とアニーは語尾を上げて叫んだ。

それがヴォールズの報酬だった。

すると、一同は狭い部屋で押し合いへし合いになった。ほとんど誰もが腹を空かせていた。そして、パイとハムと、祝宴向きのワインの瓶の列を見ると、目を輝かせた。「坐って下さい、みなさん」とヴォールズ氏は叫んだ。「寄り掛かれるものならなんでも椅子と思って下さい、そうすれば、食べ物が喉を落ちやすくなるんです!」

ミリアムの仕事場から来た二人の友人は最初に部屋に入ってきた者たちだったが、二階でコートを脱ぐため、また部屋から出ようとしたものの、人込みでジョンソンにどうしようもなく押しつけられてしまい、出るのを諦めた。そうやって皆が苦労している最中、ポリー氏はペントステモン伯父が小包を花嫁にやっているのを見た。「さあ!」と彼は言って、小包を彼女に渡した。「結婚祝い」と説明した。そして、打ち明け話をするようにクスクス笑って付け足した。「結婚祝いをわしが渡さなくちゃならなくなるとは思わなかったね——金輪際」

「ステーキとキドニーパイの欲しい方は?」とヴォールズ氏は怒鳴った。「ステーキとキドニーパイの欲しい方は?　あんたはトミー爺さん（ブランデー）を飲むんだ、マーサ。そうすりゃ、しっかりしていられる……坐って、みなさん、一度に話さないこと。ステーキとキドニーパイの欲しい方は？」

「さんざめき」とポリー氏は小声で言った。「浮き浮きしたさんざめき」

「アムがちょっとある」とヴォールズ氏は、ナイフにハムの薄切りを載せて叫んだ。「誰かアムをちょっと食べるかい？　あんたのその坊やは、パント夫人――アムをちょっと食べないかい？……」

「ところで紳士淑女のみなさん」とヴォールズ氏は、依然として立ったままで、また、一人で部屋を取り仕切りながら言った。「みなさんの皿が一杯になりましたら、みなさんのグラスに何かいいものが保証できます、で、花嫁の健康を祝して乾盃というのはどうでしょう？」

「まんず、ちょっと食べる」とペントステモン伯父は、まばらな拍手の最中に、口を一杯にしながら言った。「まんず、ちょっと食べる」

そこで一同はそうし、皿がカタカタと鳴り、グラスがチリン、チリンと鳴った。

ポリー氏は、しばらくジョンソンと肩を接して立っていた。「酔った」とポリー氏は陽気に言った。「元気を出せ、少し食べるんだ。あんたが食べちゃいけないなんて理由はない」

パント家の息子は、一分ほどポリー氏のブーツの上に立ち、パント夫人が腕を摑んで懲らしめようとするのに激しく抵抗した。

「パイ」とパントの息子は言った。「パイ！」

「あんたはここに坐って、アムを食べるの、坊や！」とパント夫人は息子を説得した。「パイはどうしても駄目」

「こりゃ驚いた、パント夫人！」とヴォールズ氏が抗議した。「食べたいんなら、その子にちょっと食べさせたらいい――結婚式なんだから！」

「あの子があなたの両手に吐いた経験はないでしょ、ヴォールズ叔父さん」とパント夫人は言った。

「あったら、そんな風にあの子の機嫌を取りたくはないでしょうね……」

「これは間違いだったと感じざるを得ないんだ」とジョンソンは、打ち明け話をするように声を潜めて言った。「あんたは軽率だったと感じざるを得ないんだ。最善を願うよ」

「願ってくれるのは、いつだって嬉しいさ」とポリー氏は言った。「何か飲んだらいい。ともかく、坐って飲みなよ」

ジョンソンは、暗い顔で黙り込んだ。ポリー氏はいくらかのハムを確保し、隅の床に置いてあるミシンの上に腰を下ろして、ハムを貪るように食べた。彼は腹が空いていて、ヴォールズ夫人の帽子と背中で、ほかの者たちから少し遮断されていた。彼は、ハムと己が想念とに、しばらく専念した。すると、テーブルの上で何かがぶつかってガチャガチャいう一連の音に気づいた。首を伸ばすと、ヴォールズ氏が、食後のテーブルスピーチをこれからするということをはっきり示している恰好で、テーブルに身を乗り出し、黒い瓶でテーブルを軽く叩いていた。「紳士淑女のみなさん」とヴォールズ氏は言うと、自分が創り出した音の茫漠たる砂漠の中でグラスを勿体《もったい》ぶって上げ、一瞬間を置いた。「紳士淑女のみなさん――花嫁」。彼は、スピーチを飾る適切な言葉を探していたが、ついに見つけた。「花嫁は、幸せに！」と、ついに言った。

「幸せに！」とジョンソンは、期待せずに、しかし決然と言い、グラスを持ち上げた。誰もがもごもごと言った――「幸せに」。

「幸せに！」とポリー氏は誰からも見えない隅で、フォークに刺したハムを持ち上げながら言った。

「これでよし」とヴォールズ氏は、難しい役目を果たして安堵の溜め息をつきながら言った。「さて、誰がもうちょっとパイを食べるかな？」

しばらくのあいだ、会話は再び雑談になった。しかし間もなくヴォールズ氏は椅子からまた立ち上がり、改めてテーブルを叩いて一同を沈黙させた。彼は、最初の雄弁を振るったあとで、満ち足りた微笑を浮かべて落ち着いていた。「紳士淑女のみなさん。二度目の乾盃のためにグラスを満たして下さい。幸せな花婿！」彼は立ったまま三十秒ほど適切な文句を探していたが、ついにその文句が、さっと頭に浮かんだ。「さあ（しゃっくり）、彼に幸せを」とヴォールズ氏は言った。

「彼に幸せを！」と誰もが言った。そしてポリー氏はヴォールズ夫人の後ろで立ち上がり、熱気を帯びた雰囲気の中で、愛想よくお辞儀をした。

「あの人はなんと言っても幸運を摑んだのよ」とラーキンズ夫人は言った。「あの娘《こ》は宝物の中の宝物、そうして、たった三つの時、妹の世話をしようとして階段の天辺から一番下に転がり落ちた時以来ずっと。見た目にはなんの傷も出来なかったけど、いつも手助けしようとし、いつも片付け、忙しくしてる。宝物って言わなくちゃいけないわ、そうして、掛け値なく宝物……」

彼女は、紛れもない、トントンという音で、すっかり黙らされた。ヴォールズ氏は新しいことを思いつき、立ち上がり、瓶でまたテーブルを叩き始めた。

「三度目の乾盃、紳士淑女のみなさん。グラスを満たして下さい、どうか。花嫁の母。わたしは――あー……うー……さあ！……紳士淑女のみなさん、彼女の幸せを！……」

7

みすぼらしい小さな部屋は息苦しく、限界まで人が犇《ひし》めいていた。ポリー氏の空は、取り返しのつかぬことをしてしまったという気持ちで暗かった。誰もが喧しく、貪欲で、馬鹿げたことをしているように見えた。例の似合わない帽子を依然としてかぶっていたミリアムは――間もなく二人は一緒に駅に行かねばならないからだが――パント夫人と息子のちょっと向こうに坐り、自分なりに人をもてなしていた。そして、励ますように微笑を浮かべて、彼の方を何度もちらり、ちらりと見た。一度は、椅子の背から彼の方に身を乗り出し、明るく囁いた。「もうすぐ、一緒になれるわ」。彼女の隣に、黙り込んでいるジョンソンが坐っていた。アニーは、友人と盛んに話をしていた。ペントステモン伯父は、その正面でガツガツ食べていたが、アニーを睨《ね》めつけていた。ラーキンズ夫人はヴォールズ氏の隣に坐っていた。あたしは一口も食べられない、喉が詰まってしまうから、と宣言していた。しかしヴォールズ氏は何度となく、液体の食事はちょっと取るようにと勧めた。

みんなの帽子や髪や衣服の襞《ひだ》に、たくさんの米粒が付いているようだった。

間もなくヴォールズ氏がテーブルを叩き始めた。四度目だった。今度は花婿介添人のためだった

……

宴《うたげ》はついに終わりに近づいた。お開きはパント坊やの驚くべき症状で早められた。彼は、みんながひそひそ相談した結果、急いで連れ出された。彼は暖炉と食器戸棚のあいだの隅に連れて行かれたので、誰もが彼のために道を空けた。ジョンソンはその機を捉え、聞いていそうな誰彼に、「じゃあ、さようなら」と言って姿を消した。ポリー氏はペントステモン伯父と一緒に外で煙草を吸い、ぶらぶら歩き、ヴォールズ氏は大型バスケットに瓶を戻して帰る準備をし、披露宴に来た女たちは花嫁と一緒にどやどやと二階に上がった。ポリー氏は何も話したくない気分だったが、その日の出来事で、ペントステモン伯父は何か言いたい気持ちになった。そこで彼は、賢い老人のように、聞き手をちょっと無視して、散漫にとりとめなく話し出した。

「よく言われることだが」とペントステモン伯父は言った。「葬式は、一度あるともう一度ある（一災起これば二災起こる」）。今度は結婚式だが、まったく同じことだ……」

「近頃じゃあ、アムは歯のあいだに入ってしまう」とペントステモン伯父は続けた。「なぜかわから

ない。アムには、小さな塊や紐が入ってる訳じゃなし。あれは単純な食べ物だ、間違いなく」

「人は結婚しなくちゃいけない」とペントステモン伯父は、さらに話を続けた。「それが世の習いだ。ある者は結婚し、ある者は結婚しない。わしは、お前の齢よりずっと前に結婚した。お前を責めるつもりはない。お前は、わしと同じで結婚するタイプだ。それは自然なんだ――密猟や、飲酒や、げっぷみたいに。どうしようもないのさ。その良い面について言えば、特に良いことはない、わしの見るところでは。そいつは五分五分だ。熱けりゃ熱いほど、すぐ冷める。しかし、誰だってみんな、遅かれ早かれ飽きちまう……文句を言う理由はない。わしは二人の女と結婚し、二人を埋葬した、そうして、三人目と一緒になったかもしれない、そうして餓鬼の心配はなかった――全然……

お前は、あの大女と一緒にならなくてよかった。お前のために、そう言っとく。あれは、落ち着きのない、ニヤニヤ笑ってるだけの女だ。わしの茸の菌床をすっかり台無しにしちまった。そうなのさ。わしは忘れない。あれはムカデの足を持ってる、ほんとさ――そこら中歩き回る、誰の許しも得ずに。まるで豆畑に迷い込んだ鶏みたいに。コッコ！　コッコ！　なんでも笑って済まそうとする。わしがあの女を笑い飛ばしてやった、本当さ。忌々しい大女め！……」

彼はしばらくのあいだ、アニーのことを悪意を込めて考えていたが、歯の人目につかない所で、外に出るのを嫌がって長居をしていた食べ物の滓を掘り出した。

「女がいいか悪いかは五分五分だ」とペントステモン伯父は言った。「景品袋みたいなもんで、中に何が入ってるか、家に帰って開けてみるまでわからない。相手の正体を知ってて結婚した独り者なんて一人もいない。絶対！　結婚は、女の本性をすっかり変えてしまうようだ。女がどんなになるのか、わからない――金輪際」

「わしはすこぶるいい娘が悪くなるのを見た」とペントステモン伯父は続けた。そして、いつになく考え深げに言い添えた。「お前がそういう女を摑んだという訳じゃないが」

彼は、もう一つ滓を、啜るような、励ますような音と共に墓に追いやった。

「一番悪いのは、不機嫌女だ」とペントステモン伯父は続けた。「もし、わしが不機嫌女を摑んだなら、すぐさまそいつの頭を何かで叩く。不機嫌女に我慢できるとは思わない。わしは、あの別の娘のように、のっしのっしと威張って歩く女の方がいい。本当だとも。わしはもう少し経てば、女が気取って笑うのをやめさせる、誓って。そうして、女が不様《ぶざま》な大足でどこを歩いていいのか、教えてやる……」

「男は、女と取り組まなくちゃいけない、どんな女であれ」とペントステモン伯父は、これまでの長い人生の鋭い観察を要約して言った。「良かれ悪しかれ」とペントステモン伯父は、辺り憚らず声を張り上げて言った。「男は女と取り組まなくちゃいけない」

8

ついに二人の若い男女が、フィッシュボーンに行くため、ウォータールーに向かう列車に乗る時間になった。二人は急がねばならなかった。そして、婚姻の締め括りの栄光として、三等車ではなく二等車に乗ることにした。そして、パント親子以外（パント坊やは今、間違いなく体の具合が悪かった）、披露宴に出た全員に見送ってもらった。

「出発！」列車は駅から動き出した。

ポリー氏は帽子を振り続け、ポリー夫人はハンカチを振り続けた。列車が橋の下に入って姿が隠れるまで。最後まで中心になっていたのはヴォールズ氏だった。彼は乗馬用のグレーの帽子を振り、花嫁に向かって自分の手にキスしながらプラットフォームを走った。

二人は、座席に落ち着いた。

「コンパートメントには、あたしたちだけね」とポリー夫人は、しばらく間があったあと言った。

一瞬、沈黙があった。

「あの人がお米を買ったのに違いないわ。何ポンドも何ポンドも！」

ポリー氏はそのことを考え、襟の辺りをまさぐった。

「あたしにキスしないの、エルフリッド、もう、あたしたちだけなんだから？」

彼は奮起して坐ったまま身を乗り出し、両手を膝に置き、帽子を片方の目にかぶさるようにし、その場にふさわしい貪欲な表情を浮かべようとした。

「するとも！」と彼は言った。「もちろん！」そして、非常に慎重に、キスする場所を選んだ。

「こっちに来給え」と彼は言って、彼女を引き寄せた。

「帽子に気をつけて」とポリー夫人は、ぎごちなく身を任せながら言った。

第7章　フィッシュボーンの小店

1

十五年間ポリー氏は、フィッシュボーンで、恥ずかしからぬ商店主だった。その歳月は毎日が退屈で、過ぎ去ると、一瞬のうちに過ぎ去ったように思えた。しかし、いまやポリー氏は男前ではなかった。彼は、この物語の冒頭で述べたように、三十五歳で、あまり健康ではない感じで太り気味で、肌の色は冴えず、黄ばんでいて、目の周りには不満そうな皺があった。彼はフィッシュボーンの北寄りにある牧草地の垣の踏越し段に坐り、天上に向かって叫んだ。「**おお！　ぐーれつな、おーぞましい、アホな穴ぼこ！**」そして彼は、かなりくたびれた黒いモーニング・コートとチョッキを着ていた。ネクタイは在庫品のもので、非常に見事だった。そして、ゴルフ帽が片方の目に斜めにかぶさっていた。

十五年経ち、ポリー氏の想像力の奇妙な小さな花はすっかり萎《しぼ》んで枯れてしまい、生きている種は彼のどの部分にも残っていないように見えたかもしれない。だが実際には、それは、明るい喜ばしい経験への、事物の優雅な側面への、美への満たされぬ飢餓感として、依然として生きていたのである。

彼は機会があれば依然として本を読んだ——華麗な外国の場所、華麗な時代について語る本、人生から豊かなユーモアを絞り出し、言葉を新鮮に、表情豊かに結び付ける歓びを含んだ本を。しかし、残念ながら、そうした本は多くはなく、ポリー氏は、新聞や、世にますます蔓延《はびこ》るようになった三文小説には、ほとんど興味がなかった。そうしたものには優れた表現はなかった。そして、話をしたいような相手は皆無だった。そして、店の面倒を見なければならなかった。

それは、端《はな》から気の染まぬ店だった。

彼は、ジョンソンの選んだ運命から逃れるために、その店を手に入れたのだ。また、フィッシュボーンが彼の想像力を捉えていたためだ。当初、店頭の後ろの拙《つたな》い造りの狭い部屋（そこに隠れ住まねばならないのだ）、その広さの極度の限界、冬には居間にならざるを得ない地下の台所の不便さ、ロイヤル・フィッシュボーン・ホテルの裏庭に面している狭い裏庭、客を坐って待って退屈な時間を過ごすこと、商売の将来性は限られているということを念頭に入れなかった。まず、自分とミリアムが、ある晴れた明るい冬の朝、ベーコンの素晴らしい匂いが漂う中で朝食をとり、次にお茶を飲みマフィンを食べる姿を想像した。また、日曜日の午後には海岸に坐り、町の後ろの田舎に散歩に行き、雛菊と罌粟《けし》を摘むことも考えた。だが、実際には、ミリアムと彼は、大抵、朝食ではひどく機嫌が悪く、お茶にはマフィンは出なかった。そして彼女は、日曜日に田舎をとぼとぼ歩くのは見好《みよ》いものではないと思った。

ミリアムが最初からその家を好かなかったのは不運だった。彼女は、見た瞬間から気に入らなかった。そして、中をよく調べてみればみるほど気に入らなかった。「階段が多すぎる」と彼女は言った。「そうして、石炭が家の中にあるんで、仕事がうんと増えちゃう」

「それは考えなかったなあ」とポリー氏は、彼女のあとについて歩きながら言った。

「綺麗にしておくには難しい家」とミリアムは言った。

「白ペンキはそれなりにとってもいいけど」とミリアムは言った「でも、汚れが凄く目立っちゃう。綺麗に木目塗りした方がいいわ」

「この場所に、花の鉢植えをいくつか置いたらいい」とポリー氏は言った。

「あたしは嫌よ」とミリアムは言った。「ミニーとあの子の麝香ミムルスには、さんざん苦労したのよ」

二人は、そこに移る前に、安い下宿屋に一週間泊まった。そして前もって、スタムトンで家具を少し買った。大方は中古だった。しかし、新しい安い刃物類と陶磁器とリンネルも買った。足りない分はフィッシュボーンの商店で買った。実家の陽気な雰囲気から離れたミリアムは、本来の無味乾燥で生真面目な本性を現わし、「なんでもちゃんとする」という理想を追い求めて、眉根を寄せて歩き回った。ポリー氏は、一種の熱意を込めて、店の準備に専心した。そして口笛を盛んに吹いたが、とうとうミリアムが姿を現わし、口笛で頭が変になると言った。彼は店を手に入れるや、ショーウィンドー一杯に積極的にポスターを貼り、間もなく開店することを単刀直入に告げた。そして商品を並べ、ショーウィンドーの飾り付けとはどういうものか、フィッシュボーンの住民に見せてやる決意を固めた。彼は、住民たちには、かんかん帽、模造パナマ帽、斬新な縞模様の水着、軽いフランネルのワイシャツ、夏物のネクタイを、成人男性と青年と少年には既製品のフランネルのズボンを売るつもりだった。たまたま彼は、通りの向こうの小さな魚屋を眺め、隣の陶磁器店をちらりと見た。そして、親しげに頷くのは場違いだろうかと考えた。そして、この新生活の最初の日曜日に、彼とミリアムは入念に服装を整えた。彼は結婚式用および葬式用の帽子と上着という恰好で、彼女は新婚旅行用の服を着て教会に儀式張って向かい——二人以上に恥ずかしからぬ夫婦は、まず想像できなかった——辺りを見回した。

翌週、物事は落ち着き始めた。数人の客が、もっぱら水着と、かんかん帽留め（帽子が風で飛ばぬよう、帽子の縁を上着に結ぶ紐）を買いにやってきた。そして土曜日の夜には、一番安い麦藁帽とネクタイを買いにやってきた。ポリー氏は、次第に店の戸口と通りでの人付き合いの魅力に惹かれるようになった。陶磁器商が舗道の端で木枠から荷を出しているのを見て、今日はいい日和ですねえと言った。陶磁器商は不承不承同意し、お喋りな隣人には取り合わないという態度で、木枠の仕事に専念した。

「商売ご熱心」とポリー氏は、無愛想な背中に向かって小声で言った……

2

ミリアムは、生真面目さと、実際的な事柄に対する甚だしい無能力を併せ持っていた。家は綺麗であったり片付いていたりしたことはなく、いつも恐ろしいほど散らかっていた。食べ物は、料理しなくてはならないので料理した。そして、いかにも健全なるモラリストらしく、料理の質や結果は無視した。彼女の作る食べ物は味はよくならずに、ただ調理されただけだった。そして外見は、宣教師に強要されて、余っている特大の服を着せられた野蛮人のように、不様だった。そうした食べ物は、恨み、反抗し、呪物のような働きをした。彼女は彼と結婚したその日から、夫の話に耳を傾けなくなり、彼の前で、眉間の皺をなくすのをやめ、心ここにあらずというような精神状態になった。そして、彼は怠け者だという考えを抱くようになった。おそらくそれには、正当な理由があったのかもしれないが。彼は店で長時間ぼんやりと佇《たたず》み、本を読み——それは怠惰な習慣だ——間もなく、話相手を探すようになった。彼はパブ〈神の摂理の宿〉《ゴッズ・プロヴィデンス・イン》の談話室《バー・パーラー》にかなり足繁く通うようになり、もし、彼を死ぬほど退屈させたトランプで会話が中断されなかったなら、晩にしょっちゅう通ったことだろう。自分の番が来ると五枚取る、五十二枚のカードの永遠に馬鹿らしい並べ替えと組み合わせの変化と、その結果の貧弱な驚きと興奮は、ポリー氏の精神にはなんの魅力もなかった。その精神は、印象をあまりに鮮明に受けると同時に、あまりに簡単に疲弊した。

店は、ごく厳密な意味でしか儲かっていないことが、すぐにはっきりした。ミリアムは、彼が奮起して「何かすべき」だという考えを隠さなかった。その「何か」を言うのは難しかったが。人は、いったん店に投資すれば、それを再び引き出すのは容易ではない。もし客が、陽気に自由に店に来なければ、強制手段を行使するのは法律によって制限されている。海水浴場の通りで人を追い回し、脅迫したり懇願したりしてフランネルのズボンを無理矢理買わせることはできない。商人が副業で収入を増やすのは、必ずしも容易ではない。通りの右側で自転車と蓄音機の店を出しているウィンタシェッドは教会でオルガンを弾き、玩具屋のクランプは信徒席案内人だ。八百屋のギャンベルは給仕をし、妻は料理人で、時計屋のカーターは、店を妻に任せ、自分は方々の家の時計の発条《ぜんまい》を巻いている。しかしポリー氏は、そうした技術のどれも持っていず、ミリアムが静かに、しかししつこく文句を言ったにもかかわらず、ほかの技術を身に付けようとはしなかった。そして夏の夕方、自転車で田舎に行き、本も売っている売立てを見つけると、翌日、半日潰してそこに再び行って、当てずっぽうで一括で買い、紐で結わいて家に持って帰り、ミリアムに見られないよう、店のカウンターの下に隠すことが多かった。それは、真剣に物探しをする性《さが》のすべての妻にとっては、断腸の思いがする所業である。彼女は、見つけたそうした物を燃やしてしまおうかといつも考えたが、生来倹約家だったので、やめた。

彼が、その十五年間で読んだ本ときたら！　彼は、手に入れた本は、神学の本以外、何でも読んだ。本を読んでいる時は、失意の境遇は消え、人生の素晴らしさが戻ってきた。毎朝、しぶしぶ起き、店を開け、熱心に埃を払うふりをし、店で買った、茹で過ぎか茹で足りないかの卵か、生焼けか焦げたかの鰊の朝食をとり、ミリアム流に淹れたコーヒーを飲み、店に戻り朝刊を読み、通行人に「こんにちは」と言いながら戸口にいつまでも立ち、ちょっとばかり噂話を耳にし、珍しい訪問者を眺める、といったことは、舞台が明るくなった時の観客席のように消え失せた。彼は、ついに何百冊もの本を手に入れた――古い、埃っぽい本、カバーが剝がれた本、カバーが破れた本、背の綴じ糸と糊が剝き出しになっている本――それは、ミリアムにとっては有害な塵《ごみ》だった。

例えば、ラ・ペルーズ（十八世紀のフランス人探検家）の航海記。それは緻密でくっきりした木版画付きのもので、素朴で、冒険心に富み、酔いどれで、自制心に欠けた、愉快な十八世紀の水夫の生き方がごく率直に明かされている。それを読んでいると彼は、すべての帆が揚げられ、それがガラスのような海面に映っている船に乗り、滑らかにゆっくりと走り出したような気分になり、自分に向かって微笑み、彼の頭を珍しい花で飾る、輝いていて親切で、茶色の肌の女たちについての想念で頭が一杯になるのだった。また、ユカタン半島の失われた宮殿についての本の一部を読んだ。その広大なテラスは原始の森に埋もれ、それを造った者は、いまや人間の記憶にない。彼はラ・ペルーズをスティーヴンソンの『南海千一夜物語』と結び付けた。そして、その中の一篇「声の島」で、夕闇の中で人が刺され、刺した者の手に「温かい紅茶」のような何かが流れ落ちるという場面に飽きることがなかった。それは、奇妙な、口では言えない歓びだ、最も恐ろしい事実を美に変えてしまう、生き生きした表現の歓びだ！

そして、もう一冊の初めが欠けている本は、ユク神父とガベー神父の旅行記の第二巻だ。彼は、二人の心優しい人物が髯のサンダラからチベット語を習い（サンダラは二人を物覚えの悪い驢馬と呼び――そのため二人は大いに発奮した――彼らのバターを盗んだ）、ラサの奥地への道中数々の災難に遭うまでを追った。第一巻を見つけ、二人がどこから来たのか、本当は二人は何者なのかを是非知りたいという気持ちを抑えることはできなかった。彼はフェニモア・クーパーと『トム・クリングルの航海日誌』をジョーゼフ・コンラッドと並行して読んだ。そして、東インド諸島と西インド諸島の雑多な肌の色の人間を夢見、死ぬまでに、そういう燦々と太陽が輝く島々を是非とも見たいと思った。コンラッドの文章は、いわく言い難い歓びを彼に与えた。特異な、深い色のような感じだった。彼はまた、ある日、古びた自転車で時折出掛けた場所であるポート・バードックで、汚れた六ペンス本の山の中に、バート・ケネディーの『水夫の浮浪者』を見つけた。それは全篇、生きのいい文章で書かれていた。彼はそれを読んでからはずっと、フィッシュボーン本通りを前屈みで歩く浮浪者を、前より優しい、同情の目で見るようになった。彼はロレンス・スターンを、どう評価してよいのか確信が持てず、戸惑いながら読んだ。しかし、『ピクウィック・ペーパーズ』を除き、わたしにはわからないある理由で、ディケンズはまったく好きになれなかった。しかし、リーヴァー（十九世紀のアイルランドのユーモア小説家）と、サッカレーの『キャサリン』と、『ブラジュロンヌ子爵』以前のデュマの全作品が好きだった。わたしは、なぜ彼がディケンズに鈍感なのか理解に苦しむが、優れた歴史家のように、自分が戸惑っていることを正直に記しておく。彼がスコットを全然愛していないというのは、ずっとわかる。彼が韻文よりも散文を遥かに好んだのは、言葉の正しい発音に無知だったせいだと、わたしは思う。

　彼が拾い読みをしてそのたびに歓びを感じた本は、ウォータトンの『南米彷徨』だった。彼は、そこに書かれていない鳥の架空の説明をウォータトン風にでっち上げて興じさえした。彼は新しい鳥を考え出した。クスクス笑えるような特性を持った鳥を。彼は金物屋のラスパーと、その愉しみを分かち合おうとした。彼はアマゾン川について、ベイツ（アマゾン川を探検した、十九世紀の博物学者）も読んだ。しかし、一方の岸から向こう岸が見られないのを知って、わたしにはまたもや理解できない、彼の精神の働きのせいで、その川に対する興味の少なくとも十分の一を失ってしまった。だが、彼はあらゆる種類の本を読んだ。ジョイスが集めた古いケルトの物語は彼を魅了した。ミットフォードの『昔の日本の物語』と、イーズウッドで手に入れた、何冊かの紙表紙の『ブラックウッド物語選』は、何かにつけて頼りになるものだった。また、ウィリアム・シェイクスピアの戯曲に相当親しむようになり、夢の中での彼は、十六世紀のイタリア流の服かエリザベス朝の服を着て、嵐が吹き荒れ、人が居酒屋に入り浸る、活気に溢れた世界を歩き回った。昇華された事物の偉大な国、汝、書物の世界、日常の世界からの幸福な隠れ家、休養、避難所！……

店主としての十五年の肝腎なことは、ポリー氏が、かなり薄暗い店先のカウンターに大いに逆らって、本の世界に埋没したということ、あるいは、溜め息をつきながらいやいや商売をしたということである。

そして、その間、彼はほとんど運動をしなかった。消化不良は、彼の気分を支配するまでに悪くなった。彼は太り、肉体的に衰え、苦悩に満ちたひどい気分は彼の空を侵して暗くし、些細なことが彼を一層苛立たせ、ふとしたことで笑うということはなくなった。髪は抜け始めて後頭部に大きな禿げが出来た。不意にある日、彼は悟った――そうした本と、本を通して生き、見たことすべてを忘れ――自分が店にまさに十五年いるということ、もうすぐ四十になるということ、その歳月の自分の人生は生きるに値しなかったということ、自分の人生は無感動で、かすかに敵対的で批判的な伴侶と一緒だったということ、自分の暮らしは細部で醜く、規模は貧弱で、ついに、見たところ希望は皆無で灰色の人生となったということを。

3

わたしは、ハイベリーに住む、ある知識人の紳士についてすでに述べる機会があったたし、事実、彼の著作から引用もした。彼は金縁の鼻眼鏡をかけ、あの非常に美しい部屋、クライマックス・クラブの図書室でもっぱら執筆している。そこで彼は、本人の言う「社会問題」に取り組んでいる。書くものは生気がないが、時には、非常に啓発的であるのは認めねばならないと思う。彼は、「集合的知性」と呼ばれる何かが世界には欠けているという固定観念を持っている。それは、あなたやわたしや誰もが、物事について恐ろしいほど考え尽くし、その結果をプールし、恥ずかしげもなく、執拗に明晰な真実を求め、われわれの頭脳を、適度に、かつ分別を働かせてゴルフをしたりブリッジをしたりする代わりに（彼は、ユーモア感覚は、頭脳を使ってほかのことをするのを妨げる、と主張する）、また、総じて人生に素敵な、気楽な、紳士的なやり方で接する代わりに、教授、著述家、芸術家、身なりの悪い、気難しい人間全員を支持し、また（わたしの思うに）尊敬しなければならない、ということを実際意味しているのである。いやはや、忌々しい男だ！　そう、ポリー氏は、まさにそのために不幸だったのだと、このドーム状の頭の知的怪物は主張する。

「急速に複雑化する社会は」と彼は書いている。「総じて、その将来を考えるのを拒否し、その組織の入り組んだ問題に直面するのを拒否する。それは、食習慣や摂生について何も考えない人間、風呂にも入らず運動もせず、食べたいだけ食べる人間と、まさに同じである。そういう社会は、血液の中に脂肪と病的な物質を増大させる人間と同じで、無用で無目的な人間を増大させる。その社会は、集合的効率と活力において衰退し、精神的不快感と悲哀感を分泌する。その社会の展開のあらゆる段階は、避けうる極限の苦悩と不便と人間の荒廃を伴っている……

われわれの社会の集合的鈍感さ、精力的で知的な刷新の緊急の必要性は、われわれが、あの不正確で誤解を招く〝中産階級の下〟という言葉を使う時に考える、無用で、不快で、無教育で、訓練されていない、まったく哀れむべき大衆に最もよく現われている。中産階級の下の人間の大部分は、本来、失業者、雇用に向かない人間に分類されるべきである。彼らをそうした人間に分類できないのは、ひとえに、賃金労働をしていたあいだに出来た、ごくわずかな現金の蓄え、貯金、保険あるいはそうした資金があるからだが、その結果彼らは、地方政府に財政的援助を直接求めることはできない。しかし彼らは、自分たちが消費するものに対するお返しとして、社会に対してほとんど、あるいはまったく何もしていない。社会に対する奉仕の関係を理解していない。彼らはまったく訓練を受けていず、彼らの想像力はどんな社会的目的にも無縁である。例えば、小さな商店の経営者の大部分は、訓練不足あるいはまったくの無目的ゆえの無能のせいで、または、機械の改良や商売の流れの変化のせいで失業した人々であり、自分たちが頼りにしている貯金を補うために必要もない店を開いた人々である。彼らは出費の六〇パーセントから七〇パーセントを工面しようとし、残りは次第に減っていく資金から引き出す。本質的に彼らの人生は失敗である。仕事がなくなり飢え死にする労働者の明確で悲劇的な失敗ではなく、もし当人が例外的に幸運なら、実際に破産したり極貧になる前に貧しく死の床に就くという結末になるような、緩慢で慢性的な、少額の連続的損失である。成功するチャンスは、自分たちの店にではなく、なんであれ運にある。社会の輸送と通信の発達で、流通事業の組織が大規模で経済的なものになったのは必然的なことだった。混沌として混乱する新たに開けた国で以外、未熟な、あるいはほとんど未熟な小売業者が独り立ちできる時代は永遠に終わった。それなのに毎年、借金ゆえに小規模ながら破産し投獄される者が後を絶たない。それを回避する政治家的能力は、われわれにはない。どの業界誌のどの号にも、要約した破産手続きの情報が四欄か五欄載っていて、そのほとんどどの件も、悪戦苦闘した家族がついに破産し、社会の世話になることを意味している。そして、貯金があるか、親戚からの〝援助〟がある、失業した余分な職人や店員、夫の保険金が入った未亡人、けちな父親の、ほとんど何も仕込まれていない息子が、破産した者に代わって、どこにでもやたらにある貧弱な設備の安普請の店に、絶えず新たに入るのである……」

わたしは、たとえ不愉快ではあれ才能のある同時代人の断片的文章を、価値があるかどうかはわからないにせよ引用した。それは、この物語の大きな側面に適切だと感じる。わたしは、垣の踏越し段に坐って東の風に吹かれながら罵りの言葉を吐いてるポリー氏に戻る。そして戻ると、全体と個のあいだの橋のない裂け目に浮遊している感じがする。一方には、何百万の人間を阻害する不愉快で不幸な状況に運命づける大きな過程をはっきりと見ている――はっきりと見ている、とわたしは思う――理解力のある人間がいる。その過程は、人間の失敗のあの流れを堰《せ》き止めるであろう、あのより良い「集合的意志と知性」をわれわれが得るかもしれない助けもヒントも与えてくれない。一方ポリー氏は、なんの訓練も受けていず、何も前もって警告されず、混乱し、悩み、怒り、自分がいわば灰色と不快の中に囚われていること以外は一切見ずに、垣の踏越し段に坐っている――自分の周り中で世界は踊っているというのに。ポリー氏は、少なくともあなたやわたしと同じくらい、歓びと美を鋭く、繊細に感じる能力を持っているのである。

4

我らの母なるイギリスはポリー氏に、外面的事柄の処理能力を与えなかったと同様、内面的事柄に対処する能力も与えなかったと、わたしは暗に言った。彼女は無造作に気前よく、自分の子供に、世界史上類を見ない多様な食べ物を与えた。それには、これまで誰も味わったことのない多くの薬味と保存食品が含まれていた。そして、ミリアムが料理をした。ポリー氏の体の中は、混乱し、うまく統治されていない民主主義国家のようで、ピクルスや食用酢やポークのカリカリする上皮のような、邪悪で不健康な内部の欲求を満たすものを、いまや絶えず要求する無秩序状態になった。そしていまや、それは世界の各地の戦争や流血騒ぎのような報復となって表に現われた。その結果ポリー氏は、家主、卸売商、近所の大半の者を憎み、彼らとしょっちゅう喧嘩をするようになった。

隣の陶磁器商のランボールドは、最初から別にこれといった理由もなく敵対的で、いつも新しい隣人に背をくるりと向けて木枠から荷を出した。そして最初からポリー氏は、その無礼な広い無表情の背中を憎悪し、突き、蹴り、諷刺したかった。しかし、諷刺するあいだ肘でそっと突く友人がそばにいなければ、背中を諷刺する意味はない。

とうとうポリー氏は我慢できなくなり、近づいていって、ランボールドをつついた。

「これは！」とランボールドは言って、不意に真っすぐ立ち上がり、振り向いた。

「ほかの視点は駄目なのかね？」とポリー氏は言った。「後方隆起（尻を持ち上げること）には飽きたんだ」

「え？」とランボールド氏は、芯から怪訝な顔をして言った。

「すべての脊髄動物の中で、人間だけが顔を太陽に向けられるのさ、あんた。なんで、そうしないんだい？」

ランボールドは、困り果てた表情で首を横に振った。

「アリエリー・ペンジー（フランス語の「アリエール・パンセ」、「下心」の間違いだが、彼は「デリエール」、「尻」と言おうとした）は、あんまり好きじゃない」

ランボールドは、何がなんだかわからず困っていた。

「実のところ、あんたがこっちに尻を向けるのにうんざりしてるんだ、わかる？」

ランボールドは、一切が腑に落ちた。「そのことを話してたのか！」

「そうさ」とポリーは言った。

ランボールドは、手に持っていた、麦藁で包んだ三つのジャム壺で耳を掻き、「風向きだと思うね」と言った。「でも、なんで騒ぐんだい？」

「騒いでなんかいない！」とポリー氏は言った。「所見を述べてるのさ。そいつが好かないんだ、それだけさ」

「どうしようもないのさ、風が俺の麦藁に吹きつければ」とランボールド氏は、まだすっかりは事情が呑み込めずに言った。

「通常の礼儀じゃない」とポリー氏は言った。

「こっちの都合で荷を解かなくちゃいけない。麦藁が目に入ったら、荷は解けない」

「トリュフを掘り出してる豚みたいに荷を解く必要はないだろうが？」

「トリュフ？」

「豚みたいに荷を解く必要はない」

ランボールド氏は、少し事情がわかってきた。

「豚！」と彼はカチンと来たように言った。「俺を豚って呼ぶのか？」

「あんたから、そういう感じを受ける」

「さあ」とランボールド氏は不意に荒々しくなり、大声を出し、ジャムの壺を持って身振りをしながら言った。「中に入れ。あんたと喧嘩をしたくない。俺に喧嘩を売ってもらいたくない。あんたの狙いは何か知らないが、俺は穏やかな人間だ——酒も煙草もやらない、あんたもそうならいいがね。わかるか？　中に入れ！」

「こっちに背を向けたままで本気でそう言うのか——荷を解くのをやめてくれって、丁寧に頼んでるっていうのに」

「豚は丁寧な言い方じゃない、それに、あんたは素面《しらふ》じゃない。あんたは中に入って、俺が荷を解くのを続けさせてくれ。あんたは——あんたは酔っ払ってる」

「そう言うのか――！」ポリー氏は負けた。

彼は、ランボールドが難攻不落なのを認めた。

「自分の店に入って、俺の仕事を続けさせてくれ」とランボールド氏は言った。「俺を豚と呼ぶのはやめてくれ。いいな？　あんたの舗道を掃除しな」

「丁寧に頼みにここに来たんだ」

「あんたは喧嘩を売りにここに来た。あんたと関わりを持ちたくない。わかるか？　あんたの顔つきも気に入らない。それに、ここに一日中立って口論してる訳にはいかない。わかるか？」

二人は、しばらく黙って互いの顔を見ていた。

たぶん、ある程度自分が悪いのかもしれないとポリー氏は思った。

ランボールド氏は荒く息をしながら彼の脇を通り、この世にポリー氏などはいないというふりを大袈裟にしながら、ジャムの壺を店に置き、戻ってきて、軽蔑したようにポリー氏に背を向け、木枠の中に手を突っ込んだ。ポリー氏は面喰らって立っていた。目の前のこのがっしりした塊を蹴っ飛ばすべきか？　音高らかに蹴っ飛ばすべきか？

駄目だ！

彼はズボンのポケットに両手を突っ込み、口笛を吹き始めた。そして、まったく何事もなかったかのように、自分の店の戸口の踏み段のところに戻った。そして、そこでしばらくのあいだ、「ハーレックの男たち」（ウェールズ近衛連隊の軍歌）のメロディーに合わせ、ランボールド氏を強く蹴飛ばす可能性が薄れていくことについて考えた。蹴飛ばせば素晴らしいだろう――そして、一瞬、満足がいくだろう。しかし、蹴飛ばさないことにした。あるよくわからない理由で、それはできなかった。彼は中に入り、何本かの礼装用ネクタイを、ごくゆっくりと慎重に真っすぐにした。間もなく窓辺に行き、ランボールド氏を斜めに見た。ランボールド氏は、依然として荷を解いていた……

ポリー氏はその後十五年間、ランボールドとなんの人間的接触も持たず、憎しみの感情を抱き続けた。

ランボールドはどこかに行くように見える時があったが、債権者会議に出たものの、これまで通り鈍重に、荷解きを続けた。

5

通りの店を二軒下がったところの馬具屋のヒンクスは、違ったケースだった。ヒンクスは攻撃者だった——文字通り。

ヒンクスは彼なりにスポーツマンで、格子模様の服と細いズボンが好みで、それは、ひどく謎めいているが、神の摂理で、乗馬好きと必ず結び付いている。最初ポリー氏は、面白い人物だと思って彼が気に入り、彼に誘われて〈ゴッズ・プロヴィデンス・イン〉に足繁く行くようになり、飲み物を奢ったり奢られたりし、馬についてまったく無知なのを隠していたが、とうとうヒンクスは、それなら玉突きか賭け事をしろと、しきりに促すようになった。

するとポリー氏は、ヒンクスを避けるようになった。ヒンクスは、実はポリー氏は軟弱な薄馬鹿だという考えを隠すのをやめた。

ヒンクスは、ポリー氏と話すのをやめた訳ではなかった。ヒンクスはポリー氏が戸口に姿を現わすたびにやってきて、スポーツと女と殴り合いと人生の誇りについて、一から手ほどきしてやろうという態度で話した。そのためポリー氏は、非存在の縁をうろうろしている、ごく薄い人間の影のように自分が感じられた。

そこで彼は、ヒンクスの服装を表わす文句を考え出し、金物屋のラスパーにヒンクスの弱点について密かに話した。彼はヒンクスを「胡散臭い経歴の立身出世主義者」と呼び、格子縞のズボンを穿いた脚を「震える脛」と言った。こうした類いの文句の良い点は、それが本人に伝わりやすいということである。

ポリー氏はある日、退屈しながら店の戸口に立っていた。するとヒンクスが通りの向こうから現われ、じっと立ち、彼を奇妙な、悪意に満ちた表情でしばらく見ていた。

ポリー氏は、少々遅まきながら、片手を振った。

ヒンクス氏は舗道に唾を吐き、何やら考え込んでいる風情《ふぜい》だった。するとポリー氏の方に勿体ぶった恰好で近づいてきて立ち止まり、押し殺した声で、真剣な、打ち明け話をするような調子で言った。

「あんたは俺のことをあれこれ喋ってるそうだな」と彼は言った。

ポリー氏は不意に萎えた。「こっちの知るところじゃない」

「あんたの知るところじゃないって、馬鹿な！　あんたは喋りまくってたんだ」

「なんのことかわからない」とポリー氏は言った。

「わからないだって、馬鹿な！　あんたは俺についてアホなことを言い触らしてた、あんたの目玉を突っついてやる。わかったか？」

ヒンクス氏は、その台詞の効果を冷静に、しかししっかりと確かめ、また唾を吐いた。

「俺の言うことがわかるか？」と彼は訊いた。

「思い当たらないね」とポリー氏は話し出した。

「思い当たらない、馬鹿な！　あんたは大口を叩く。この土地でべらべら喋ってもらいたくない……わかるか？」

そしてヒンクス氏は、途方もない大きさの雀斑《そばかす》だらけで粘土めいた拳を、例のこれ見よがしの恰好で、ポリー氏によく見えるように、臭いが嗅げるように突き出してから何度か捻《ひね》ってしばらくそっと振ってから、将来使うために慎重にポケットに戻し、ゆっくりと注意深く一歩下がり、ほかのことをしに行くかのように向きを変え、うわべだけでさえ友人ではなくなった……

6

ポリー氏のすべての仲間の商人との付き合いは、そうした彼にとって不利な事件で、遅かれ早かれうまくいかなくなり、ついに一人の友人もいなくなった。そして孤独が災いして店に来る客も激減した。周囲の店はそこら中で倒産し、新しい者がやってきて、新しい知り合いが不意に出来たが、遅かれ早かれ、不和になるのは避け難かった——ひどい食べ物を食べ、貧弱な家に住み、退屈し、悩みを抱えたそうした隣人たちが襲われている緊張感は、そのことを不可避にした。ポリー氏が彼らを毎日目にしなければならず、彼らから逃れる術《すべ》はないという、まさにその事実が、彼の焦燥感に駆られた忙しなく働く精神にとって、彼らをほとんど耐えられない存在にした。

本通りのほかの商店主の中に、チャフルズという乾物屋がいた。小柄で、毛深く、無口で熱心な一夫多妻主義者で、妻の妹とのスキャンダルで、近所の青年にひどい目に遭わされた。だが、それにもかかわらず、まったく面白味のない人物だった。そして、二人目の乾物屋のトンクスは老人で、年上の、ひどく憔悴した妻を持っていた。二人共、信心に凝り固まっていた。トンクスは破産し、あとはナショナル・プロヴィジョン会社の支店が引き継いだ。若い支店長は狐にそっくりだった。ただ、コンコンと鳴くのではなく、吠えたが。玩具屋兼駄菓子屋は、おぞましい態度の老婆がやっていた。通りの端の小さな魚屋もそうだった。ベルリンウールの店は破産し新聞店になったものの、肺病の雑貨小間物商人の手に落ち、最後は文房具屋のものになった。通りの端の三軒の店は、自転車修理販売屋、蓄音機商、煙草屋、六ペンス半雑貨店、靴直し、八百屋、覗きからくりの搾取者が借りたものの、次々に破産した——その誰もポリー氏の友人にはならなかった。

こうした商売で冒険をした者は、すべて多かれ少なかれ気がおかしくなった人間で、運命の疾風が吹きつけても筋の通った不平も言わず、闇雲に突き進んで行った。フィッシュボーンの二人の牛乳屋は兄弟で、父の遺言を巡って喧嘩し、向かい合って商売を始めた。一人は金聾《かなつんぼ》で、ポリー氏にはまったく役に立たず、もう一人はスポーツ好きで、悪口を言われることには生来恐れを抱いていたので、ヒンクスの味方だった。ポリー氏の周囲は、すべてそんな具合だった。至る所に、彼に対してごく深い不信感と敵意を抱いている、気が合わない、面白味のない人間がいるように思えた——疑念に満ち、偏見を持った、人間性を失った人間の魔法の円が。そういう訳で、彼の内部の毒が、外部の世界を毒した。

しかし、ワイン商のブーマーと薬屋のタッシンフォードは気位が高く、自分たちはポリー氏より一段上だと自負していたのである。彼らは決してポリー氏と喧嘩せず、すでに喧嘩は済んだかのような態度をとるのを、最初から好んでいた。

ポリー氏は内部の病が嵩じると、発酵する食べ物と相争う体液の戦場になり、言ってみれば、そうした近所の人間全員の顔を見るのも嫌になった。連中は毎日、一日中、相も変わらず存在していて、連中の沈滞した気分を反映していた。連中は、彼の頭頂から項《うなじ》まで満遍なく痛みを与えた。彼らは彼の脚と腕を疲労させ、萎《な》えさせた。彼らのせいで、空気は味気ないものになった。彼は、人間的優しさを失った。

午後になると彼は、仕事と家庭とミリアムにうんざりし、店内をうろうろ歩いたが、そうした近所の者たちに対する激しい、増大した嫌悪感と恐れのせいで、外に出るのが怖かった。外に出て、自分を観察している家々の窓と、冷淡な、よそよそしい目の集中攻撃を受ける勇気がなかった。

彼の最後の友人の一人は、金物屋のラスパーだった。ラスパーはポリー氏が開店してから三年ほどあとに、ワージントンの店を引き継いだ。背が高く、痩せて、神経質で、衝動的な男で、後ろに反って尖った卵型の頭をしていて、新聞と『レヴュー・オヴ・レヴューズ』を熱心に読み、かつてどこかの文学愛好会に属したことがあり、口蓋のどこかに欠陥があり、最初は、彼のごく軽い言葉に、ポリー氏は一種の魅力と興味を覚えた。それは、クスクス笑いと、首の中で作動している、ペニー銅貨を入れるガスメーターの中間のような音だった。

ラスパーの賞讃する文学作品は、ポリー氏の賞讃する文学作品とまったく同じという訳ではなかった。ラスパーは、本は「偉大なる思想」を祀るために書かれ、芸術は仮装服を纏った教育者だと考えていた。ラスパーは、本文のフレーズや形容語句や豊かさに対する感覚を持っていなかったが、それでも、本が存在することを知っていた。彼は確かに、本が存在することは知っていて、彼が言うところの「現代（キクッという舌打ち音）思想」のような大袈裟で空虚な理念に満ちていて、「（キクッ）人類の福利」について必要もないほど、救いようもないほど過度の関心を抱いているように見えた。

ポリー氏は、夜、それ（キクッ）について夢に見るのだった。

好ましからざる心の持ち主のポリー氏には、ラスパー氏の頭は、これまで見たこともないほどの卵型の頭に思われた。その相似が彼にはひどく気になり、ラスパーとの議論が白熱すると、彼は言うのだった。「もう少し茹でるんだ、あんた。もっと固く茹でるんだ！」あるいは、「少なくとも六分」。ラスパーには、それが何を仄めかしているのか皆目わからず、ポリー氏のいつもの奇矯さとして無視するようになった。長いあいだ、そのちょっとしたからかいは、二人の交際になんの影も投げなかったが、最終的な決裂の種子は含んでいた。

　こうして二人が付き合っていた日々にポリー氏は、しばしば自分の店を離れ、ラスパー氏の店に歩いて行き、戸口に立って訊いたものだった。「やあ、あんた、〈時代精神〉はどんな風に働いてるんだい？」そして、一時間ほど話した。時にはラスパー氏が紳士用装身具店に「最新（キクッ）情報を耳にしたかい？」と言いながらやってきて、そのあと午前中、話し込んだ。

　するとラスパーが結婚した。なんとも無思慮にも、ポリー氏にとってまったく興味のない女と。ラスパーがその女と結婚するということを初めて聞いて以来、二人の関係は冷え始めた。ポリー氏はその女を見た時、髪を額から後ろにあまりにきつくひっつめている、肘が骨張っている、と思わざるを得なかった。こうしたことを、頭に次々に湧いてきた適切な文句で言うのをよそうとしたため、その女の前でぎごちなくなった。そのため、この男は何か後ろめたいことをあたしから隠しているという印象を女は受けた。女は、この男は夫に悪い影響を与えるに違いないと断定し、彼がラスパーに話しているのが聞こえるたびに、姿を現わすことにした。

　ある日二人は、ドイツの脅威について、ちょっと白熱した議論をした。

「きっと（キクッ）奴らは、ここに侵攻してくるね」とラスパーは言った。

「まさか。ウィリアム（皇帝ヴィルヘルム二世）はクセルクセス（アケメネス朝ペルシアの王）みたいな奴じゃない」

「今にわかるさ、あんた」

「わからないね」

「五年（キクッ）経たないうちに」

「そんなことはない」

「そうなる」

「ならない」

「なる」

「いやあ、固く茹でるんだ！」とポリー氏は言った。

彼は目を上げると、ラスパー夫人が、戦利品めいた鋤、植木鋏、ナイフ研ぎ機に半分隠れてカウンターの後ろに立っているのが見えた。そしてその表情から、彼女が理解したのをすぐさま悟った。

会話は弾まなくなり、やがてポリー氏は引き揚げた。

その後、徐々に二人は疎遠になった。

ラスパー氏は、紳士用装身具店にまったく来なくなり、ポリー氏も、ごくたまにしか金物屋を訪れなくなった。そして、二人が互いに言ったことはなんでも、いまや真っ向から対立し、声が高くなった。ラスパーは、ポリー氏が自分を侮辱し嘲弄しているということを、漠然としてはいるが警戒心を抱かせる言葉で知るようになった。正確にどんな具合にかはわからなかったが。しかし、いまや、ポリー氏のどの言葉も、怒るに値するもの、また、偽装されているとはいえ怒るに値する侮辱のように思われた。

間もなくポリー氏もラスパー氏を訪れなくなった。するとラスパー氏は、理解し難いことだが、ポリー氏に会った場合にのみ、特殊な近視に悩まされるようになった。ポリー氏が現われるとあらぬ方《かた》を向いた。すると、その大きくて卵型の顔は、ポリー氏より遥かに苛立つことのない者をさえ激怒させるような、意識的に落ち着き払った、わざとらしい、のほほんとした、素知らぬ様子をするのだった。それは、嘲り、真似をしたいという強い欲求を掻き立てた。そして、とりわけラスパー氏が、相手の存在に気づいていないという独特のふりをする時、激しい軽蔑の念の籠もった咳がポリー氏の喉に込み上げてきた。

ある日、ポリー氏は自転車で事故を起こした。

彼の自転車は今ではごく古かった。自在輪《フリーホイール》がある日、どうしても動かなくなるというのは、自転車が古くなると必然的に起こることである。それは、老紳士が門歯を失う、人の衰えの時期に照応する。事故は、ポリー氏がラスパー氏の店に近づいた時に起こった。一台の自動車が、荷馬車を追い越そうとして、運悪く、間違った側を通ったため、ポリー氏は舗道に乗り上げ、自転車から降りるほかはなかった。彼はいつも、左のペダルが一番下に下がった時に、ゆっくりと足を下ろす習わしだった。しかし、フリーホイールのギアが動かなかったので、左のペダルが一番下に下がったのは一瞬で、何がなんだかわからぬうちに、ペダルはもう一回転しようと彼の左足を上げた。彼はいつもの習慣に従って降りることのできぬうちに、ペダルは一回転しなければならなかった。そして、それが一回転する前に、ポリー氏は、ラスパー氏が店の前を飾っていたさまざまな大きな音を立てる品物のあいだに自分がいるのに気づいた――亜鉛のゴミ箱、家庭用バケツ、芝刈り機、熊手、鋤、あらゆる種類のカタカタ音を立てる物。彼はそうした物のあいだに落ちる前に、いつまでも続くように思える、あの無力な怒りと不安の苦しい瞬間に見舞われた。その瞬間においては、人は、あらゆるものを認識し、忘れてしまった方がいい言葉以外何も考えないようである。彼は積み上げてあるバケツを轟音と共に戸口に飛ばし、片足を衛生ゴミ箱に突っ込んで降りたが、その時、落ちる金物類が凄まじい轟音を立てた。

「そこら中に置いてやがる！」と彼は叫んだ。すると、ラスパー氏が店の中から、いつもは落ち着き払った大きな顔を怒りで歪めながら出てきた。額は、縮帆の皺に似ていた。ラスパー氏はしばらく言葉を失い、身振りだけをした。

「（キクッ）何やってんだ？」と、ついに言った。

「錫の人捕り罠！」とポリー氏は言った。

「何（キクッ）やってんだ？」

「この忌々しい町がまるであんたのものみたいに、舗道のそこら中を飾り立ててる！　いやはや！」

威厳をもって体を動かそうとしたポリー氏は、自分がゴミ箱と縺《もつ》れているのに初めて気づいた。陰鬱な、苦々しげな表情で、一瞬ひどく大きな音を立ててゴミ箱の中で足をあちこちに蹴り、ついにそれを轟音と共に縁石の方に飛ばした。するとそれは途中でバケツか何かに当たった。それからポリー氏は自転車を持ち上げ、家の方に向かおうとした。しかし、ラスパー氏の手が彼を止めた。

「全部（キクッ）元に（キクッ）戻せ（キクッ）」

「自分で（キクッ）戻せ」

「お前が（キクッ）戻せ」

「邪魔だ（キクッ）、どけ」

ラスパー氏は一方の手を自転車のハンドルに置き、もう一方の手でポリー氏の襟をぐっと摑んだ。するとポリー氏は、「放せ！」と言い、再び、「聞こえるか？　放せ！」と言って、片方の肘で相当強くラスパー氏の横隔膜の辺りを突いた。するとラスパー氏は、どんなほかの文字の組み合わせよりも「ウー、チャッ」に近い大きな、熱の籠もった叫び声を上げ、自転車のハンドルから手を放し、ポリー氏の帽子と髪を摑み、頭と両肩を下に押し下げた。するとポリー氏は、誰もが知っていて、誰も印刷しない言葉を発し、ラスパー氏の鳩尾《みぞおち》の辺りに全力で頭突きを食らわせ、片脚を彼に絡げ、恐ろしいほどぐらりと一瞬揺れたあと、自転車とバケツのあいだに、彼の下に真っ逆さまに倒れた。そして、武器の訓練も受けていず、暴力にも慣れていない、この未熟な平和の時代の子供たちは、互いを傷つけようという、素人っぽい、馬鹿げた試みに没頭した——その最も明白な結果は、埃だらけの背中、乱れた髪、裂けて捻じれたカラーだった。ポリー氏は偶然、一本の指をラスパー氏の口に突っ込んだ。

そしてしばらくのあいだ、ラスパー氏の耳の方向に、その隙間を懸命に広げようとした。するとラスパー氏はその指を噛もうと思いついた（その時でさえ、彼はあまり強くは噛まなかった）。その間、ラスパー氏はポリー氏の顔を舗道に擦りつけることに、ほぼ完全に集中していた。（そして、二人の位置は、予想もつかぬ危険で一杯だった！）二人は、最初から最後まで、血は流さなかった。

するど二人のどちらも、相手が多くの手と、いくつかの声と、非常に強い力を与えられたように思えた。二人は運命に屈し、争うのをやめた。二人は、うわべは呆れ返り、内心では嬉しがっている隣人たちに引き離され、押さえつけられた。そして、一体何事なのか、説明を求められた。

「あれを全部（キクッ）戻さなくちゃいけない」とラスパー氏は、ヒンクスに巧みに摑まれながら喘ぎ喘ぎ言った。「全部戻せと（キクッ）奴に頼んだだけだ」

ポリー氏は、玩具屋の小男のクランプに押さえつけられた。クランプは彼の両手を、複雑で不快なやり方で摑んでいた。それは、クランプがあとでウィンタシェッドに説明したところによると、「柔術」と呼ばれるロマンチックなものと、「警官摑み《ポリース・グリップ》」と呼ばれる、さらにロマンチックなものとの組み合わせだった。

「バケツ」とポリー氏は、息を切らしながら切れ切れに言った。「道路のそこら中。バケツ。奴のバケツで通りが塞がってる。見てみろ！」

「奴は（キクッ）わざっと（キクッ）わたしの商品（キクッ）に自転車を乗り入れた。年中（キクッ）わたしを困らせている（キクッ）！」とラスパー氏は言った。

二人共、態度は恐ろしいほど真剣で、理が通っていた。二人は、正義に対する愛と、世界の永続的な善のために行動している、責任感に富んだ知的な人間だと、みんなに見てもらいたがっていた。二人はこの出来事を、意味深い、公的な意義のある事件として扱わねばならぬと感じていた。自分たちがした一切のことの完全な必然性について説明し、演説し、示したかった。ポリー氏は、衛生ゴミ箱に片足を突っ込んだ時ほど、これまでの全人生において絶対的に正しかったことはないと確信していた。そしてラスパー氏は、ポリー氏の髪を摑んだことを、これまでの平凡な経歴における一つの完全無欠な衝動と見なしていた。しかし二人は、もし用心しなければ、もし、これまで維持してきた威勢のよさと、無慈悲なほどの威厳を一瞬でも失えば、自分たちがたちまち滑稽に見えてしまうのを、はっきりと自覚していた。どんなことがあっても滑稽に見えてはならないことを、二人ははっきりと理解していた。

醜聞の持ち主の乾物屋のチャフルズは、交戦中の主役の周りに集まっている群衆に、除《の》け者にふさわしく何も言わずに加わり、悲しげな、思い悩んでいるような、役に立ちたいというような表情で、ポリー氏の自転車を持ち上げた。ギャンベルの夏のあいだの使い走りの少年は、それを見て心を動かされ、ゴミ箱とバケツを、ちゃんと元に戻した。

「奴が――奴が（キクッ）拾わなくちゃいけない」とラスパー氏は抗議した。

「一体どうしたんだね？」とヒンクス氏は、ラスパーの体をそっと揺すりながら言った。それは三度目だった。「あんたの悪口を言ってたのかね？」

「ただ、バケツにぶつかっただけさ――誰だってそういうことはある」とポリー氏は言った。「そうしたら奴が出てきて、わたしに組み付いてきた」

「（キクッ）襲ってきた！」とラスパー氏は言った。

「奴がわたしを襲ったんだ」とポリー氏は言った。

「わたしのゴミ箱に（キクッ）飛び込んだ」とラスパーは言った。「それは襲撃だろ？　それとも違うかね？」

「よした方がいい」とヒンクス氏は言った。

「もっとちゃんと振る舞えないっていうのは、えらく残念だ、二人が」とチャフルズ氏は、今度こそ道徳的に自分に非がないのを知って、嬉しそうに言った。

「どうして始まったか、誰か見たかね？」とウィンタシェッド氏は言った。

「あたしは店にいたの」とラスパー夫人が、戸口の踏み段のところから不意に言った。女の恐るべき鋭い声が、男と少年の小さな集団を突き刺した。「証人が要るなら、あたしが話すわ。自分の夫が傷つけられてるのを見たんだから、話す権利があると思う。夫は外に出て、ポリーさんに話しかけた。ポリーさんは、うちのバケツや何かに自転車を何度かぶつけ、夫のおなかを頭で突いた――すぐさま――猛烈な勢いで。夫は夕食をとったあとでもあったの。それに、あの人は丈夫どころじゃない。あたしは悲鳴をあげるところだった。でもラスパーはすぐにあの男を捕まえた、ラスパーの名誉のために言うけど――」

「もう帰る」とポリー氏は不意に言って、日英式グリップから身をふりほどき、両手を自転車の方に差し伸べた。

「他人の物は放っておくべしってのがわかったろう」とラスパー氏は、お説教をした者のような口ぶりで言った。

ラスパー夫人の証言は、後ろの方で仮借なく続いていた。

「あんたが裁判所に召喚されるようにしてやる」とポリー氏は、自転車を走らせようとしながら言った。

「（キクッ）こっちもさ」とラスパー氏は言った。

誰かがポリー氏にカラーを渡した。「これ、あんたの？」

ポリー氏は、首に手をやった。「そうだと思う。誰かネクタイを見なかっただろうか？」

小さな少年が、水玉模様の青い絹の汚れた布きれを差し出した。

「人の命は、あんたといると安全じゃない」とポリー氏は捨て台詞を残した。

「（キクッ）あんたの命はな」とラスパー氏は言った。

そしてポリー氏とラスパー氏は、法廷からさして満足は得られなかった。裁判官は、どちらの側の態度もきわめて正しいとはまったく認めず、ラスパー夫人の熱意を咎めた――裁判官は、優しく、きっぱりと、しかし苛々として、「我が善良なる女よ」と呼びかけ、「質問にだけ答えること！　質問にだけ答えること！」と彼女に言った。

「残念な話だ」と治安判事は、平和を維持することを二人に誓わせながら言った。「お前たちが、ちゃんとした商人のように振る舞えないとは。残念至極。若者たちに対する悪例だ。ある日の午後、町の商人が舗道で喧嘩をするというのは、町にとってなんの益にもならず、お前たち自身にとってもなんの益にもならず、どんな益にもならない。今回はごく軽い刑で釈放するが、それがお前たちにとって教訓になることを願う。お前たちのような地位にある者が、われわれの前に来ないことを期待する。実に残念な事件だ。そうだね？」

彼は後者の質問を二人の同僚にしたのである。

「その通り、その通り」と同僚は右側の同僚に言った。

「うー（キクッ）」とラスパー氏は言った。

7

しかし、垣の踏越し段に坐っていたポリー氏の人生を暗くしていた絶望感は、ラスパーと喧嘩し、州裁判所に出頭するという不名誉を蒙ったことより深刻な原因から生まれていた。彼は、商売を始めてから初めて、近づいてくる四季支払日に払う家賃の金が足りなかった。自分の数字の扱い能力が信頼できるものである限り、六十ポンドか七十ポンド、支払い能力に欠けていた。そしてそれは、人生の最良の歳月、退屈さにじっと耐えてきた十五年間の結果なのだ。ミリアムは、このことを知り、追放されるおそれに直面するよう告げられたなら、なんと言うだろうか——どんな種類の追放かは、わからない。今住んでいる家からだろうか？　彼女が愚痴をこぼし、文句を言い、無気力になり、協力しなくなるのを彼は知っていた。彼が無力なのにもかかわらず。彼女は、あんたはもっと一所懸命に働くべきだったというような、腹立たしい、意味のないことを山ほど言うだろう。こうした考えは、心を暗くするのに、未消化の冷たいポークや冷たいジャガイモやピクルスの助けを借りる必要はない。そうした助けがあると、彼の心は実際、真っ暗闇だった。

「ちょっと歩いた方がいいかもしれない」とポリー氏は、耐え難いような思いに耽ったあと、ついに言って坐ったまま向きを変え、片方の脚を垣の踏越し段の上に回した。

彼はしばらくそのままじっとしていてから、もう片方の脚を踏越し段の上に回した。

「自殺か」と彼は、とうとう呟《つぶや》いた。

それは最近、絶えず心に浮かび、そのたびに次第に魅力的なものになっていく考えだった。とりわけ食事のあとに。人生は、自分にとってもはや幸せなものではないと、彼は感じた。彼はミリアムを憎んだ。そして、何が起ころうと、彼女から逃れる術《すべ》はなかった。これからの人生は、あのわびしい二人の会話を続けるための苦労と苦闘、衰える気力と萎えてゆく勇気を奮い起こしてする苦労と苦闘だ。「自分は生命保険に入っている」とポリー氏は独りごちた。「家も保険にかけてある。妻にも誰にも迷惑はかからない」

彼はポケットに両手を突っ込み、「死ぬなんてそう苦しい訳でもないだろう」と言った。そして、周到な計画を練り始めた。

周到な計画を練るのは、大いに興味深かった。彼の表情はさほど惨めなものではなくなり、足取りが軽くなった。

メランコリーにとって、歩くことと、間もなくする予定の何かを計画して想像力を働かせることほどよいものは、この世にない。そしてすぐに、怒りに満ちた哀れな表情は、ポリー氏の顔から消えた。自分は、このことを密かに、周到にやろう、なぜなら、そうでないと生命保険の場合、難しいことがあるからだ。彼は、その難点がどうやったら避けられるのか、策を練り始めた……

長い散歩をした。考えてみれば、人が支払い能力に欠けているだけではなく、もうすぐ死ぬことにもなっている場合、急いで店に帰る必要などあろうか？　彼の夕食と東風は、彼の心にとって邪悪なものではなくなった。フィッシュボーン本通りを通って、とうとう家に帰りかけた時、顔はいつになく明るく、胃弱の人間特有の猛烈な空腹感が戻ってきていた。そこで乾物屋に入り、「深海サーモン」として知られる、鮮やかなピンクの魚めいたものが入った、いやに派手な缶詰を一缶買った。それを、どんなに高価だろうと、夕食を旨くするものとして、酢と塩と胡椒で食べる決心をした。

彼は食べた。そして、彼とミリアムは滅多に喋らず、ミリアムは、自分の面目と彼の最近の振る舞いゆえに敵意に満ちた沈黙が必要だと思っていたので、彼はがつがつと、そしてすぐに陰気な顔で、食べた。彼だけが食べた。というのもミリアムが、彼は贅沢だという気持ちを表わそうと、それを食べるのを控えたからだ。それから彼は外に出て、しばらく本通りをぶらつき、そこは地獄のような場所だと思い、パイプ煙草を吸いかけたが胸が悪くなり、口の中が苦かったので家に戻って疲れ果てて寝た。

一時間ほど寝てから目を覚まし、ミリアムの丸めた背、人生の謎、自分を閉じ込めている一切のものを未来永劫に終わらせる、この素晴らしい魅力的な考え、自分の惨めさの一切の悪臭と闇の上に、不吉な星のように輝いている、この素晴らしい考えについて、じっくりと考えた……

第8章　一切の片をつける

1

ポリー氏は自殺を用意周到に、そして驚くべき愛他精神をもって計画した。

ミリアムに対する激しい憎悪は、彼女から永遠に逃れるという考えが心の中ではっきりした途端、消えてしまった。それからは、彼女の幸福に対する気遣いで頭が一杯になった。彼は、彼女を犠牲にしてまで今の境遇から解放されたいとは思わなかった。夫は痛ましく死に、破産した店を遺されるという窮状に彼女を置くという意図は毛頭なかった。もし事をうまく処理すれば、生命保険も火災保険も満額彼女が貰えるようにできると思われた。彼は、この企てを考え出したことで、この何年にもなかったほど幸福に感じた。それは、これまでに経験した幸福感よりも大きいが地味なものだった。彼は、これほどに長く、単調な惨めさと挫折に自分が耐えたことを考えると、我ながら驚いた。

しかし、心の薄暗い、ぼんやりとした奥には、ある奇妙な疑念と疑惑があったが、彼は、それを決然として無視することにした。

「もううんざりだ」と彼は、自分の決心を明確で確固としたものにしようと、口に出して繰り返さねばならなかった。自分の人生は失敗だった。もはや不幸しか、この先望めるものは何もない。決行すべきだ。

彼の計画は、一階から地階の台所と流し場に通じている階段に、まず火を放つことだった。そこに灯油をたっぷり撒く。そして、それを補うため薪と紙を置き、地下石炭置場に素早く火を熾す。彼は、炎を通すため、階段を叩き壊して一つか二つの穴を空け、上の店に箱と紙を山と積み上げ、手頃な一脚か二脚の椅子を置くことにした。そして、灯油缶を倒し、店用ランプを、これから灯油の補充をするかのように、火が燃え移りやすい距離に流し場に置くつもりだった。それから、家の中で使うランプを階段のところで壊し――それを持って転ぶ、というのが出火の表向きの理由だった――台所の階段の一番上で喉を切るつもりだった。そうすれば、階段は火葬用の薪になる。彼は、そのすべてを、ミリアムが教会に行っている日曜の夕方に決行するつもりだった。ランプを持って階段から転げ落ち、焼死したと思われるだろう。彼にわかる限りでは、実際、その計画にはなんの欠陥もなかった。喉の切り方については自信があった。横を深く切り、喉笛は切らない。あまり痛くないだろうということには、一応の自信があった。そうして、一切が終わりになる。

もちろん、特に急いで事を運ぶには及ばなかった。その間、計画の可能な変更について、あれこれ考えた……

ポリー氏が計画を実行するのに必要な絶望感を高めるには、とりわけ乾燥した日、埃っぽい東風、とりわけ不味い日曜日の夕食、主立った、そしてきわめてしつこい債権者のコンク、メイブリック、グール、ギャビタスからの最後通牒、家賃滞納のことから始まり互いの性格の批判に至る、ミリアムとの会話が必要だった。彼は苦々しい気分で散歩に出掛け、戻ってくると、ミリアムはお茶を淹れる時不機嫌だった。紅茶をポットで四十五分も蒸らしてしまい、バターを塗ったホット・マフィンは革のようになっていた。彼は、決心を固めながら黙って食べていた。

「教会に行くの？」とミリアムは、お茶の道具を片付けてから言った。

「行くとも。感謝すべきたくさんのことがあるからな」とポリー氏は言った。

「当然よ」とミリアムは言った。

「そうだと思うな」とポリー氏は言って、裏の窓からホテルの裏庭にいる元気のない馬を見つめていた。

彼は、ミリアムが教会に行く服装をして階段を降りてきた時、まだそこにじっと立っていた。そのじっと動かない姿勢の何かが、彼女には応えた。「ふさぎ込んでないで、教会に行った方がいいわよ」

「ふさぎ込んでやしない」と彼は答えた。

彼女は、じっとしていた。彼女がいることが、彼には苛立たしかった。彼は、今にも自分は何か馬鹿げたことを彼女に言うのではないか、彼女が決して示してくれなかった自分に対する理解を、最後に求めるのではないかと感じた。「さあ！　教会に行けよ」と彼は言った。

次の瞬間、表のドアがバタンと閉まった。「厄介払いだ！」とポリー氏は言った。

向きを変え、「これがチャンスだ」と言った。

彼は考えた。「あの女は文句を言う理由はない。**おぞましい家！　おぞましい人生！**」

しばらくのあいだ思いに耽った。そして、「さあ、やるぞ！」と、ついに言った。

2

二十分ほどポリー氏は家の中を忙《せわ》しく歩き回り、ごく手順よく入念に準備をした。

家の中に隙間風が十分に入るように屋根裏部屋の窓を開け、自分が準備している姿を人に偶然見られないように、裏の鎧戸を下ろし、台所のドアを閉めた。最後に、裏庭に面するドアを開け、綺麗で澄んだ隙間風が家の中を吹き抜けるようにするつもりだった。階段の踏み板を斧で叩き割って穴を空けた。そして階段の下から石炭をすっかり出し、そこに薪と紙で手際よく焚火を作った。灯油を辺りに撒き、ランプと灯油缶を計画通りに並べ、店の後ろの小さな居間に、燃えやすい物の大きな山を作った。「手際のいい放火に見えるな」と彼は、すべてを眺めながら言った。「今、人に来られるとまずい。さあ、階段だ！」

「時間はたっぷりある」と彼は自分に言い聞かせ、あとで一切の事情を説明することになるランプを手に取り、流し場と居間のあいだの階段の一番上に行った。そして、点火してないランプを横に置き、夕闇の中に坐り、辺りを見回した。自分は、階段の下の地下石炭置場に火を放ち、裏のドアを開け、それから大急ぎで上がってきて、各踏み段の灯油の溜まっているところに火を点け、それからここに再び坐り、喉を切らねばならない。彼はポケットから剃刀を取り出し、指で刃に触れた。あまり痛くはないだろう。自分は十分すると火炎の中で、見分けのつかぬ灰になるだろう。

そして、それが自分の人生の終わりだ！

終わり！　今になると、自分の人生は、そもそも決して始まらなかったように思える。決して！あたかも、生まれた瞬間から魂は締め付けられ、目は目隠しをされたかのようだ。なんで自分は、そんな人生を送ったのだろう？　なんで自分は物事に屈し、物事に躓いたのだろう？　なんで自分は、美しいと思う物、欲しいと思った物に固執せず、それを求めず、そのために闘わず、そのために危険を冒さず、それらを棄てるよりも死を選ばなかったのだろう？　それらは大事な物だった。安全などは問題ではない。生きる目標がなければ、生きるというのは大事なことではない……

自分は馬鹿だった、臆病で馬鹿だった。自分は馬鹿にされもした、なぜなら、誰も自分に、人生をしっかり把握するように警告してくれなかったからだ、また、誰も、恐怖や苦痛や死の卑小さについて語ってくれなかったからだ。しかし、今更それについてまた考えても意味があろうか？　それは、もう終わって済んだことだ。

裏の居間の時計が鳴り、三十分を知らせた。

「時間だ！」とポリー氏は言って、立ち上がった。

一瞬彼は、後ろめたくはあったが急いで一切を元に戻し、この自殺という自暴自棄の計画を永遠にやめようという衝動と闘った。

だが、ミリアムは灯油の臭いに気づくだろう！

「今度は出口はない」とポリー氏は言って、マッチ箱を手にゆっくりと階段を降りた。

五秒ほど立ち止まり、ロイヤル・フィッシュボーン・ホテルの裏庭から聞こえるさまざまな音に耳を澄ましてから、マッチを擦った。マッチは手の中で少し震えた。紙は黒ずんでいき、青い炎の縁が外側に広がった。火はすぐさま燃え上がり、一瞬のうちに木が陽気にパチパチという音を立てた。

誰かに聞かれるかもしれない。急がねばならない。

流し場の床に溜まった灯油に火を点けた。たちどころに、揺れる青い炎の塊が獲物をしきりに求めた。彼は、一度に三段ずつ階段を上った。青い一条の燃え盛る炎が彼のあとを追った。階段の一番上でランプを掴み、「今だ！」と言って、ランプを投げて砕いた。ランプの火屋《ほや》は壊れたが、ガラスの油受けはショックに耐え、階段の一番下に転がり落ちた。それは爆弾になり得た。ランボールド爺さんはその音を聞き、一体なんだろうといぶかるだろう……奴は、すぐにわかる！

それからポリー氏は剃刀を片手に持ち、躊躇《ためら》いながら立ち、また坐った。体が激しく震えていたが、まったく恐れていなかった。

剃刀の刃を耳の下で軽く引いた。「おお！」しかし、刺草《いらくさ》に刺されたようにチクリとしただけだった！

その時、小さな青い細い炎が脚に這い上がってくるのを見た。彼はそれに注意を奪われ、剃刀を手に一瞬坐り込み、その炎を見つめた。灯油に違いない！　階段でズボンの灯油に火が移ったのだ。もちろん、ズボンは灯油で濡れている！　彼はチラチラ燃える火を消そうと、片手でズボンを叩いた。すると、脚が燃えている感じがした。しかし、ズボンはまだ焦げて赤く光っているだけだった。喉を切る前にそれを消さねばならぬように思えた。剃刀を脇に置き、両手で懸命に炎を叩いた。そうしていると、細く長い赤い炎が、空けた階段の穴から立ち昇ってきた。それは、立って、じっと立って彼を見ているように思われた。それは奇妙な形の炎で、平らで、鮭肉色《サーモン》で、赤い縞が入っていた。なんとも奇怪で、動きが静かだったので、それを見たポリー氏は唖然とした。

「ドカン！」と下の灯油缶が音を立て、悪臭を放つ白い炎と共に灯油が煮えこぼれた。それと同時にサーモン色の炎は震え、少し低くなったあと倍になり、見えなくなった。するとたちまち、階段全体が轟音と共に燃え上がった。

ポリー氏は飛び上がって後ずさりした。不意に勢いを増した火炎の舌は、一群の凶暴な狼のようだった。

「こりゃ大変だ！」と彼は、夢から覚めた男のように叫んだ。

彼は激しく呪いの言葉を発し、脚の上の再燃した炎をピシャピシャ叩いた。

「一体、どうすりゃいいんだ？　俺は忌々しい物でぐっしょりだ！」

彼には喉を切る勇気はあったが、これは火事だ！

彼は、事を遅らせたかった。自分のすべきことをするあいだ、一瞬でも火を消したかった。こうした緊急事態を、水で止めるという考えが浮かんだ。

小さな居間には水がなかった。店にもまったくなかった。彼は一瞬、寝室まで階段を駆け上がり、炎に掛ける水差しの水を取ってこようかどうしようか躊躇した。こんな具合では、ランボールドの家も五分で燃え上がるだろう。事態はポリー氏にとって、あまりに速く進行していた。階段のところのドアに向かって走ったが、空気が熱く、さっと後ろに下がった。それから店に走って行った。表のドアの掛け金は、どうしても外れない時があったが、今がそうだった。たちまち彼は度を失った。掛け金をガチャガチャ言わせ、必死に回した。後ろの居間がすでに燃えているのが感じられた。次の瞬間、彼はドアを大きく開けたまま、本通りに立っていた。

後ろの階段は、いまや馬の鞭かピストルのような音を発していた。

自分は計画通りにやっていない、というぼんやりした感じを彼は持っていたが、最も意識していたのは、家の中の手の施しようのない火だった。どうすべきか？　一軒置いた隣に消防署があった。

フィッシュボーン本通りが、これほどがらんとしていたことはないように思えた。

遥か向こうの、〈ゴッズ・プロヴィデンス・イン〉の角で、黒い、きちんとした服を着た三人の青二才が、警官のタプローと途切れ途切れの会話を交わしていた。

「おーい！」とポリー氏は彼らに向かって大声で言った。「火事だ！　火事だ！」すると、ランボールドの聾者の義母が二階にいるという恐ろしいことに気づき、ランボールドの店のドアを猛然と叩き、蹴り、取っ手をガチャガチャ言わせ始めた。

「おーい！」と彼は繰り返した。「火事だ！」

3

それが、フィッシュボーンの大火の始まりだった。火は横に燃え広がりランボールド氏の積み上げた木枠と麦藁に達し、後ろに燃え広がってロイヤル・フィッシュボーン・ホテルの石油置場と厩《うまや》に達し、そこを中心にしてフィッシュボーンの町の半分が燃えるように思われるほど、さらに広がった。その日、一日中勢いを増していた東風が炎を煽った。何もかもが乾いて燃えやすくなっていて、ランボールドの店の隣の、地元の消防隊が手動ポンプを置いておく小さな小屋が、フィッシュボーンの消防用ホースを火災から救い出す前に燃えてしまった。驚くほど短時間のうちに、赤い縞の入った黒煙の巨大な柱が本通りの真ん中から立ち昇り、フィッシュボーンの住民全員が興奮して活気づいた。

フィッシュボーンの町の謹厳な人々は教会か礼拝堂にいた。しかし多くの者は、春の青空と爽やかな空気に誘われて散歩し、海岸でぶらぶらしたり会話を楽しんだりしていた者は、午後六時になり、我らの法律が定めている、日曜日のパブの休業時間、すなわち英国のラマダンが終わりパブのドアの閂《かんぬき》が外され鍵が回されると、例によっていなくなった。町の若者たちは海岸のあちこちにいたり、服が汚れる危険を冒して裏庭で遊んでいたりした。思春期の男女は、ペアになって、町の郊外のひっそりした場所にいる傾向があった。何人かの罪深い若者は、ターボールド爺さんの不信心のボートに乗って海上で揺さぶられ、船酔いに苦しめられながらもなんとか釣りをしていた。そしてクランプ一家は、ポート・バードックから来た従兄弟を歓待していた。春にフィッシュボーンを訪れる、そうした数少ない人々は、教会か海岸にいた。そうしたすべての者に、その煙の柱は呼びかけた。「ここを見ろ！　これは、ある程度、あんたたちの扱う事柄だ。どうするつもりかね？」

三人の青二才は、週日で仕事着を着ていたなら大いに活動しようと思ったかもしれないが、堅苦しい黒の服を着ていたので、ポリー氏がドアを叩いているのがもっとよく見えるように、ただラスパーの店の角に行っただけだった。警官は若い新米の巡査で、パブが大好きだった。彼はパブの個室に顔をぬっと出し、そこにいた者全員を怖がらせた。しかし、ありがたいことに、パブは法律違反はしていなかった！「ポリーとランボールドの家が燃えてる！」と彼は言って再び姿を消した。ブーマーの店の最上階の窓が開き、消防隊の隊長のブーマーが姿を現わし、ぼんやりとした表情で辺りを眺めた。彼は依然として辺りを眺めながら、カラーとネクタイをいじり始めた。制服を着なければならないのは明らかだった。ウィンタシェッドの店の前の舗道に横たわっていたヒンクスの犬は目を覚まし、しばらくポリー氏を胡散臭そうに見ていてから、臆病そうに唸り、グランヴィル小路に姿を消した。ポリー氏は、ランボールドの店のドアを叩き、蹴り続けた。

すると、数軒のパブから、フィッシュボーンの町の芳しからぬ人間がぞろぞろ出てきた。少年たちと男たちは駆け出し、叫び始めた。騒ぎが大きくなるにつれ、さらに多くの窓が開いた。薬屋のタッシンフォードがワイシャツ姿でエプロンを掛け、ドアのところに出てきた。手に写真の感光板のホルダーを持っていた。すると、ある目的を持った幻かのように、八百屋のギャンベル氏が、ゲイフォード小路から走り出してきた。走りながら上着のボタンを掛けていた。彼のかぶっている消防士用の大きな真鍮のヘルメットは、鋭い鼻、ぐっと引き結んだ口、大胆不敵な顎以外の一切を隠していた。彼は消防署に真っすぐに駆けつけ、ドアを開けようとし、振り向き、依然として上の窓のところにいるブーマー氏と目が合った。「鍵！」とギャンベル氏は叫んだ。「鍵！」

ブーマー氏は、ズボンと、あと三十秒ということについて、よく聞き取れない説明をした。

「ランボールドを見たか？」とポリー氏は、ギャンベル氏に近づきながら叫んだ。

「ダウンフォードに散歩に行った」とギャンベル氏は言った。「奴はそう言った！　しかし、まずい！　鍵がない！」

「大変だ！」とポリー氏は言って、目を大きく見開いて陶磁器店を見た。そこに老女が一人でいるに違いないのを彼は知っていた。彼はランボールドの店に戻り、ひどく戸惑いながら立った。通りのほかの騒ぎには関心がなかった。耳の聞こえない老女が二階のどこかにいる！　貴重な時間が刻々と経っていく！　不意にある考えが浮かび、ロイヤル・フィッシュボーン・ホテル酒場《タップ》の開いたドアの中に姿を消した。

いまや通りには大勢の人間が集まりつつあった。彼らは、それぞれ何かを手にしていた。

ラスパー氏は家にいて、妻が教会に行っていて静かなので、関税改正（自由貿易反対の案）についての何冊かの小冊子を読んでいた。そして、その問題を金物屋にとっての全問題に当て嵌めようとしていた。通りでガタガタする音がしたが、しばらくのあいだ無視していた。しかし、「火事だ！」と言う声がしたので、窓辺に注意を向けた。彼は、ホールト・スクーリング氏（貿易保護主義者）の小冊子と並行して読んでいたキオッツァ・マニー（自由貿易主義者）の小冊子に鉛筆で印を付け、急いで「貿易収支は千二百万」と書き、外を見に行った。窓を開けた途端、国庫収入問題が人間に関する事柄の最も重要なものだと思うのをやめた。

「こいつは（キクッ）大変だ！」とラスパー氏は言った。

今では、急速に広がりつつある炎は、仕切りを押し破ってランボールド氏の建物に入り、地下室で猛威を振るい、十分にタールを塗った茸《きのこ》小屋を伝って庭の塀に攀《よ》じ登り、消防車の車庫を攻撃していた。炎は、とどまって焼き尽くすのではなく、獲物を探している者のように走った。ポリーの店と上の部分はすでに溶鉱炉だった。そして、黒煙がランボールドの地階の格子から出ていた。消防車の車庫の炎は、不意に吹き上げられたもののように、背後からの突然の猛煙に過ぎないように見えた。消防隊は、依然として人数がひどく足りなかったが、いまや車庫の前で懸命に仕事をしていた。彼らは扉を開けたが手遅れだった。避難梯子と数個のバケツを救い出し、手動ポンプを引きずり出したものの、すでにホースは溶けて燃え、悪臭を放《つ》つ、たらたら垂れているゴムの塊と化していた。ブーマーは、踊り回り、悪態を吐き、叫んでいた。自分の器具に対するこの直接攻撃は、彼の騎士道感覚に反するものだった。部下たちは、救い出した避難梯子の周りで意気消沈しながらうろうろしていた。そして、ブーマーの言葉をなんとか繋ぎ合わせて、意味の通った指示にしようとしていた。

「おーい！」とラスパーは窓から言った。「（キクッ）何が起こったんだ？」

ギャンベルはヘルメットの下から返事をし、「ホース！」と叫んだ。「ホースが駄目になった！」

「わたし（キクッ）はホースを持ってる」とラスパーが叫んだ。

彼は持っていた。また、さまざまな品質と直径の園芸用ホースを数千フィート、ストックしていた。そして、今がそれを使うべき時だと感じた。次の瞬間、彼の店のドアが開き、彼はバケツ、園芸用灌水器、巻いた園芸用ホースを舗道に投げ出し、「（キクッ）解《ほど》け！」と、道路に集まってきた群衆に向かって叫んだ。

群衆は、そうした。間もなく、百もの素早い手がラスパー氏のホースのストックを解き、広げ、縺れさせ、捩り、絶望的なほどに絡ませていた。彼らは、間もなくホースにはともかく水が入り流れ出るという抑え難い確信に支えられていた。ラスパー氏は両膝を突き、激しくキクッ、キクッと言いながら、ワイヤーや真鍮の接合部品や、あらゆる種類の謎めいた物を相手に信じ難いほど忙《せわ》しなくなった。

「こいつを（キクッ）浴室の蛇口に繋げろ！」とラスパー氏は言った。

消防署の隣はマンテル・アンド・スロブソンズだった。それは、あの有名な会社のフィッシュボーンの小さな支店だった。ブーマー氏は、行動計画を懸命に考え、その建物を救う決心をした。「誰か、ポート・バードックとハムステッド＝オン＝シーの消防隊に電話してくれ」と群衆に向かって叫び、それから仲間に向かって叫んだ。「消防署の木造部分を剝がすんだ！」そして斧をぐるぐる回しながら先頭に立って炎の中に入ると、たちまち、見事な通風装置が出来てしまった。しかし、それは結局、そう悪い考えではなかった。マンテル・アンド・スロブソンズの建物の正面は、消防署から、覆いのあるガラスの通路で隔てられていた。そして大きな附属建物の屋根の後ろは、消防署の屋根の鉛葺きの部分に傾斜していた。消防隊の大部分を構成していた頑健な沖仲仕は通路のガラスの屋根を凄まじい勢いで壊し、砕けたガラスは、轟音と共に上がる炎を、しばらくのあいだ覆った。

数人の有志が、ブーマー氏の要求に従い、新しい電話局に向かった。だが、交換台の若い女に、自分が十分前にそうしたことはすべて自発的にやったと、丁寧に、冷たく事務的に言われただけだった。彼女は、興奮している、そうした有志としばらく喋ってから、窓際に戻った。

事実、辺りの光景は見るに値した。夕闇が迫っていた。火炎は、五、六箇所で明々《あかあか》と立ち昇っていた。ポリー氏の家の西側と接しているロイヤル・フィッシュボーン・ホテル酒場《タップ》は、水の入ったバケツを持った一群の有志の熱心な努力のおかげで濡れていた。その上の浴室の窓のところで、小柄なドイツ人の給仕が園芸用ホースで夢中で水を掛けていた。しかし、ポリー氏の家は、終始、どの家よりも激しく燃えているように見えた。どの窓からも、揺らめく炎が盛んに出ていて、蛇の舌のような炎は、すでに落ちかけている屋根に出来た三つの大きな穴から辺りを舐めていた。その後ろでは、ロイヤル・フィッシュボーン・ホテルの厩の飼葉がいまや燃え始め、火の粉だらけの大きな火炎が勢いよく吹き上げていた。ポリー氏の隣のランボールド氏の家は、地階の窓を守っている格子が黒煙を吐き出していた。そして、煙と、時折の切れ切れの炎が、その二階の窓からも出ていた。消防署は、正面よりも裏の方が激しく燃えていて、木造部分は、奇妙な緑がかった揺らめく炎と共にかなり勢いよく焼け、鼻を刺すような臭いを漂わせていた。通りでは、さほど粗暴ではないものの手に負えぬ群衆が、救い出された避難梯子に這い登り、ポリー氏の家の倒壊しそうな正面《ファサード》の危険から引き離そうとする、三人の地元の巡査の試みに抵抗していた。一群の野次馬が、マンテル・アンド・スロブソンズの建物の一部を大きな音を立てて壊して消防署から切り離そうとする、まだ有効な試みを見て、踊り跳ね、叫び、助言をしていた。さらに向こうでは、何人かの者が、ラスパー氏の熱の籠もった指示のもとで、果てしなく続く赤と灰色の何匹もの蛇を殺しているように見えた――まるで本通りは、害虫が異常発生したかのようだった。そして、その向こうでは、臆病で、活動的ではない者たちが、次第に増える止められた車の前に群がっていた。男たちのほとんどは安息日の黒い服を着ていたが、そのこととと、よそゆきを着た女と子供の白と糊の利いた服が、その火災に儀式めいた感じを与えていた。

一瞬、電話局の局員の注意は、薬屋のタッシンフォード氏の活動に惹きつけられた。彼は、ほかの者には構わず、道路を駆けて渡って消火弾を消防署に投げ込み、また戻ってもっと消火弾を持ってきた。すると局員の目は、マンテル・アンド・スロブソンズの屋根の手摺壁の後ろの大棟まで続いている、附属建物の傾斜した屋根に上げられた。信じられないという色が電話交換手の目に浮かんだ。彼女は急いで行動した。窓をさっと押し上げ、外に向かって叫んだ。「あそこの屋根に二人いる！　屋根に二人いる！」

4

彼女の目は彼女を欺かなかった。ランボールド氏の家の上の階段の窓から現われ、ランボールドの家の貯水槽の中を危なっかしく歩いて進み、消防署の屋根に着いた二人の人間は、いまやマンテル・アンド・スロブソンズ社の主要な建物の裏に向かって、ゆっくりと、しかし決然と附属建物の屋根を這い登っていた。二人はゆっくりと這い、一人がもう一人を励まし、助け、絶えずぽろぽろと落ちる割れた瓦の破片の上で、何度も滑ったり止まったりした。

一人はポリー氏だった。髪はひどく乱れ、顔は黒い染みで覆われ、汗の縞が出来ていた。ズボンの裾は焦げて黒ずんでいた。もう一人は老女で、地味だが、安息日にふさわしい黒い服を着ていた。首と手首に白いフリルが付いていた。そして、ベージュのレースの日曜日の帽子は、黒いビロードのリボンで引き立っていた。髪は、皺だらけの額から後ろに纏められ、ぎゅっと下に撫でつけられて、後ろで小さな瘤になっていた。皺の寄った口は、歯がなくなった老人共通の、決然とした表情になっていた。彼女は震えていたが、恐怖のせいではなく齢のせいだった。そして、震え声だったが、ゆっくりと、しっかりと話した。

「這うのは構わないんだけど」と彼女は甲高い声で、きっぱりと言った。「跳べない。跳ぶつもりもない」

「這うんだ、お婆さん、なら、這うんだ！」とポリー氏は彼女の腕を引っ張りながら言った。「こういう忌々しい瓦の上じゃ、一歩上がって二歩下がる」

「あたしは、こうしたことに慣れてない」と彼女は言った。

「頑張るんだ」とポリー氏は言った。「長生きをするんだ」。そして屋根の大棟に着き、彼女の腕を摑んで引っ張り上げた。

「あたしは跳べない、いいこと」と彼女は繰り返し、唇を引き結んだ。「あたしのようなお婆さんを急《せ》かしてはいけないわ」

「さあ、ともかくできるだけ高いところに行こう」とポリー氏は言って、彼女を優しく引き上げようとした。「縦樋《たてどい》を攀じ登るのは得意じゃないのかい？　登れば天国に近くなる」

「どうしても跳べない」と彼女は言った。「なんでもできるけど、跳ぶのだけは駄目」

「摑まってるんだ」とポリー氏は言った。「あんたを押し上げるあいだ。その調子——お見事」

「跳ぶんでなけりゃ……」

老女は上の手摺壁を摑んだ。一瞬、あがいた。

「急げ！」とポリー氏は言った。「摑まれ！　いやはや！　どこに行っちまったんだろ？……」

すると、雑に修理した、脇が伸縮性の素材のブーツの片方が、揺れながら一瞬、目の前に現われた。

それでポリー氏は、大いに安心した。

「そこに屋根はないんじゃないかと思った！」と彼は、手摺壁を攀じ登って彼女の横になった時に説明した。

「これまで屋根に登ったことはないわ」と老女は言った。「あたしは、もう体がバラバラ。とってもでこぼこだった。特に最後は。あたしたち、ここに坐って少し休めない？　あたしは昔の少女じゃないの」

「ここに十分坐ってたら」とポリー氏は叫んだ。「炒った栗みたいにポンと弾けちまう。わかるかい？　**炒った栗！　炒った栗！　ポン！**　つんぼにも限度があるはずだ。表側に行って、屋根窓があるかどうか確かめよう。あの煙を見てみなよ！」

「ひどい！」と老女は、彼の身振りを目で追い、顔を顰めて、非常な嫌悪感を表わした。

「さあ！」

「あんたの言うこと、ひとことも聞こえない」

彼は彼女の腕を引っ張った。「さあ！」

彼女は一瞬立ち止まり、まったく予期しなかったことだが、クスクスとひとしきり笑った。「大した出来事ね！　こんなのは初めて！　あの人、今度はどこに行くのかしら？」と彼女は言って、服地屋の表側の店舗に面した手摺壁の後ろまでついてきた。

下の通りでは、群衆は二人がいるのを見て大騒ぎし、二人の頭が見えると叫び、喝采して二人を励ました。避難梯子の周りで一種の喧嘩が起こっていた。ブーマー氏と非常に若い警官が騒ぎを収めようとしていたが、何人かの幾分酔った有志が、避難梯子の取り扱い方について独自の見解を披瀝して悶着を起こしていた。ラスパー氏の二、三本の園芸用ホースが梯子に絡まっていたようだった。ポリー氏は、そうした悪戦苦闘を一種の苛立ちを抱いて見ていたが、燃えている消防署から大量に上がっている煙と蒸気を、時折肩越しにちらりと見た。そして、屋根窓を壊して中に入り、下に降りて店を抜ける決心をした。彼は小さな寝室に入ってから、老女を連れに戻った。しばらくのあいだ、彼は自分の目的を彼女にわからせることができなかった。

「すぐに来るんだ！」と彼は叫んだ。

「何年も、こんなことはしたことがない！」と老女は言った。

「下に降りて家の中を抜けなくちゃいけない！」

「もう跳べない」と老女は言った。「駄目！」

彼女は、しぶしぶ彼に摑まれるがままにした。

彼女は手摺壁の向こうを見つめ、「台所のゴキブリみたいに走り回ってる」と言った。

「急がなくちゃいけない」

「ランボールドさんはとっても静かな人。なんでも静かなのが好き。ここにいるあたしを見たら、びっくりするでしょうよ！　あら！　あそこにいるわ！」彼女は謎めいた仕草で服をまさぐっていたが、とうとう皺だらけのハンカチを取り出し、それを振り始めた。

「**さあ、来るんだ！**」とポリー氏は叫び、彼女を摑んだ。

彼は彼女を屋根裏部屋に入れたが、階段は息が詰まるような煙に満ちていて、下の階に行く勇気が出なかった。彼女を長い共同寝室に連れて行き、次第に広がる刺激臭の煙が入らないようドアを閉めて窓を開けると、避難梯子がいまや家に立て掛けられ、フィッシュボーンの全住民が、大きなヘルメットをかぶり活潑で決然とした小柄な人物が登って行くのを見て、興奮して騒然となっているのが見えた。次の瞬間、救助者は窓枠越しに中をじっと見つめた。英雄的だったが、少しばかり自意識過剰で、グロテスクだった。

「ああ魂消《たまげ》た！」と老女は言った。「なんてこと！　まあ！　ギャンベルさんじゃないの！　頭をあれに隠してる！　これは驚いた！」

「お婆さんを出せないかな？」とギャンベル氏は言った。「あんまり時間がない」

「あの人、あの中でくっついいちゃうかもしれない」

「あんたがくっついいちゃうだろうよ」とポリー氏は言った。「さあ、来るんだ！」

「跳ぶのは駄目よ」と老女は、彼の言葉でよりも身振りで理解して言った。「全然。跳ぶのは上手くないし、跳ぶつもりもない」

二人は、彼女をそっと、しかし容赦なく窓の方に行かせた。

「あたしのやりたいようにやらせて」と老女は窓の下枠のところで言った……「あの人が、あれを脱いでくれたら、うまくやれるかもしれない」

「さあ、早く！」

「カーターの垣の踏越し段よりひどい」と彼女は言った。「直す前の――牛が人を見てた」

ギャンベル氏は、自分が二人を護るといったように避難梯子の途中に留《とど》まっていた。ポリー氏は、彼女の老いた四肢を上から誘導した。気遣っている下の群衆は、助言をべらべら喋り立て、避難梯子を引っくり返すのに全力を尽くしていた。家の中では、吹き流しのような黒煙が、床の裂け目から噴き出していた。そういうことに頓着なく、老女はまた一瞬、浮かれた。「大変な時！」と彼女は言った。「気の毒なランボールド！」

ギャンベル氏と老女は、ゆっくりと降りた。ポリー氏は危険な持ち場に留まり、老女が安全に下に降りるまで、長い梯子をしっかりと支えていた。彼女は、ランボールド氏（泣いていた）と若い警官によって、群衆の盛んな祝福から護られた。群衆は、自分たちも加わりたいという、無益な情熱に満たされていた。一番近くにいた者は彼女と握手したがり、遠くにいた者は喝采した。

「これは、あたしの遭った最初の火事で、どうやら最後の火事。火事って、あちこち走ったり駆けたりするものなのね、でも、その機会を逃さなかったのはほんとに嬉しい」と老女は、テンペランス・ホテルの避難所に連れて行かれる、というより、運ばれて行かれながら言った。

また、彼女がこう言うのも聞かれた。「あの人は、熱い栗がどうとか言ってた。あたしは、熱い栗なんて食べたことがない」

すると群衆は、ポリー氏がぎごちない恰好で避難梯子の一番上の方の横桟に足を掛けながら降りてくるのに気づいた。「あの人が来る！」と言う声がした。ポリー氏は、自分の火葬用の積み薪にするつもりで起こした大火から、喝采を浴びながら、濡れて、興奮して、途方もなく生き生きとして、歓呼の嵐の中を再び世に降りてきた。彼が地面に近づくにつれ、群衆は一群の犬の吠え声のような声を出した。彼を待つことのできない気の短い男たちは、降りてくる彼のブーツを摑んで揺すり、彼を地面にどかっと下ろした。ある熱心な男は、自分が奢るからと言って英雄の彼と一緒にビールをしきりに飲みたがり、その男を引き離すのに、みんな苦労した。ポリー氏はテンペランス・ホテルに引っ張って行かれ、息を切らし、無力な彼は、涙に濡れたミリアムの胸の中に麻袋のように投げ込まれた。

5

夕闇が迫り、州警察の何人かと、最初は一台の、次にほかの二台の消防車がポート・バードックとハムステッド＝オン＝シーから到着すると、フィッシュボーンの地元の人間は、二次的な、さほど責任のない見物人の役割に戻されてしまった。わたしは、この火事の話を灰に至るまで追うつもりはない。現代のラオコーンである不運なラスパー氏をちらりと見るだけにする。彼はポート・バードックの消火専門家が踏みつけたり走ったりする中で、散乱した自分のホースを取り戻そうとしたが無駄だった。

フィッシュボーン・テンペランス・ホテルの小さな居間で、小人数のフィッシュボーンの商人が坐ってとりとめない話をしていたが、やがて窓辺に行き、通りの向こう側で燻《くすぶ》っている自分たちの家の残骸を見てから、また坐った。彼らと家族は、彼らの不運に非常に同情し関心を抱いた、老レディー・バーグレイヴの客だった。彼女は何人かを、エヴァディーンの自宅に引き取り、テンペランス・ホテルを一時的な避難所として借り、マンテル・アンド・スロブソンズの住むところのない社員たちの宿泊所の世話を個人的にした。テンペランス・ホテルはひどく喧しくなり、至る所に坐り、とりとめのない話をし、まったく寝る気になれない者で溢れていた。支配人は老兵で、兵役の最良の伝統を守り、誰もが熱いココアが飲めるように手配した。熱いココアはそこら中にあるように思えた。それが誰にとっても非常に励ましになり、心の支えになったのは疑いなかった。支配人は、意気消沈していたり考え込んでいたりする者を見かけると、すぐさまその人物に、もっと熱いココアを飲み、気をしっかり持つよう促した。

事件の英雄、関心の的はポリー氏だった。というのも、彼は、いまや二十回も詳しく自ら説明したように、火の点いたランプを引っくり返して火事を起こし、ズボンを焦がし、死を危うく逃れただけではなく、すぐさま、あの愛嬌はあるが無力な老婦人が隣の家にいることを思い出し、ロイヤル・フィッシュボーン・ホテルの裏庭の塀を乗り越えて彼女のいる所に行くという一大決心をし、彼女が齢のせいで軽率になっているにもかかわらず粘り強く懸命に救い出したのだ。誰もが彼はよくやったと思い、しきりにそのことを示そうとした。特に、彼と痛いほど強く何度も握手することによって。ランボールド氏は十五年近くの沈黙を破って彼に盛んに感謝し、これまであんたをちゃんと理解していなかったと言い、あんたは勲章を貰うべきだと断言した。ポリー氏は勲章を貰うべきだという考えは広く流布していた。ヒンクスも、そう考えた。それだけではなく、ポリー氏は、と彼は非常に強調しながら断言した、豊かに飾られた内面を持っている——あるいはそういったものを。その主張には、弁解がましいところがあった。まるで、ポリー氏の内面は欠陥だらけで虚ろだと、かつて仄めかしたことを悔いているかのように。彼はまた、ポリー氏は「清廉潔白」の人物だとも言った。彼がさらに説明したところでは、ポリー氏の肝臓は白くはなく鮮やかな色をしているが（英語で「白い肝臓の」は「臆病な」の意）。

　ポリー氏は顔を洗い、入念に梳いた髪を分け、謙虚で、いつもよりもう少しうわの空の様子をし、テンペランス・ホテルの支配人のものである黒い正装用ズボンを穿いて、その中心でうろうろしていた——支配人は、どこもかしこも彼より大きかった。

　彼は二階にいる仲間の商人たちのところにぶらりと行き、水溜りが出来、ガス灯が消えているゴミだらけの通りを、しばらく立ったまま眺めた。彼の不運な仲間たちは、とりとめない会話を続けた。彼らは、厄災のある面を話題にしたかと思うと、別の面を話題にし、時折黙り込んだ。空のココアのカップがテーブル、炉棚、ピアノの至る所にあった。テーブルの中央にはビスケット缶があり、背を丸めて坐っていたランボールド氏は、心ここにあらずといった風情で時々それに手を突っ込み、遠くで石炭を貯蔵庫に放り込むような音を立ててむしゃむしゃ食べた。ほぼ全員が、日曜日用の黒の服を着ていたということが、事件の重大さを強めていた。小柄なクランプは、とりわけ印象的で威厳があった。広く前が開いたフロック・コート、グラッドストーン型の紙のカラー、白と青の大きいネクタイという恰好だった。自分たちは大災害に直面している、新聞に載り、崩れた廃墟のぼやけた写真さえ付くような災害に、と誰もが感じていた。そうした災害に直面すると、すべてのちゃんとした人間は悲しい顔をし、警句を吐く。

だが、一種の昂揚感があったのも否定できない。そうした優れた人物たちのうち、自分たちの不透明な運命に、いわば大きな扉が開いた、また、小売業の深みに、なんの希望もなく永遠に沈んでしまったように思える自分たちの金が取り戻せる、と早くも思っていない者は一人もいなかった。人生は彼らの想像において、炎から生き返った不死鳥のように、早くも立ち上がっていた。

「公共機関からの寄付があると思う」とクランプ氏は言った。

「保険に入っている者以外の者には」とウィンタシェッド氏は言った。

「わたしはマンテル・アンド・スロブソンズの社員のことを考えてたんだ。連中は、ほとんどすべて失ったに違いない」

「連中は、ちゃんと面倒を見てもらえるだろうよ」とランボールド氏は言った。「心配することはない」

間があった。

「わ、わたしは保険に入ってる」とクランプ氏は、満足感を隠さずに言った。「ロイヤル・サラマンダー社」

「こっちも同じさ」とウィンタシェッド氏は言った。

「わたしのはグラスゴー・サンだ」とヒンクス氏は言った。「非常にいい会社だ」

「あんたは保険に入ってるかい、ポリーさん？」

「当然だろう」とランボールドが言った。

「そう――とも」とヒンクスが言った。「入ってなけりゃ、大変だ。不運だろうな――彼が何か貰えないっていうんなら」

「コマーシャル・アンド・ジェネラル」とポリー氏は、依然として窓の外を眺めながら肩越しに言った。「そうとも！　わたしは大丈夫だ」

その話題は一時おしまいになった。それは明らかに依然として彼らの心に働きかけてはいたが。

「今度のことで、たくさんの古い在庫がなくなってくれたよ」とウィンタシェッド氏は言った。「それが一つのいいことさ」

その言葉は、かなり趣味の悪いものに感じられたが、彼の次の言葉は、もっとそうだった。

「ラスパーは、火が自分のところに回らなかったんで、ちょっと気分を害してる」

誰もが具合の悪そうな顔をし、なぜラスパーがちょっと気分を害したのかの理由を、誰も進んで指摘しなかった。

「ラスパーは、これまで自分の利を図ってきた」とヒンクスは言った。「一体、奴は何をしてたんだ！　道路の真ん中にピンセットと、一ヤードくらいのワイヤーを持って坐ってた――何かを直してた。ポート・バードックの消防車に轢かれなかったのが不思議さ」

間もなく、火事の原因について、みんな少し話し出した。ポリー氏は、火事がどんな風に起こったかについて、二十一回目の説明をしなければならなかった。「ランプを倒したのさ」と彼は言った。彼の話は、警察側証人の証言のように詳細で正確なものになっていた。「ちょうど火を点けた時に。二階に行こうとしていて、足が滑って階段のちょっと腐ってた踏み板にぶつかったんだ、そうして、わたしは下に落ちた。ランプが一瞬のうちに燃え上がった！……」

彼は、一同の話が終わる頃、欠伸《あくび》をし、ドアの方に向かった。

「じゃあ、また」とポリー氏は言った。

「お休み」とランボールド氏は言った。「あんたは勇敢な男の役を務めたんだ！　もし、あんたが勲章を貰わなければ――」

彼は、意味深長に間を置いた。

「そうだ、そうだ！」とウィンタシェッド氏とクランプ氏が言った。

「お休み、あんた」とヒンクス氏が言った。

「お休み、みんな」とポリー氏が言った……

彼は、ゆっくりと上の階に行った。人気を博した英雄たちに共通の、ぼんやりとした戸惑いを覚えた。寝室に入り、電気を点けた。それはごく快適な部屋で、テンペランス・ホテルの最上の部屋の一つだった。素敵な清潔な花模様の壁紙、非常に大きな鏡。ミリアムは眠っているようだった。肩は夜具の下で丸まっていて、ポリー氏が十五年間、まったく忌まわしいと思ってきた、崩れた形の、人を寄せつけぬ塊になっていた。彼は、ゆっくりと化粧台のところに行き、己が姿をとくと見た。すぐにズボンをぐいと引き上げた。「でかすぎる」と彼は言った。「自分のズボンがないっていうのは妙なものだ……生まれ変わったみたいだ。我《われ》裸にて母の胎《たい》を出《いで》たり（旧約聖書、ヨブ記）」

ミリアムが身動きし、ごろりと向きを変え、まじまじと彼を見た。

「あら！」と彼女は言った。

「やあ」

「寝るの？」

「三時だ」

ポリー氏がゆっくりと服を脱いでいるあいだ、間《ま》。

「考えてたのよ」とミリアムは言った。「結局、そう悪くはならないだろうって。あたしたち、あんたの保険が貰える。最初からまた、簡単にやり直せる」

「ふーむ」とポリー氏は言った。

彼女は彼から顔を背けて考えた。

「もっといい家に住むの」とミリアムは、壁紙の模様を見ながら言った。「前っから、あの階段が嫌だった」

ポリー氏は、ブーツの片方を脱いだ。

「もっと繁盛する場所を選ぶのよ」とミリアムは呟くように言った……

「全然悪くない」と彼女は囁くように言った……

「あんたはやる気に欠けていた」と彼女は半分眠りながら言った……

その時初めてポリー氏は、何かを忘れているのに気づいた。

自分は喉を切らなくちゃいけなかったんだ！

その事実は驚くべきことに思えたが、今となってはもはや、なんの緊急性も持っていなかった。それは、遥か昔のことのように思えた。なんで前にそのことを考えなかったのだろうと、彼はいぶかった。妙なものだ、人生は！　もし自殺していたら、自分は、電灯のある、この清潔で快適な部屋を見ることは決してなかったろう……。彼は、細かい問題について考えた。どこに剃刀を置いたのだろう？　店の後ろの小さい部屋のどこかだ、と彼は思った。しかし、もっと正確に考えることができなかった。いずれにしろ、それは今では問題ではない。
彼は落ち着いた気分で服を脱ぎ、ベッドに入り、たちまちのうちに眠りに落ちた。

第9章　ポットウェル・イン

1

しかし人は、日常の状況を囲んでいる紙の壁、われわれの非常に多くの者を揺り籠から墓場までしっかりと虜《とりこ》にしている、あの実体のない壁をいったん破ると、ある発見をする。もし世界が自分を喜ばせないのなら、自分が世界を変えることができる。どんな犠牲を払ってでも変えようと決心するなら、すっかり変えることができるのだ。邪悪で荒れ狂うもの、ぞっとするものに変えることもあろうが、しかし、今よりももっと明るい、もっと快適なものに、最悪でももっとずっと面白いものに変えるということはあるだろう。自分の惨めさに対し絶対的な責任を負うべき唯一の人間は、人生を退屈でわびしいと思っている人間である。この世には、断固たる行動で変えられない状況というものはない、おそらく独房の壁以外は。しかしその壁さえ、決意して断食ができる者にとっては溶け去って、ともかく療養所の個室に変わる、という話だ。わたしはこうしたことを、事実として、また情報として書いているのであって、道徳的意味合いを込めて書いているのではない。そして夜、目を開けながら横になり、消化不良がまた始まり、ミリアムが横で鼾《いびき》をかきながら寝ているという状態にあって、自分の状況は全体的に不可避なものだと感じていたポリー氏は、その状況を見抜き、不可避なものなどもはやないということを理解し、それまでの絶望感から脱出した。

自分は、例えば「ずらかる」ことができる。

それは、彼にとって素敵で魅力的な言葉になった――「ずらかる！」

なんで自分はこれまで、出て行くことを考えなかったのだろう？

古い、せせこましい、沈滞したフィッシュボーンを炎上させ、新しい始まりへと変えた、自分の中の想像力に欠けた、過剰の犯罪性に驚き、ちょっとショックを受けた。（彼が芯から済まないと思っていることを付け加えることができればと、わたしは心底願っている。）しかし、彼を締めつけ、抑圧していた何かがあの火炎で取り除かれたように思えた。フィッシュボーンが全世界ではない。それは、ひどく嘆かわしいことに、これまでまったく知らずに生きてきた新しい、基本的な事実だった。自分の知っていたフィッシュボーンは全世界ではないのだ。自分はそこを憎み、そこから逃れようと自殺までしようとしたのだが。

彼が受け取ることになる保険金が、すべてを人間的なもの、優しいもの、実際的なものにした。自分は、正義と人間性を失わずに「ずらかる」だろう。自分はきっかり二十一ポンドを手にして、あとはすべてミリアムに残すだろう。それは、まったく公正なことに彼には思えた。自分がいなければ、ミリアムはあらゆることができる――自分にしてくれと絶えずせがんでいたようなあらゆることが……

そして自分は、ガーチェスターに至る白い道に沿って歩き、クローゲイトに行き、さらにターンブリッジ・ウェルズに行く。そこには、聞いたことはあるが見たことはない「蟾蜍岩《トード・ロック》」がある。（それは、驚くべきものに違いないように思えた。）それから、ほかの町や都市に行く。自分は途中、歩き、ゆっくり進み、夜は宿屋《イン》で寝、そこここで半端仕事をし、赤の他人に話しかけるだろう。たぶん、かなりたくさん仕事を貰い、懐が暖かくなるだろう。もし、そうできなければ、列車の前に横になるか、暖かい夜を待ち、穏やかで広い川に身を投げるだろう。歯医者の椅子に坐るほどは悪くないだろう、それほど悪くはないだろう。そして自分は、もう二度と店を開かないだろう。

夜、目を開けて横になっていたポリー氏の頭には、そんな風な将来起こりうることが浮かんだ。季節は春で、海風の届かない森に入るや否や、アネモネと桜草が見つかるだろう。

2

一月《ひと》後、腹の辺りがふっくらし、やや禿げ、両手をポケットに突っ込み、唇をすぼめて想いに耽りながら口笛を吹いている埃だらけの一人の浮浪者が、アピンドンとポットウェルのあいだの川堤を、のんびりと、ゆっくり歩いていた。それは、木々が盛んに芽吹く春の日で、人が覚えている限りでは、これまで神が決して許さなかったような緑が（実際は、緑は毎年出現し、われわれは忘れるのだが）、やはり前例のないほどの茶色の鏡のような水面に鮮やかに映っていた。放浪者はしばらくじっと立ち止まり、一匹の水畑鼠《みずはたねずみ》が小川の小さな枕地をあちこち走っている様子を眺めていた。細い口笛の音さえ彼の唇から聞こえなかった。水畑鼠は水中に飛び込み、泳ぎ、潜った。水畑鼠が起こした波紋の輪の最後のものが消えると、ポリー氏は、特にどこという当てもなく、物思いに耽りながら旅を続けた。

何年ものあいだで初めて彼は、健康的な人間生活を送っていた。絶えず戸外で暮らし、毎日八時間か九時間歩き、節食し、あらゆる会話の機会を捉え、仕事の見込みについての話さえ軽蔑しなかった。そして、有刺鉄線を乗り越えようとして出来た上着の孔を、下宿屋で借りた針と糸で繕った以外、本当の仕事はまったくしていなかった。また、商売についても、時間と季節についても気にしなかった。

そして、生まれて初めて北極光を見た。

これまでのところ、休暇にごくわずかな費用しか掛からなかった。独自の計画に従って金を使うことにした。まず、四枚の五ポンド紙幣と銀貨に崩した一ポンドで放浪生活を始め、列車でフィッシュボーンからアシントンまで行った。アシントンで郵便局に行き、書留郵便の封筒を買い、四枚の五ポンド紙幣を、自分に宛てた短い親密なメッセージと一緒にギランプトン郵便局に送った。彼がその手紙をギランプトンに送ったのは、ギランプトンという名前が気に入り、そこが州、すなわちサセックスを含んでいて田園の感じがするためにほかならなかった。それを出してから、彼は自分でギランプトンまでの行き方を調べて、送った金をまた手にするために、そこに向かって歩いて行った。とうとうギランプトンに着くと、五ポンド紙幣を一枚崩し、四ポンド分の郵便為替を買い、十九ポンドで同じことを繰り返した。

十五年という歳月が経ったあとで彼は、この興味深い世界を再発見した。その世界について、非常に多くの者が信じられないほど盲目で、退屈している。彼は、すべての鳥がしきりに囀《さえず》り歌っている田舎道を歩いて行き、新鮮で新しい事物を眺め、思いがけなく半ドンになった少年のように幸せで、なんの責任も感じなかった。もしミリアムのことを思い出した場合は、心を乱されないようにした。田舎のパブにやってくると何時間も坐って、物知りの荷馬車屋と話をした。荷馬車屋は、大きくて毛並みがよくて、真鍮の馬具をチリン、チリンと鳴らす馬が外の荷馬車のところで辛抱強く待っているあいだ、田舎のパブの酒場《タップ》（タップ・ルーム。パブの主に労働者階級のための飲食の場所）で際限なく休んだ。ポリー氏は、ぶらんこと蒸気で動かす回転式遊具を持って田舎をあちこち回る、幌付き荷馬車の者たちに仕事を貰った。そして、彼らと一緒に三日いたが、彼らの犬の一匹にひどく嫌われ、仕事がやりにくくなった。彼は浮浪者や路傍の労働者と話をした。日中は生け垣の下でうたた寝をし、夜は納屋や干し草の山で過ごした。一度だけ、たった一度だけ救貧院で寝た。陽が当たらないので衰弱した芝や雛菊が、芝刈り機が別の場所に移された時に感じるに違いないような気分だった。

不思議で、興味深い多くのことを経験した。

月光のもとを、靄《もや》のたなびくいくつかの牧場を横切った。靄は芝に低く漂い、あまりに低いので腰の上に届くか届かないほどだった。そして家々と木立は、ミルク色の海の島のように浮き出ていた。靄の堤の表層は、輪郭が非常にはっきりしていた。彼は、この魔法の湖に舟のように漂う不思議なものに徐々に近づいた。すると、何かが艫《とも》のところで動き、一本のロープが船首のところで不意にぐいと動いた。それは、眠そうな目をし、彼を見ている一頭の、何か考えているかのような牛に変わった……

メイドストーン近くの、初めて見る渓谷で、見事な夕焼けを目にした。それは、青白い、雲一つない空のもとで幅広く真っ赤になっている鮮やかな夕焼けで、空の下縁のすべての丘は紫がかった紺色で、くっきりとして平らだった。昔見た、絵に描かれた山にそっくりだった。彼は、ある見知らぬ国に運ばれたような気がした。仮に、出会った老いた労働者が黙って門に寄り掛かっていて、知らない異国の言葉で話しかけてきたとしても驚かなかっただろう。

すると、ある晩、夜が明けかかった頃、粗朶《そだ》の山の上で寝ていた彼は、速度制限を破って走っている自動車が遠くで立てるガタガタという音で目を覚ました。また眠ることのできなかった彼は起き上がり、夜が明けるとメイドストーンに歩いて行った。これまでの人生で、朝の四時に町に出たことはなかった。明るい朝日の中で何もかもが静まり返っていることに、彼は深い感銘を受けた。ある通りの角で、一人の警官が家の戸口に蠟人形のようにじっと立っていたので驚いた。ポリー氏は警官に「お早う」と言ったが、警官は答えなかった。彼はそのままメドウェイ川の橋に行き、欄干に坐った。

身じろぎ一つせず、物思いに耽りながら、目覚めつつある町を眺めた。そして、もし町が目覚めなかったら、もし人間の世界が二度と目覚めなかったら自分はどうすべきか考えた……

ある日彼は、芽吹いている羊歯が両側に広く生え、時折樹木のある道路を歩いていた。すると突然、その道路が奇妙なほど、戸惑うほど馴染みのあるものになった。「驚いた！」と彼は言い、振り向いて立ち止まった。「そんなはずはない」

信じ難い思いだった。そして道路を外れ、左側のほとんどそれとわからぬ小径を歩いた。すると三十秒ほどで、地衣に覆われた古い塀のところに来た。それはまさしく、彼が非常によく知っていた塀の一部だった。彼がそこにいたのは、つい昨日《きのう》のように思われた。丸太の小さな山さえ残っていた。それは、馬鹿げたほど同じ丸太だった。羊歯は、おそらくそれほど高くはなかったろう。その葉のほとんどは、依然として渦を巻いていた。それがすべてだ。どうやら彼がここに立ち、その塀の上に彼女が坐って彼を見下ろしていたのだ。彼女は今、どこにいるのだろう？　どうなったのだろう？　彼は、過ぎた歳月を数えた。そしてあの時、美があれほどの尊大な声で自分に呼びかけたことに驚いた――そして、それは何も意味しなかった。

彼はいささか苦労して塀の天辺まで体を持ち上げた。すると、遥か向こうの山毛欅《ぶな》の木の下に、二人の女学生がいるのが見えた――小さな、取るに足らぬ、お下げの人物。髪はブロンドと黒で、互いの首に腕を回し、互いにひどく馬鹿げた秘密を話しているのに違いない。

しかし、赤毛のあの少女は――今では伯爵夫人なのだろうか？　女王なのだろうか？　子供がいるのかもしれない、たぶん。悲しい目に遭ったのだろうか？

すっかり忘れているのだろうか？

一人の浮浪者が道端に坐って思いに耽っていた。自動車で通りかかった者には、なんとかもう一杯のビールにありつこうと考えている男に違いないように見えただろう。しかし実際は、浮浪者は、有名なヘブライの言葉を自分なりに何度も繰り返していたのだ。

「栄光《さかえ》、イスラエルを去りぬ（旧約聖書、サムエル前書）」と浮浪者は、不可避の運命に味方して考える者の声で言っていた。「栄光、イスラエルを去りぬ、そうとも、あんた。ああいうことに戻ることはできない」

3

午後の二時頃で、五月のある暑い日だった。急がず悠然と歩いていたポリー氏は、川の広い湾曲部に差しかかった。パブの〈ポットウェル・イン〉の狭い芝生と庭が、そこまで下がっていた。彼はその建物を見て立ち止まり、大きな何本かの樹木の下に蹲《うずくま》っている瓦葺きの急角度に下がった屋根を眺めた――海辺では、適当な大きさの、適当な形の木はない。道路に面して出ている看板、陽に当たって気泡のようなものが出来ている緑のベンチとテーブル、家の恰好のいい白い窓、庭の芽吹いている立葵《たちあおい》。生け垣が、敷地を金鳳花《きんぽうげ》で黄色になっている牧場から分けていた。その向こうに、三本のポプラが空に向かって固まって生えていた。それは異例なほど高く、優雅で、調和のとれたポプラだった。ポリー氏にとってその何が非常に美しく見えたのかを言うのは難しいが、その光景は、神々しいほど際立って快いものに見えた。彼は長いあいだ、それを嘆賞しながら立っていた。

とうとう、さほど美的ではない欲求を満足させる必要を感じた。

「食べ物」と彼は、パブに近づきながら呟《つぶや》いた。「選ぶとすれば、冷えたサーロイン。それから榛《はしばみ》色のビールと小麦のパン」

彼は、そのパブに近づけば近づくほど、そのパブが気に入った。一階の窓は長くて低く、快い赤の鎧戸が付いていた。外の緑のテーブルには、これまでの客のグラスの跡の輪が感じよく付いていた。

パブの表側全体に、繁茂した葡萄の蔓が横に広がっていた。壁際には、一本の折れた櫂、ボートを引き寄せる二本の鉤竿、レジャー用ボートに使う染みのある、色褪せた赤いクッションがあった。三段上ってドアに嵌まったガラスの鏡板から中を覗くと、カウンターとビール・ポンプのある天井の低い部屋があった。その後ろに、鏡を背に、たくさんの色鮮やかで喉の渇きを癒すのに役立ちそうな瓶、大小の白目《しろめ》の枡、真鍮のワイヤーで結んで逆さにし、コルクの代わりに栓を付けた瓶、「シラブ（ジンかラムをベースに、フルーツジュース、砂糖などを混ぜたもの）」というラベルを貼った白い陶磁器の樽、葉巻入れ、紙巻煙草入れ、二つのトビー・ジョッキ、飛び切り優雅な人々が「パイパーズ・チェリー・ブランデー」を飲んでいる姿の、額に入れ板ガラスを嵌めた、美しい色の狩りの光景、アルコールの薄め方に関する法律、子供をパブに入れるのは違法であるという掲示、罵りの言葉や勘定のつけについての諷刺の詩、三個のごく鮮やかな赤の蠟の林檎、円形の時計があった。

　だが、そうした物は、その光景の中で本当に感じのよいものの単なる背景でしかなかった。本当に感じのよいものとは、ポリー氏がかつて見たこともないほどすこぶるぽっちゃりした女だった。その女は、そうした瓶とグラスとピカピカ光る物の真ん中にある肘掛け椅子に坐り、穏やかに、静かに、しかし威厳を微塵も失わずに眠っていた。多くの者は彼女を太った女と呼んだでもあろうが、ポリー氏の生来の言語感覚では、「ぽっちゃり」というのが適切な言葉だと最初から思った。彼女は形のよい額と真っすぐで恰好のよい鼻を持ち、口の周りの線は優しさと満足感を表わしていて、その下の陽気な何重かの顎は、昇天する聖母マリアの足元の丸々と太った小さなケルビムたちのように群がっていた。彼女のぽっちゃり具合は、締まっていてピンクで健康的で、どの関節にも靨《えくぼ》のある、膝の上に組まれている手にも現われていた。言ってみれば、無限の自信と優しさで自分を抱擁しているように見えた。自分の中身もよく、本質もよいのを知っていて、神が与えてくれたすべてのものを素直に受け入れることで神に感謝の気持ちを示す者のように。顔は、大きくではないが少し横に傾いていたが、人を信用する人物なのをちゃんと物語っていて、自信過剰ゆえの強張《こわば》りはなかった。そして、彼女は眠っていた。

「合いそうなタイプだ」とポリー氏は言って、中に入って彼女に近づきたいという気持ちと、それほど甘美で満ち足りた眠りを妨げたくないという本能的な気持ちに引き裂かれながら、ごくそっとドアを開けた。

彼女は、ぎくりとして目を覚ました。ポリー氏は、彼女の目に恐怖の色がさっと浮かんだので、びっくりした。恐怖の色は、またたちどころに消えた。

「驚いたわ！」と彼女は、安堵して穏やかな表情になりながら言った。「ジムだと思った」

「ジムじゃない」とポリー氏は言った。

「あんたは、あの男のような帽子をかぶってる」

「へえ！」とポリー氏は言って、カウンターに身を乗り出した。

「あんたをジムだって思っちゃっただけ」と、ぽっちゃり女は言ってその話題を打ち切り、立ち上がった。「うたた寝してたと思うわ」と彼女は言った。「本当を言うと。ご注文は？」

「冷肉？」とポリー氏は言った。

「冷肉は確かにあるわ」と、ぽっちゃり女は言った。

「胃袋に、その余地があるのさ」

ぽっちゃり女はやってきてカウンターに身を乗り出し、彼をしげしげと、しかし優しげに見た。

「冷えたボイルド・ビーフがあるわ」と言って、付け加えた。「新鮮なレタスを少しどう？」

「新しい辛子」とポリー氏は言った。「それにタンカード（蓋付き大型ジョッキ）！」

「タンカード」

二人は意気投合した。

「仕事を探してるの?」とぽっちゃり女は言った。

「まあね」とポリー氏は言った。

二人は旧友のように微笑した。

恋についての真実がなんであれ、ひと目で友人になるということは確かにある。二人は互いの声が気に入り、微笑み方と話し方が気に入った。

「今年の春は実に美しい天候だね」とポリー氏は、何もかも説明しながら言った。

「どんな種類の仕事が欲しいの?」と彼女は訊いた。

「よく考えたことはないなあ」とポリー氏は言った。「探してたんだ——何をしたらいいかを」

「ビーフはタップで食べる、それとも外で食べる? あそこがタップ」

ポリー氏はオークの長椅子をチラリと見た。「タップでの方が、あんたには便利だ」

「あれ聞こえた?」と、ぽっちゃり女が言った。

「何が?」

「聴いて」

すぐに、沈黙は遠くからの怒鳴り声で破られた——「おーーい!」

「ほらね?」と彼女は言った。

彼は頷いた。

「渡し舟なのよ。渡し守がいないの」

「僕にできるだろうか?」

「棹は扱えるの？」

「やったことはない」

「棹は水底《みなそこ》に届いたらすぐ引くの、それだけ。やってみて」

ポリー氏は再び陽光の中に歩み出た。

非常に多くのことを非常に手短に話すことができる時がある。で、これが事実だ――かいつまんで話せば。彼は平底舟《パント》と棹を見つけ、向かいの踏み段のところに行き、アルパカの上着を着てヘルメット形の日除け帽をかぶった年輩の紳士をパントに乗せ、のろのろと二十分進み、悪戦苦闘した末に、勿忘草《わすれなぐさ》が点在する菅《すげ》の茂みの真ん中に突っ込み、いくらかの水を紳士に振り掛け、パントの棹を紳士に二回ぶち当て、驚いて罵声を発している紳士を、約四十ヤード下流の干し草を取る牧草地の縁の滑りやすい地面に降ろした。そこでポリー氏は、主人の上着の番をしていた、喧しく吠え立てる攻撃的な白い小さな犬と、すぐに悶着を起こした。

ポリー氏はいささか苦労はしたものの、威厳はまったく失わず繋留所に戻った。

彼が戻ってくると、ぽっちゃり女は、顔を紅潮させ、涙を浮かべながら、外の緑のテーブルの前に坐っていた。

「あんたのことを笑ってたのよ」

「なんで？」とポリー氏は訊いた。

「ジムが家に帰ってきてから、これほど笑ったことないわ。あんたがあのお客さんの頭を打った時、おなかの皮が捩れた」

「頭を傷つけやしない――特には」

「お金は貰った？」

「無料《ただ》」とポリー氏は言った。「そんなことは考えなかった」

ぽっちゃり女は両手を脇腹に押し当て、しばらく声を出さずに笑った。「いくらか請求すべきだったわ。もっとパントを漕ぐ前に、こっちに来て、あんたの冷肉を食べなさいよ。あんたとあたしは、うまくやっていけそうね」

間もなく彼女はやってきて、彼が食べるのを立って見ていた。「あんたは漕ぐより食べるのが上手」と言って、付け加えた。「あんたはパントの漕ぎ方を覚えることができると思うわ」

「蠟の如く受け容れ、大理石の如く保持する」（バイロンの詩）とポリー氏は言った。「このビーフは大いに結構だ、マーム。空きっ腹で漕いでなかったら、違った風にやったろうな。棹を差した時、くらっとした――」

「あたしはおなかが空いたのを我慢したことないわ」と、ぽっちゃり女は言った。

「渡し守が必要だろうか？」

「半端仕事をしてくれる人が欲しいの」

「僕は、実際半端な男さ。賃金は？」

「あんまり出せないけど、チップや残り物がある。あんたに合う気がするのよ」

「僕に合う気がする。どんな仕事？　雑役？　渡し舟？　庭？　瓶洗い？　ケーテリス・パリブス（「ほかの事情が同じならば」。ポリー氏は「とかなんとか」と言おうとした）？」

「そんなところね」と、太った女は言った。

「試しに使ってくれないだろうか」

「そのつもりよ。でなけりゃ、そんなことは言わなかったでしょうよ。あんたは、ちゃんとした人だと思う。あんたには、なんかまともなところがある。何かしでかしたっていうんじゃないでしょ？」

「放火をちょっと」とポリー氏は冗談めかして言った。

「それが癖でなけりゃいいのよ」と、ぽっちゃり女は言った。

「初めてさ、マーム」とポリー氏は、レタスの素晴らしい大きな葉をむしゃむしゃ食べながら言った。「そうして、最後さ」

「あんたが刑務所に行ったっていうんじゃなければ構わない」と、ぽっちゃり女は言った。「人を悪くするのは、たまたましたことじゃない。人は誰でも、たまたま何かすることがある。人を駄目にするのは、そのことを責めて、人の自尊心を失わせること。あんたは悪い人には見えない。刑務所に行ったことがあるの？」

「ない」

「矯正院にも？　どんな施設にも？」

「ないさ。矯正されたように見えるかい？」

「ちょっとペンキを塗ったり大工仕事をしたりできる？」

「お手のものさ」

「チーズを食べる？」

「できれば」

彼女がチーズを持ってきた態度で、彼女が話を決めたことがポリー氏にはわかった。

ポリー氏は午後を、〈ポットウェル・イン〉の敷地を探検し、自分がすることになっているかもしれない仕事を覚えて過ごした。それは、垣根にストックホルム・タール（樹脂性タール）を塗り、ジャガイモを掘り、舟をモップで掃除し、二艘の手漕ぎ舟と一艘のカナディアン・カヌーを借りた客の舟の乗り降りを手伝い、乗っていた客の時間を計り、その舟から水を掻い出し、次の借り手から、水の漏れる箇所と欠陥箇所を隠し、不慣れな借り手に、川上に行くより、まず川下に行くよう説得し、オール受けを修理し、追加料金を取る目的で、戻ってきた舟を詳しく調べ、ブーツを磨き、煙突を掃除し、家にペンキを塗り、窓を拭き、パブの床を掃いて砂を撒き、白目を拭き、グラスを洗い、木部にテレビン油を塗り、必要な箇所すべてにのろを塗り、配管工事と機械整備をし、錠と振り子時計を修理し、給仕とバーテンの仕事全般をし、絨毯とマットを叩《はた》き、瓶を洗いコルクを取っておいて地下室に運び、ビールの樽を動かし、栓を抜き、ビール・ポンプに繋ぎ、雀蜂の巣を囲って壊し、何本かの木の管理をし、余分な子猫を溺死させ、必要に応じ犬を飼育し、子鴨を育て、さまざまな家禽の世話をし、蜜蜂を飼い、馬と驢馬を小屋に入れて飼葉をやり、グルーミングをし、自動車と自転車を綺麗にし、ワックスを掛け、タイヤに空気を入れ、パンクを直し、必要に応じ川から溺死者を引き揚げ、川で難渋している者を助け、親切に応急手当てをし、客のために更衣所を即席に作って管理し、パブのために検死と葬式に出、床を擦って洗い、渡し場の下働きの通常の職務のすべてをこなし、隣接する農家の鶏と山羊を庭から追い出し、小径を作り、排水、庭仕事一般を管理し、瓶ビールとソーダ水サイフォンを近所に配達し、雑多な使い走りをし、酔っ払いと無礼な客を如才なく、あるいは必要とあらば腕力でパブから追い出し、地元の警官と仲良くし、パブの敷地と果樹園を、特に夜盗から守る、というものだった……

「ともかく、やってみる」とポリー氏は、お茶の時間が近くなった時に言った。「手が空いたら、ちょっと釣りでもしようかと思う」

4

ポリー氏は、特に子鴨に魅せられた。

子鴨は育ての親と一緒に野菜のあいだを甲高い声を出して歩いた。ポリー氏とぽっちゃり女が庭の小径を歩いてくると、小さな鳥たちは二人に襲いかかり、二人のブーツの上とポリー氏の脚のあいだを駆け抜け、世界中の子鴨と同じように、人に踏まれて殺されるのに全力を尽くした。ポリー氏は、これまで子鴨の近くにいたことはなく、子鴨の非常に濃いブロンドと足と嘴《くちばし》の繊細で完璧な形に賞讃の念を抱いた。小さな子鴨より親しみのあるものがこの世にあるかどうか疑問である。彼は、至極しぶしぶ子鴨から離れ、パントの漕ぎ方を習った。ぽっちゃり女が堤から指導した。パントを漕ぐのは難しかったが不可能ではないのを彼は知った。そして四時頃、二人目の客を、インから未知の場所にパントで川を渡って運ぶのに成功した。

彼が、パントを繋留する杭のところに実にゆっくりと、しかしいまや、自信満々に、と言えるような様子で戻ってくると、とりわけ感じのよい人物が堤で彼を待っているのに気づいた。彼女は両脚を非常に大きく開き、両手を背中に回し、頭を少し横に傾げ、馬鹿にしたような表情を浮かべて彼の仕草を見ていた。髪は黒く、脚は茶色で、揉み革製の短いフロックを着ていた。目は非常に知的だった。すぐ近くに行くと、「こんにちは！」と彼女は言った。

「こんにちは」とポリー氏は言ったが、あわやというところで災難を免れた。

「馬鹿ねえ」と若い淑女は言った。ポリー氏は、さらに近くに寄った。

「なんていう名前？」

「ポリー」

「嘘つき！」

「なんで？」

「あたしがポリー」

「なら、僕はアルフレッド。でも、ポリーっていうのは本当さ」

「あたしが先だった」

「わかった。僕は渡し守になるんだ」

「そうなの。なら、もっと上手に棹を使わなくちゃ」

「君は、午後の少し前の僕を見るべきだった」

「想像できるわ……ほかの人たちがやるのを見たことがある」

「ほかの人たち？」ポリー氏は、いまや陸に上がり、パントを繋留していた。

「ジム叔父さんが追い出したの」

「追い出した？」

「叔父さんはやってきて、あの人たちを追い出すの。あんたも追い出すでしょうよ」

謎めいた影が、〈ポットウェル・イン〉の陽光と心地よさを横切ったように思えた。

「僕は人を追い出さない」とポリー氏は言った。

「ジム叔父さんは追い出す」

彼女は、しばらくちょっと拙《つたな》く口笛を吹いていたが、堤に生えている下野《しもつけ》の茂みに小さな石をいくつも投げた。すると、言った──

「ジム叔父さんは戻ってくれば、あんたのはらわたを抉《えぐ》り出しちゃうわよ……たぶん、まず間違いなく、それをあたしに見せるでしょうよ」

間があった。

「ジム叔父さんって一体誰だい？」とポリー氏は弱々しい声で訊いた。

「ジム叔父さんが誰だか知らないの！　叔父さんが自分で見せてくれるわよ。変人なの、ジム叔父さんは。ほんのちょっと前に戻ってきたばかりなんだけど、三人追い出した。他人がそばにいるのが好きじゃないのよ、ジム叔父さんは。叔父さんは毒づけるの。あたしがちゃんと口笛が吹けるようになったらすぐ、毒づき方を教えてくれるの」

「毒づくのを君に教えるのか！」とポリー氏は、ぞっとして叫んだ。

「そうして、唾を吐くのを」と少女は誇らしげに言った。「あたしは会ったこともないくらい元気のいい餓鬼だって、叔父さんは言ってるわ——ほんとに」

ポリー氏は、生まれて初めて、掛け値なく恐ろしいものに出会った気がした。彼は目の前の、可愛い肉体と魂を見つめた。それは、小さな頑丈な脚の上にバランスをとりながら軽々と載っていて、嫌悪の色も恐怖の色もまだ知らない目が、彼を見ていた。

「ねえ」とポリー氏は言った。「君はいくつなんだい？」

「九つ」と少女は言った。

彼女は横を向き、じっと考えた。真実は彼女に、もう一つの事柄を付け加えさせた。

「ハンサムっていうんじゃない、ジム叔父さんは。でも、変人なのは間違いないわ……お祖母さんは、あの人が好きじゃない」

5

ポリー氏が家に入ると、ぽっちゃり女が煉瓦造りの大きな台所で、紅茶を淹れるための火を熾《おこ》していた。彼はすぐに、問題の核心に触れた。

「あのねえ」と訊いた。「ジム叔父さんって誰なんだい？」

ぽっちゃり女は血の気を失い、しばらくじっと立っていた。手にしていた粗朶の束から一本落ちたが、気がつかなかった。「あたしのあの小さな孫娘が話してたのね？」と消え入るような声で訊いた。

「少しばかりね」とポリー氏は言った。

「そうね、遅かれ早かれあなたに話さなくちゃならないと思うわ。あの人は――ジム。あの人が、ここの欠点なの、そうなの。欠点。そんなにすぐ耳にしないことを願ってたんだけど……あの人が行ってしまったのは、ほぼ確か」

「あの子は、そう考えてないみたいだね」

「あの人は、この二週間以上、ここの近くに来てない」と、ぽっちゃり女は言った。

「でも、奴は誰なんだい？」

「話さなくちゃいけないと思うわ」と、ぽっちゃり女は言った。

「奴は人を追い出すって、あの子は言ってる」とポリー氏は、間があってから言った。

「あれは、あたしの姉の息子」。ぽっちゃり女は、パチパチと撥ねる火を、しばらくじっと見ていた。

「あなたに話さなくちゃいけないと思うわ」と彼女は繰り返した。

彼女は涙ぐんだ。「考えないようにしてるんだけど、夜も昼も、あれがあたしに取り憑いてる。考えないようにしてるんだけど。あたしはこれまで暢気に暮らしてきた。でも今は、とっても心配で怖い、死と破滅に脅かされていて。あたしは悪に取り囲まれてるの！　どうしていいのか、わからない！　あたしの姉の息子、そうして、あたしは寡婦、あの男のすることになんにもできない！」

彼女は持っていた粗朶を炉格子に置き、ハンカチを手探りで捜した。そして啜り泣き始め、早口で話した。

「あれが、あの子に構わなければ、そんなに心配しないの。でも、あれは、あの子に年中話す――あたしがちょっとでも離れていると、あの子にひどい言葉を教え、変な考えを吹き込むの！」

「それはちょっと、まずいな」とポリー氏は言った。

「まずいだって！」と、ぽっちゃり女は叫んだ。「恐ろしいのよ！　で、あたしはどうすればいいの？　あれはもうここに三度来た、六日、一週間、一週間の何日か。あたしは、あれがまた来ませんようにと、夜も昼も神様に祈ってる。祈ってるの！　でも、あれは決まって戻ってくるの。あれは、あたしのお金を持って行き、あたしの物を持って行く。あれは、誰かがここにいてあたしを守ったり、ボートや渡し舟の仕事をするのを許さない。渡し舟は悪い噂になってるの。客は立って、叫んで、金切り声を出し、汚い言葉を使う……もしあたしが苦情を言うと、あたしはここをやっていくには無力だと連中は言い、免許を取り上げ、あたしはここを出て行くことになるでしょうよ――あたしはこれだけで暮らしてるっていうのに――そうして、あれはそのことを知ってるの、そうして、それを知ってて、それにつけ込んでる。そうしてあれは、そんなことは構わないの。そういうわけ。あの子をどっかにやりたいけど、やるところがない。あたしは、仕方なくお金をやって追い払うんだけど、前より悪くなって戻ってきてはうろついて、悪さをする。誰もあたしを助けてくれない。一人も！　いつか誰か助けてくれるのを願っていた。あれがまた戻ってくる前に。ただ願っていた――あたしは楽天的な人間」

ポリー氏は、人生の快適なものから切り離せないように思える欠陥と欠点について考えた。

「大柄な奴だと思うけど？」とポリー氏は、状況をあらゆる角度から見ようとして言った。しかし、ぽっちゃり女は、彼の言うことに注意を払わなかった。火を熾しながら、ジム叔父の恐ろしさについて、とりとめのない話をした。

「あれには、前々からちょっと悪いところがあったの」と彼女は言った。「でも、人が望まないようなところは何もなかった、みんながあれを捕まえて連れ去って、矯正するまでは……」

ぽっちゃり女は続けた。「あれが鶏とひよこに残酷だったのは本当で、ある男の子にナイフを突き立てた。けど、あれが一匹の猫には優しかったのは見た、誰も、あんなには優しくなれなかったでしょうよ。人がどう解釈しようと、あれがあの猫になんの害も加えなかったのは確か。あたしは、人の解釈には耳を貸そうとしなかった……あれを駄目にしたのは矯正院。矯正院では、あれを邪《よこしま》な考えで一杯のロンドンの少年たちと一緒にした。そうして、あれは痛いのを気にしなかったので――それは、あたしも認める――連中は、あれが自分は英雄だと考えるように仕向けた。少年たちは、矯正院の教師たちを嘲笑い、嘲笑って馬鹿にした――あそこの教師たちがこの世で最高の教師だったとは、あたしは思わない。そうは思わないの。矯正院の教師や牧師や看守になる誰もが、すぐさま天から遣わされた慈悲の天使になるなんて、分別のある者は考えてないと思うの――あら、大変！　なんの話をしてたんだっけ？」

「なんで奴は矯正院に送られたの？」

「仕事を怠け、盗みを働いたの。やたらに盗んだ――老婆から金を盗んだ。裁判になった時、あたしは自分の知ってることを言う以外、仕方がなかった。そうしてあれは、鎖蛇みたいにあたしを睨んだ――人間の少年というより鎖蛇だった。あれは法廷の柵に寄り掛かり、あたしを見た。『そうかい、フロー叔母さん』って、あれは言うの。それだけ、それしか言わなかった。あたしは、その時のことを何度も夢に見た、そうして今、あれが来る。『奴らは俺を矯正したよ』って、あれは言うの、『そうして俺を悪魔にした、俺はあんたにとって悪魔になるつもりだ。さあ、思っていることを言ってみろよ』って、あれは言うの」

「最後に奴に何をやったの？」とポリー氏は訊いた。

「三枚のポンド金貨」と、ぽっちゃり女は言った。「『そいつは、あんまり長くはもたねえな』って、あれは言うの。『けど、急ぐことはねえ。一週間くらいで戻ってくる』。もし、あたしが楽天的な人間じゃなかったら――」

彼女は、言い止《さ》した。

ポリー氏は考えた。「奴はどのくらい大きいの？」と彼は訊いた。「僕はヘラクレスのような男じゃない、そういうことなら。二頭筋が凄いって訳じゃない」

「あんたは逃げるでしょうよ」と、ぽっちゃり女は、苦々しげにというより確信をもって言った。「あんたは今逃げた方がいい。あれが来たら、また出て行ってもらうよう、なんとかお金を工面する。あんたに、逃げる以外の何かをしてもらうのを期待するのは理に適ってない。でも、困っている時に男の人に助けを求め、最善を願うのが女だと思うわ」

「どのくらい前から来てるの？」とポリー氏は、自分の考えは無視して言った。

「あの裏口から来て以来、七日になると三ヵ月――あたしは七年も、あれに会ってなかった。あれは戸口に立ってあたしをじっと見て、急に喚いた――犬みたいに、そうして、怯えたあたしを見てニヤニヤした。『懐かしいフロー叔母さん』って、あれは言うの、『俺に会って、うーれしくねえのかい？』って、あれは言うの。『俺は矯正されたぜ』」

ぽっちゃり女は流しのところに行って、薬缶に水を満たした。

「あたしは、あれが大嫌いだった」と彼女は、流しの前に立って言った。「歯が全部真っ黒で欠けていて、あそこに立ってるあれを見ると――たぶん、あたしは、最初、あんまり歓迎しなかった。あれに親切にするっていうようなことはしなかった。『驚いた！』って、あたしは言った。『ジムじゃないの』」

「『ジムだよ』って、あれは言った。『放蕩息子は必ず戻ってくるってやつさ――忌々しい放蕩息子は。ジムと厄介事は。あんたらみんな、俺を矯正したがった、で、今、俺は矯正された。俺は保証付きの〝矯正された人物〟さ。そうなったのさ。中に入ってくれって言わないのかい、叔母さん？』」

「『お入り』って、あたしは言った。『あんたに優しくしなかったなんて言わせないよ！』」

「あれは入ってきて、ドアを閉めた。あの椅子に坐った。『あんたを苦しめに来たのさ』って、あれは言った。『大した婆さんだ！』そうして、あたしに毒づき始めた……これまで、あんなことを言われた者はいないでしょうよ。あたしは大声をあげた。『さてと』と、あれは言った。『あんたを痛めつけるのを怖がっちゃいねえのを教えてやろう』って、あれは言って、あたしの手首を摑んで捻った」

ポリー氏は息を呑んだ。

「あたしは、あれの乱暴にも我慢できたと思う」と、ぽっちゃり女は言った。「もし、あの子がいなかったら」

ポリー氏は台所の窓のところに行き、自分と同名の少女を見た。少女は庭の小径のずっと奥にいて、両手を後ろに回して立っていた。一房の黒髪が小さな顔の周りで乱れていた。そして、子鴨のことをしきりに考えていた。

「あんたたちは、二人だけになってはいけない」と彼は言った。

ぽっちゃり女は、目に強い期待感を浮かべて、彼の背中をじっと見た。

「こんなことは自分に関わることとは思わない」とポリー氏は呟いた。

ぽっちゃり女は薬缶の面倒を見ていた。

「出て行く前に、奴を見てみたいな」とポリー氏は、考えていることを口に出して言った。そして付け加えた。「ともかく。僕に関わることじゃないが、もちろん」

「大変だ！」と彼は、カウンターのところで何か音がしたので、ぎくりとして叫んだ。「あれは誰だ？」

「ただのお客さん」と、ぽっちゃり女は言った。

6

ポリー氏は軽はずみな約束はせず、じっくりと考えた。

「これはどうやら」と彼は独りごちた。「求めて災難を招く者のための仕事だ」

しかし彼は、そのまま滞在し、わたしがすでにリストにした雑事をこなし、渡し守の仕事をした。彼がジム叔父の姿を見たのは、それから四日あとだった。人間の心は、まだ経験していない事柄に非常に抵抗するので、彼はその時、ジム叔父のような人間はこの世に存在しないということを簡単に信じたでもあろう。ぽっちゃり女は、一度打ち明け話をしたあとその話は出さず、少女のポリーは、最初に彼に話した際に、叔父についての印象を語り尽くしたようで、今は、天が彼女の世界に送った新しい人間の研究と、その人間を自分に従わせることに単純素朴に勤しんでいた。彼がパントを漕いだ際の芳しからぬ第一印象は、すぐに消えた。彼は子鴨に実に愉快なニックネームを付けることができ、木片で舟を作ることができ、ほかの人間にはできないのは確かな、もっともらしい熱心さで、果樹園で想像上の虎の跡をつけ、虎から逃げることができた。彼女はついに、自分、すなわちミス・ポリーに敬意を表することになるとして（それこそまさに彼の望みだ）、彼がポリー氏と呼ばれることを認めた。

ジム叔父は、夕暮れ時に姿を現わした。

ジム叔父は、ポリー氏が恐れたような、破壊的暴力を振るうような気配はまったく見せずにやってきた。ごくそっとやってきた。ポリー氏は、ライムジュースの業者に宛てた手紙を郵便局で出してから、〈ポットウェル・イン〉に通ずる、教会の裏の小径を歩いていた。いつものようにゆっくりと歩きながら、とりとめのないことを考えていた。すると、音もなく誰かが自分の横を歩いているのに気づき、体が不意に硬直した。

最初の印象は、顔の上半分が異様に広く、下半分は、もっぱら虚ろにニヤリと笑っている、というものだった。男は前屈みで、足を引きずっていた。

「ちょっと」と、まるで彼がぎくりとしたことに応えるかのように、その人物は言い、嗄れた小声で話した。「ちょっと、ミスター。あんたが〈ポットウェル・イン〉の新来かい？」

ポリー氏は、逃げたい衝動を覚えた。「そうだと思うな」と、かすれた声で答え、急ぎ足になった。

「ちょっと」とジム叔父は言って、彼の腕を取った。「俺たちは忌々《いまいま》しいマラソンなんかしてるんじゃねえんだ。ここはくだらねえ競走用トラックなんかじゃねえ。あんたと、ちょっと話してえのよ、ミスター。わかるか？」

ポリー氏は腕を振りほどいて、立ち止まり、「なんだい？」と訊き、恐怖に面と向かった。

「あんたとちょっとくだらん話をしてえだけよ。わかるか？――親しい一言《ひとこと》か二言《ふたこと》。誤解《ごけえ》を解こうってだけさ。それだけのことさ。もしあんたが実際に〈ポットウェル・イン〉の新来なら、そんなにやたらに威張る必要はねえ。まったく。わかるか？」

ジム叔父は、確かに男前ではなかった。背が低かった。ポリー氏より低かった。腕は長く、手は肉薄で大きかった。細くて筋張った首が、グレーのフランネルのワイシャツから突き出ていて、大きな頭を支えていた。広くて瘤状の額に収斂する皺が寄り、顔は均整が取れていず、顎は尖っていて、蛇のような印象を与えた。ほとんど歯のない口は、夕闇の洞窟に見えた。何かの事故で、片方の目は小さくてキョロキョロ動き、もう片方は大きくて無表情の赤い目で、その目の上に斜めにかぶっている青いクリケット帽から、幾房かの真っすぐな髪が食《は》み出していた。ペッと唾を吐き、拳の柔らかい側で汚らしく拭いた。

「あんたは移らなくちゃいけねえ。わかる？」

「移る？！」とポリー氏は言った。「どうして？」

「〈ポットウェル・イン〉は俺の縄張りだからよ。わかる？」

ポリー氏は、気の利いた返事ができなかった。「なんであんたの縄張りなんだい？」と訊いた。

ジム叔父は顔を突き出し、手をさっと開き、ポリー氏の鼻の下で鉤爪のように曲げた。「おめえの知ったことじゃねえ。おめえは移らなくちゃいけねえ」

「移らないとしたら」とポリー氏は言った。

「移らなくちゃいけねえ」

ジム叔父の口調は、切迫した、何かを打ち明けるような調子になった。

「おめえは誰を相手にしてるのか知らねえな。親切で警告してやってんだ。わかる？　俺は、何事も躊躇しねえ男よ、わかるか？　何事も躊躇しねえ」

ポリー氏の態度は超然として、気楽なものになった——まるで、その問題と話し手は、大いに関心をそそるものの、さして重要なものではないかのように。「あんたは、どうしようって考えてるんだい？」

「もし、おめえがとんずらしなかったら？」

「そうとも」

「**うへっ！**」とジム叔父は言った。「おめえはとんずらした方がいい！　さあ！」彼はポリー氏の手首を、鋼《はがね》を思わせる強さで握った。すぐさまポリー氏は、その筋肉の強靭さを悟った。ジム叔父はポリー氏の顔に、ぞっとしない息を吹きかけた。

「いったんおめえを相手にしたら、俺はどうするかわかるか？」

彼は間を置いた。二人の周りの夜が話を聴いているかのようだった。「おめえを滅茶滅茶にしてやる」と、嗄れた小声で言った。「おめえに――怪我をさせる。痛めつける。蹴りまくる、わかるか？　恐ろしいやり方でおめえを痛めつける――恐ろしい、おぞましいやり方で……」

彼は、ポリー氏の顔をしげしげと見た。

「おめえは泣くだろうよ。自分の姿を見て。わかるか？　泣くだろうよ」

「あんたにはなんの権利もない」とポリー氏は話し始めた。

「権利だと？」彼の口調は激しかった。「あの婆さんは俺の叔母さんじゃねえのか？」

彼は、もっと近づいてきて話した。「おめえを血塗れの滅茶滅茶なもんにしてやる。おめえを切り刻み――」

彼は少し後ろに下がり、「おめえとは喧嘩するつもりはない」と言った。

「今夜出て行くには遅すぎる」とポリー氏は言った。

「俺はあした行く――十一時頃。わかるか？　その時、もし、おめえがいたら――」

彼は、血も凍るような呪いの言葉を吐いた。

「ふーむ」とポリー氏は、事態はさほど重要なものではないというふりをして言った。「僕らはあんたの申し出を考えよう」

「その方がいい」とジム叔父は言って、不意に、音もなく行きかけた。

ジム叔父の囁き声は、ポリー氏がかすかに文章の断片が聞き取れるくらいに低くなった。「おめえに恐ろしいことが――恐ろしいことが……蹴りまくる……おめえの――肝臓を抉る……そいつを、そこら中に撒き散らす、そうしてやる……わかるか？　俺には怖いものはねえ」

そしてジム叔父は腕を奇妙な具合に捻り、後ろに下がった。顔は、じっと動かない、ぼんやりとポリー氏を見ているものになり、生け垣の黒い影が、ジム叔父の体をすっぽりと呑み込んだように見えた。

7

翌朝、十時半頃、ポリー氏は道端の樅《もみ》の木立の下に坐っていた。そこは、〈ポットウェル・イン〉から約三マイル半のところだった。気分をすっきりさせるために散歩をしているのか、脅威に晒されたパラダイスを永遠に去ろうとしているのか、自分でもまったく確かではなかった。彼の理性は、痩せた指を躊躇《ためら》わず後者の道に向けていた。

というのも、考えてみれば、これは自分のいざこざではないからだ。

あの感じのよいぽっちゃり女は——感じがよく、お袋風で、人を気楽にする女かもしれない——でも、それは自分には関わりがない。鼠と蝶と飛び回る鳥の魅力を魔法のように併せ持ち、花よりも優美で桃よりも柔らかい、あのもじゃもじゃの黒髪の少女は、自分とはなんの関係もない。いやはや！

二人は自分にとってなんなのか？　何物でもない！……

ジム叔父は、もちろん、二人に対して確かに権利を持っている、一種の権利を。

義務を果たすということ、この魅力的で、怠惰で、高みの見物をするだけで、面白おかしい放浪生活をやめるということになれば、自分に対して保護と騎士的振る舞いを求める正当な権利、優先的な権利を持つ者がいる。

なんで自分は義務の呼び声に耳を澄まし、今、ミリアムのもとに帰らないのか？……

自分は実に快適な休暇を過ごした……

そしてポリー氏は、坐って、こうした事柄について全身全霊で考えているあいだ、思い切って見上げるだけで天が開かれ、自分の置かれた状況についての明確な判断が、空に書かれているのを知った。彼は知った――人が自分の人生について知り得るだけのことを、いまや知った。闘わねばならないか敗北しなければならないかのどちらかだ、ということを知った。

人生は、これまでこれほど自分にとって明確だったことはなかった。人生はこれまでずっと、混沌とした、面白い見物《みもの》だった。彼は、あれやこれやの衝動に従い、快適で面白いものを探し求め、困難な事、苦痛な事を避けてきた。それが、危険でもなく名誉でもない人生を送るようになる者の生き方なのだ。彼は、密林で生まれ、海も空も見たことがない者のように、混乱し、包み込まれ、身動きのとれない人間だった。いまや突如、広大な、剝き出しの場所に出た。まるで、神と天が彼を見守っていて、すべての大地が彼の出方を固唾《かたず》を呑んで待っているかのようだった。

「自分に関係のあることじゃない」とポリー氏は、声に出して言った。「一体、自分は必要とされているのか?」

再び、声は哀れっぽいと同時に怒気を含んだものになった。「こっちの知ったことじゃない!」心は、いくつかの部分に分かれたかのようだった。各部分は、忙しく独自の議論を展開し、ほかの部分をまったく無視した。一つの部分は、「おめえを蹴りまくる」という文句の細かい解釈に忙しかった。相手の足に対して身を護るのに使うフランス式レスリングというものがある。相手の目をよく見て、相手の足が上がった時、相手を摑み、倒す――自分の意のままに。もし、自分の有利な体勢を正しく利用するなら。だが、どうやって有利な体勢を正しく利用するのか?

彼はジム叔父のことを考えると、体の内部の感覚が急速に褪せ、まったくの不安に満たされた……

「老いぼれ女ペテン師め！　あの女は、こっちを自分のいざこざに引っ張り込むことなんてなかったんだ。警察に行って助けを求めればいいんだ！　こっちに関係のないいざこざに、こっちを引っ張り込むなんて。くだらないパブになんか目を留めなければよかったんだ！」

今の状況の真実が、頭上の甘美な青空と、周囲に大きく広がる丘と渓谷くらいにはっきりと、蒼穹のように彼の上に弧を描いていた。人は、自分にふさわしい美を探して発見し、それに奉仕し、それを勝ち取って増やし、そのために闘い、死にゆく目がまだそれに向けられている限り、死を恐れずに何事にも直面し、何事にも立ち向かうべく、この世に生まれてくるのだ。そして、恐怖と、恐怖の不具の三兄弟である鈍感さと怠惰と貪欲は、美の探求の途上で、夜、待ち伏せして這い出てきて彼に立ち向かい、彼を引き止め、阻止し、妨害し、欺き、殺す。彼は目を上げるだけで、それらすべてを見た。疾走する雲や折れ曲がった芝草のような、彼の世界の一部として。しかし彼は依然として、夢と弱々しい言い訳に満ちた、しょんぼりしていて、不平を言い、不面目で、汚い、小太りの小柄な浮浪者だった。

「一体、なんで自分は生まれてきたのだろう？」と彼は、真実にほとんど圧倒されながら言った。

「お前は、本当のところはお前のではないいざこざで、嫌な臭いのする汚らしい男がお前を泥と埃の中に倒し、片膝をお前の横隔膜の下に押しつけ、大きな毛むくじゃらの手でお前の気管をぐいぐいと締め付ける時、お前はどうするのだ？」

「もし、奴に勝てるチャンスがあったら――」とポリー氏は抗議した。

「それは駄目だ、わかるだろう」とポリー氏は言った。

彼は、決心を固めたかのように立ち上がったが、一瞬、疑念に襲われた。

目の前に道路が横たわり、こっちへ行くと東で、あっちへ行くと西だ。

今から一時間西に行けば、〈ポットウェル・イン〉に着く。すでにあそこでは、何かが起こっているかもしれない……

東に行くのが賢い人間のとる道だ。道路は生け垣のあいだを徐々に下がって、ホップ栽培園と森に至り、間もなく、パブ、絵画的な教会、そしてたぶん、村のある所、新しい仲間のいる所に出るだろう。それが、賢い男のとる道だ。ポリー氏は、自分がその道を行く姿を想像し、賢い男が感じる自画自讃の気分に浸りながらその道を行く自分を想像しようとした。しかし、なぜかそのようにはならなかった。賢い男は、知恵に溢れていたにもかかわらず、幸福には至らなかった。賢い男は太鼓腹で、肩が丸く、耳が赤く、言い訳に満ちていた。それは快適な道だった。なぜ賢い男が、夏の幸福感に満たされながら、愉しく、歌いながらその道を行かないのか、ポリー氏にとっては謎だった。だが、どうでもいい！　事実は事実だ。その男は、こそこそと歩いて行く――こそこそとしか言い様がなかった――こそこそと歩く以外の歩き方をしようとしなかった。その男は、説明を求めるかのように、目を西に向けた。そして、その男がもはや卑劣でなくなったとしても、見通しは恐るべきものだった。

「腹を一度蹴られれば、自分のような奴はおしまいだ」とポリー氏は言った。

「ああ、神様！」とポリー氏は叫び、目を天に上げ、その闘いで、最後に言った。「これは　自分には　関わりない！」

そう言いながら彼は、顔を〈ポットウェル・イン〉の方に向けた。

彼は、最後の決心をしたあとで、立ち止まりもせず、歩を速めもせずに戻ったが、心は千々に乱れていた。

「もし殺されるなら、殺されるんだ、もし、奴が殺されれば、こっちは縛り首だ。いずれにしても正当には思えない。

奴を脅して追い払おうなんて思っちゃいけない」

8

〈ポットウェル・イン〉を自分の居場所にするためのポリー氏とジム叔父とのあいだの私闘は、おのずと、三つの主な戦闘になった。第一に、ジム叔父をパブの敷地からひとまず追い出すことに成功した大作戦。次に、短い間があってから、「死んだ鰻戦争」という結末になった、ジム叔父による、失敗に終わったパブ侵入。そして、数ヵ月、思いがけぬ休戦があったあと、最後の「夜襲」の大闘争があった。こうした戦闘は、それぞれに一節を与えるに値する。

ポリー氏は、そっとパブに、また入った。

ぽっちゃり女は、カウンターのところに坐っていた。目は大きく見開かれ、顔は蒼白で涙に濡れていた。「ああ、神様!」と彼女は何度も言った。「ああ、神様!」辺りにはアルコールの臭いが漂い、カウンターの前の砂を撒いた床には、割れた瓶と引っくり返ったグラスの破片が散乱していた。

彼女は、彼が入ってきた音を聞くと絶望した顔を向けたが、絶望は驚きに変わった。

「戻ってきたの!」

「そうーとも」とポリー氏は言った。

「あれは——ぐでんぐでんに酔っ払って、あの子を捜してたの」

「あの子はどこだい?」

「二階に閉じ込めたわ」

「警察を呼ばなかったの?」

「呼びにやる人がいなかった」

「僕に任せな」とポリー氏は言った。「こっちから出たのかい？」

彼女は頷いた。

ポリー氏は、皺のある粗悪なガラスの嵌まった窓を開け、外を覗いた。ジム叔父が、両手をポケットに突っ込み、嗄《しゃが》れ声で歌を歌いながらパブに向かって庭の小径を歩いてきた。ポリー氏は、その時、気が遠くなりもせず、体が強張りもしなかったことを、あとになって誇りと驚きの念を抱いて思い返した。ポリー氏は、辺りをちらりと見回し、即席の棍棒としてビール瓶を首のところで摑み、庭に面したドアから外に出た。ジム叔父は驚いて立ち止まった。彼の頭脳は、新しい事態が即座に理解できなかった。「お前か！」と彼は叫び、一瞬立ち止まった。「お前――出て行け！」

「お前こそ出て行け」とポリー氏は、数歩前に出ながら言った。

ジム叔父は、びっくりしながら激怒し、ふらふらと立っていたが、両手を握り締めて突進してきた。ポリー氏は、もし敵に組みつかれたら負けだと感じ、目の前の醜い頭を力一杯瓶で殴った。瓶は砕け、ジム叔父は、その一撃で茫然とし、ビールで目が見えなくなり、よろめいた。

人の心の急激な変化は、永遠の謎である。ポリー氏は瓶の首が割れることを予期していなかった。一瞬、無防備に、無力に感じられた。目の前には、憤激し、明らかに依然として近づいてくるジム叔父がいた。身を守るには、瓶の首しかなかった。

しばらくのあいだ我らがポリー氏は英雄的人物だった。だがいまや、また敗北するのだ。絶望的な恐怖の叫び声をあげ、役に立たないガラス片を捨て、向きを変え、家の角を回って逃げた。

「瓶だ！」という、敵の濁声《だみごえ》が後ろからした。挑戦を受けて立ち、血を流しながらも不屈のジム叔父が、家の中に入った。

「瓶だ！」とジム叔父はカウンターの後ろを見回しながら言った。「瓶で闘うんだ！　瓶で闘うってのがどういうものか、奴に教えてやる！」

ジム叔父は矯正院にいるあいだに、瓶で闘うことについての一切を学んだ。彼は、恐怖で怯えている叔母を無視し、ビール瓶を眺め回し、一、二回失敗してから、自分の満足がいくように二本のビール瓶の底を割り、首を短剣のように摑んだ。用意が整うと、ポリー氏を殺しに再び外に出た。

すぐ後ろから追われているという気分から解放されたポリー氏は、木苺の低木の向こうで立ち止まり、勇気を奮い起こした。ジム叔父が家の中で勝ち誇っているのを知ったポリー氏は、男らしさを回復した。納屋をぐるりと回って川辺に出て、武器を探し、舟を引き寄せる古い鉤竿を見つけた。それで、タップのドアから出てきたジム叔父を殴った。ジム叔父はひどく悪態を吐き、両手で相手を刺す恐るべき仕草をしながら、サーカスの紙製の輪を潜り抜ける馬の乗り手のように、先が割れた鉤竿を掻い潜って近づいてきた。またもやポリー氏は武器を捨て、逃げた。

不注意な観察者は、彼が、怒ったジム叔父にどたどたと追いかけられながら、パブの周りをぐるぐると走っている姿を見て、その戦闘の結果についてまったく誤った推測をしたかもしれない。走りながらさえ、ポリー氏には、そうしたことを補う、非常に軍事的価値のある考えが浮かんだ。ジム叔父が力と野獣のような勇気と、矯正院が与える、人間をしたたかにする豊かな経験を持っているとしても、ポリー氏は素面《しらふ》で、もっと自由に動け、精神はいまや信じられないほど機敏な状態にまで刺激されていた。そのため、ジム叔父に対して有利であったばかりではなく、その有利な点をどう利用したらよいのかを考えもした。「ストラテジャス」（「ストラテジック」、「作戦的」）という言葉が混乱した頭に、さっと浮かんだ。家を三度目に回った時、不意に裏庭に駆け込み、中に入ってから扉をばたんと閉めて閂《かんぬき》を下ろし、台所の入口にあった亜鉛製の豚用バケツを摑み、向こう側の納屋から遅れてやってきたジム叔父の頭に、音高く、すっぽりとかぶせた。瓶の破片の一つがポリー氏の耳に突き刺さった――それは、その時は大したことに思われなかった。ジム叔父は、豚用のバケツをかぶったまま裏庭に敷いた煉瓦の上に倒れ、危なっかしく身を捩った。瓶は粉々になり、ポリー氏は、台所のドアを、ジム叔父が入ってこないように、しっかり閉めた。

「いつまでも、こんな風にはできない」とポリー氏は息を切らしながら言い、台所のドアの後ろに立て掛けてあった箒の一本を武器として選んだ。

ジム叔父は錯乱状態だった。立ち上がってドアを蹴り、喚き散らした。そのため、タップのドアから音を立てずに出たポリー氏は難なく彼の居場所を見つけ、相手に気づかれずに、そっと近づくことができた、そして――！

しかし、一撃を加えることができないうちに、ジム叔父は足音を耳にし、振り返った。ポリー氏は怯《ひる》み、箒を下げた――致命的な躊躇だった。

「さあ、捕まえたぞ！」とジム叔父は叫び、ぞっとするようなジグザグの、踊るような足取りで近づいてきた。

ジム叔父は、猛然と近寄ってきた。ポリー氏は、箒の穂先を彼の胸に当て、奇蹟のように、ぴたりと止めた。ジム叔父は、両手で箒を摑んだ。そして、「放せ！」と言い、箒を引っ張った。ポリー氏は頭を横に振り、引っ張った。引き結んだ唇は蒼白くなった。二人は互いに引っ張り合った。するとジム叔父は、箒の穂先を避《よ》けようとした。ポリー氏は、ぐるりと回った。二人は互いに円を描きながら回り始め、二人とも箒を強く引っ張り、二人とも、相手が少しでも先手を取るのを、ひどく警戒した。ポリー氏は、箒がもっと長かったらいいのにと思った――例えば、十二フィートか十三フィート。ジム叔父は、箒が短ければいいのにと思っているのは明らかで、箒がもはや二人を隔てなくなった時、間もなく起こることについて無駄口を叩いた――血腥《ちなまぐさ》く、東洋的で、相手を芯から怯えさせるようなことを。ポリー氏は、相手以上に醜い人物を見たことがないと思った。不意にジム叔父は、激しく体を動かそうとしたが、アルコールのせいで動作が緩慢になり、ポリー氏は対等になった。するとジム叔父は篝をぐいと引っ張ろうとし、一瞬、恐るべきことに篝がポリー氏の手から奪われたかに見えた。だがポリー氏は、溺れかけた者のように、それを強く摑んで取り戻した。その時、ジム叔父はポリー氏の上腹部を不意に突いてきたが、ポリー氏は用心していたので、円を描くように、相手を勢いよく篝でぐるりと回した。すると、急に途轍もない希望がポリー氏の胸に湧いた。彼は、川がごく近くにあるのを見た。パントが繋留されている杭は、三ヤードも離れていなかった。彼は雄叫びをあげて、敵の肋骨の下を篝で突いた。そして、「うぉーっ!」と、相手の抵抗が弱まると叫んだ。

「おお! 畜生!」とジム叔父は、力なく後ろに下がりながら言った。ポリー氏は篝で強く突き、敵が絶望的になって篝を摑むままにした。

バシャッ! ジム叔父は川の中にいた。ポリー氏は、渡し舟に猫のように飛び乗り、棹を摑んだ。

ジム叔父は口から水をペッ、ペッと吐き出し、滴を垂らしながら上がってきた。「てめえは(無益な言葉が続いた。それが印刷されれば「小説検閲」に引っかかるかもしれない)——俺は胸が弱いんだ!」

棹で喉を突かれたジム叔父は、下の方に後ずさりした。

「やめろ!」とジム叔父はよろめきながら叫んだ。以前は恐ろしく思えた目に、今度は本当の恐怖の色が浮かんでいた。

バシャッ! ジム叔父は泡立つ川面に後ろ向きに落ちた。ポリー氏が彼を棹で突いていた。水中に沈んだ彼は向きを変え、また浮き上がってきた。まるで、川の真ん中に逃げ出すかのように。頭が再び現われると、ポリー氏は両肩のあいだを突いた。彼は盛んに泡を吹きながら再び沈んだ。片方の手が握り締められ、見えなくなった。

それは素晴らしかった！　ポリー氏はアキレスの踵を見つけたのだ。ジム叔父は、川が苦手なのだ。篙は波のうねりに乗って静かに揺れながら流れ去った。勝利に酔ったポリー氏は、ジム叔父をまた水中にぐいと沈め、パントを鎖の付いたままぐるりと回した。そのため、ジム叔父が四度目に浮かび上がった時――いまや彼はほとんど背の立たぬ深みにいて、浮かんでいたので歩けず、どうやらお手上げの状態だった――ポリー氏は、二人にとって幸いなことに、彼には手が届かなかった。

ジム叔父は、水中で覚束なくもがくようなぎごちない仕草をした。「ここには来るな」とポリー氏は言った。ジム叔父は、やっとのことで足場を見つけ、腋の下が水面から出るくらいに上がってきた。チョッキのボタンが一つずつ見えてきて、残りはあと二つくらいになると、堤防の護岸に向かった。

「ここには来るな！」とポリー氏は叫び、パントから飛び降り、岸に沿って歩いて行くジム叔父の後を追った。

「俺は胸が弱いって言っただろう」と、濡れたジム叔父は言った。「俺は水が嫌えなんだ。こいつはフェアな喧嘩じゃねえ」

「ここには来るな！」とポリー氏は言った。

「こいつはフェアな喧嘩じゃねえ」とジム叔父は、泣きそうな声で言った。彼の恐ろしさは、すっかりなくなっていた。

「ここには来るな！」とポリー氏は、棹を正確に持ちながら言った。

「俺は陸に上がるんだ、馬鹿野郎」とジム叔父は、絶望的な怒りを込めて言い、下流に向かって歩き出した。

「ここには来るな」とポリー氏はジム叔父と平行に歩きながら言った。「二度とここに上がるんじゃない！……」

ジム叔父はぶつぶつ文句を言いながら、ゆっくりと、しぶしぶ下流に向かって水中を歩いた。彼は脅そうとし、説得しようとし、遅まきながら哀れみを乞おうとさえした。ポリー氏は容赦しなかった。たとえ、この事態の結末に、密かにちょっと戸惑っていたにせよ。「体の芯まで冷えやがる！」とジム叔父は言った。

「水の中で頭を冷やしてろ。そこにいて、ここには来るな」とポリー氏は言った。

二人は、川の中のニコルソン小島の見える、川の湾曲部にやってきた。そこでは、返し波がポットウェル水車小屋《ミル》の方に流れていた。そこに着くとジム叔父は、盛んに罵り、向かってくるふりをしたあと、その小島の覆いかぶさるように生えている柳の枝を必死に掴み、水中から出た。二人のあいだには、流水を水車に利用する小川があった。ジム叔父は、滴を垂らしながら、泥だらけの姿で小島に這い上がり、復讐の言葉を口にした。「畜生！　お返しにてめえの皮を剝いでやる！」

「ここには来るな、来たら、もっとひどい目に遭わせてやる」とポリー氏は言った。

しばらくのあいだジム叔父は意気阻喪し、向きを変え、なんとか柳のあいだを抜けて水車小屋に向かった。灰緑色の茎に、光った水滴が残った。

ポリー氏は、パブに向かってゆっくりと、思いに耽りながら戻った。不意に、言いたいことが心の中にふつふつと湧いてきた。ぽっちゃり女がパブのドアの前の踏み段の一番上に立っていた。

「あら！」と彼女は、彼が近づくと叫んだ。「殺されなかったの？」

「殺されたように見えるかい？」とポリー氏は言った。

「でも、ジムはどこ？」

「行っちゃったよ」

「あれはぐでんぐでんに酔っ払ってて、危険だった！」

「奴を川に突き落としたんだ」とポリー氏は言った。「それで、奴のアルコレイシャス（「アルコホリック」）な怒りは収まったのさ！　十分、折檻してやったよ」

「あんたを痛めつけなかったの？」

「ちっとも！」

「あんたの耳の脇の血はなんなの？」

ポリー氏は、そこを触ってみた。「相当な傷だ！　人がこうしたことに気づかないっていうのは変な話だ！　興奮してたんだ！　奴は、あの瓶を振り回した時、やったに違いない。いやあ、嬢ちゃん！　勇気を出してまた階下《した》に来たのかい？」

「あの人に殺されなかったの？」と少女は訊いた。

「そうとも！」

「喧嘩をもっと見たかったわ」

「見なかったのかい？」

「あんたが家の周りを走り回って、ジム叔父さんがあんたを追い駆けてるのを見ただけ」

少し間があった。「奴を騙してたんだ」とポリー氏は言った。

「誰かが渡し舟のところで叫んでた」と彼女は言った。

「その通り。でも君は、しばらくジム叔父さんの姿は見ないだろうよ。僕らは、そのことについて話し合い《コンヴエルサツツイヨーネ》（イタリア語）をしてたのさ」

「あれはジム叔父さんに違いないわ」と少女は言った。

「なら、奴は待てる」とポリー氏は短く言った。

彼は振り向き、対岸の小さな人物の口から漂ってくる言葉に耳を澄ました。判断できる限り、ジム叔父はあすの約束をしていた。ポリー氏は、パントの棹を振りかざして、それに応えた。小さな人物は一瞬、激しく震え、川上に向かって、そのまま歩いて行った——激怒しながら。

そんな具合に、最初の闘いは、不安定な勝利に終わった。

9

翌日は水曜日で、〈ポットウェル・イン〉にとっては忙しくない日だった。暑く、息苦しい日で、蜜蜂のブンブンという羽音に満ちていた。二、三人の客が渡し舟で川を渡ってきた。入念な装備をした釣り人が立ち寄り、パブの談話室で冷肉とドライ・ジンジャー・エールを頼んだ。何人かの干し草作りがやってきて一時間ほどビールを飲んでから畑に戻り、空の広口瓶と水差しを手伝いの少年に持たせて寄越し、ビールをそれに満たしてもらった。それだけだった。ポリー氏は早く起き、ジム叔父のとるであろう作戦について、あれこれ考えた。彼はもはや、最初の対決の時のように意気軒高ではなかった。事態を憂慮し、不安だった。だがジム叔父は、最初の闘いで相手の大胆な攻撃を受けたすべての者が縮まってしまうように、御しうる、弱点のある者に縮まった。彼が恐るべき人間であるのは疑いないが、打ち負かせない存在ではなくなった。彼は一度神意によって敗北した。とすれば、完全に敗北することもあるかもしれない。

ポリー氏は、平和な道具が武器になる可能性を考えながら、辺りを歩き回った——火掻き棒、洗濯用大釜の攪拌棒、園芸用品、庖丁、鳥網、有刺鉄線、櫂、物干し綱、毛布、白目製深鍋、靴下、割れた瓶。彼は、最高のイースト・エンド（荒くれ者が多く住んでいた、かつてのロンドンのスラム街）の手本を真似、中に瓶を入れた靴下を結んだ棍棒を用意した。一度それを頭の周りで振り回し、飛んだガラスの破片で納屋の窓を壊し、繕うのが不可能なほど、靴下を駄目にしてしまった。彼は、地下室の揚げ蓋を一種の落とし穴にするという、巧妙な計画を練った。しかしそれは、（a）ぽっちゃり女を閉じ込めてしまうかもしれない、（b）ジム叔父がずっと地下室にいたのではどうしようもない、という理由で、とうとう諦めた。その晩、ジム叔父が夜盗のように襲ってくるのに備え、庭に針金を張ることにした。

午後の二時頃、三人の男が、ラマムの方角から大きなボートで到着し、小放牧地でキャンプをする許可を求めた。ポリー氏は、彼らが近くにいることで、ジム叔父が復讐に来るのを思い止《とど》まると考え、喜んで許可を与えた。しかし、ジム叔父が午後の遅い時間に、大きな荒削りの先の尖った棒を持って巧みに〈ポットウェル・イン〉に素早く音を立てずに忍び寄り、屈んでいた、キャンプをしていた者の一人——その男は、許可を得て、庭の玉葱をいくつか抜いていた——の大きい尻をポリー氏の尻だと誤り、忘れ難く、許し難く叩くということをポリー氏は予見していなかった。誰も予見していなかった。それは、釈明不能の間違いだった。バシンという音は天に昇り、驚きの叫び声がした。ポリー氏は、その無鉄砲な襲撃者を後ろからやっつけるため、汚れを落としていたフライパンを武器にパブから現われた。自分の誤りに気づいたジム叔父は、呪いの言葉を吐きながら逃げ出したが、肉屋で買った肉と野菜を手に村から帰ってきた、ほかの二人のキャンプをしに来た者に捕まった。二人は、ステーキで彼の顔を強打し、角砂糖の入った包みで、それが破れるほど殴りつけ、彼に嚙まれながらも取り押さえた。二人の考えた罰は、彼を川に沈めることだった。二人は陽気で頑健な若い株式仲買人で、国防義勇軍の兵士で、年季の入ったボートの漕ぎ手だった。二人は、まるで遊びかのように彼を川の中に沈めた。ポリー氏がしなければならなかったのは、二人のために角砂糖を拾い、袖で拭き、皿に置き、ジム叔父は悪名高い悪者で、正気ではないと説明することだけだった。

「女主人《おかみ》さんは自分の叔母だっていう、ひどい妄想に取り憑かれてるんですよ」とポリー氏は、さらに説明した。「まったくの厄介者」

しかし彼は、勢い込んだキャンプの者たちにたじたじになったジム叔父の目に、自分にとっての凶兆をちらりと見た。そして夜、三度目には自分の運は尽きるかもしれないという嫌な予感がした。

それは、すぐにやってきた。キャンプの者たちが去ると、実にすぐにやってきた。

木曜日は、ラマムでは商店は早く店仕舞いすることになっていて（当時、土曜に店員が働く代償として、木曜の午後は休業にした）、〈ポットウェル・イン〉では、日曜日に次いで週の一番忙しい日だった。時には一度に六艘ものボートが、渡し舟と貸しボートのほかに繋留された。客は、お茶のセット、すなわち、ジャム、ケーキ、卵、薬缶一杯の湯のお茶のセットでゆっくり休むことができた。あるいは、好きなアラカルトの軽食をとることができた。彼らはそこここに坐ったが、大抵、湯だけを頼む者はテーブル席に着くのを遠慮し、芝生に慎ましく集まった。ジャムと卵付きのお茶のセットを注文した者は、ガラスの鏡板の嵌まったドアに通ずる踏み段の一番近くのテーブルで、パブの一番いいテーブルクロスを広げてもらった。

芝生のあちこちにいるグループは、ポリー氏の考える快適さというものを十分に体現していた。右の方にはお茶のセットの者たちがいて、望ましいすべてのものが揃っていた。それから、派手な緑と菫色と空色のワイシャツを着た三人の若い男と、藤色と黄色のブラウスを着た二人の若い娘の小さなグループが、普通の紅茶とグズベリーのジャムの置いてある、テーブルクロスのない緑のテーブルの前に坐っていた。そして、枝を落とした川寄りの柳の脇の芝生には、大型バスケットを持ってきた、湯を頼んだ小人数の家族がいた。彼らは、木に巣くっている雀蜂がジャムに飛び込んでくるので少々困っていた。そして全員喪服を着ていたが、それ以外は楽しそうだった。また、右側の芝生では、カラーなしの大勢の徒弟たちがジンジャー・ビールを盛んに飲んでいて、大いに陽気で幸せそうだった。虹色のワイシャツとブラウスを着た若者たちが、関心の的だった。彼らは、笛のような声で話す、謎めいた雰囲気の、金縁眼鏡をかけた年輩の指導者のもとにいた。彼が一切を注文し、ポットウェルのジャムの質について特別な知識を披露し、グズベリーの方が好きだと、しきりに言った。彼を観察していたポリー氏は、彼を「ベニフルアス（「ベネフィセント」、「有益な」）な影響」と名付け、徒弟たちをちらりと見てからパブの中に入り、炻器《せっき》のジンジャー・ビールを補充しようと地下室に入って行った。ジム叔父との闘いに気を取られ、残りわずかになったのに、ぽっちゃり女が気づかなかったのだ。ジム叔父が戻ってきたのにポリー氏が最初に気づいたのは、地下室にいた時だった。彼は、声でジム叔父だとわかった。その声は嗄れていただけではなく、酔っ払いの声のように濁声《だみごえ》だった。

「汚え面《つら》の合いの子野郎はどこだ？」とジム叔父は叫んだ。「こっちに出てこい！　パントの棹を持ったチビ助はどこだ――あいつに言うことがある。出てこい、汚ねえ太鼓腹野郎、お前！　出てこい、醜い面を拭いてこい。お前にやる物がある……聞いてるか？　奴は隠れてる、奴のしてるのは、それだ」とジム叔父の声が言った。その声は一瞬悲しげなものになったが、次に怒り狂ったものになった。「俺の巣から出てこい、カッコー野郎、出てこなきゃお前のくだらんはらわたを抉り出してやる！　出てこい、痘痕面《あばたづら》の鼠野郎！　他人の家を乗っ取りやがって！　出てきて、俺の顔をまともに見ろ、スカンクの眇《すがめ》の息子！……」

ポリー氏はジンジャー・ビールの容器を持って、地下室から用心深く上階《うえ》のパブに行った。

「あれが戻ってきたの」と、ぽっちゃり女は彼が現われると言った。「戻ってくるって、わかってた」

「奴の声を聞いたよ」とポリー氏は言って、辺りを見回した。「ビール・ポンプの下の火掻き棒を取ってくれないか」

ドアが、そっと開いた。ポリー氏は、さっと振り向いた。しかしそれは、金縁眼鏡をかけ、丁寧な物腰の若者の、尖った鼻と知的な顔でしかなかった。若者は咳をし、眼鏡をポリー氏にじっと向けた。

「あのねえ」と若者は、静かに、しかし真剣に言った。「ここの外にいる男が、誰かを捜してるみたいなんだ」

「なぜ入ってこないんだろう?」とポリー氏は言った。

「あんたに外に出てもらいたいようなんだ」

「どんな用なんだろう?」

「僕の考えでは」と眼鏡の若者は、一瞬考えてから言った。「あんたに魚の土産を持ってきたらしい」

「叫んでいたかい?」

「確かに、ちょっとばかり喧しい」

「奴に入ってもらったらいい」

眼鏡の若者の態度が強張った。「あんたが出てきて、立ち去るように説得してもらいたいんだ」と若者は言った。「奴の言葉遣いは――婦人たちに聞かせるようなものじゃない」

「いつでも、そうなの」と、ぽっちゃり女は言った。声は悲しみを帯びていた。

ポリー氏はドアの方に行き、片手で取っ手を摑んで立った。金縁眼鏡の顔が消えた。

「さあ、あんた」という若者の声が外から聞こえてきた。「言葉遣いに注意しなよ――」

「一体全体、俺をあんたなんて呼ぶおめえは誰なんだ?」とジム叔父は、驚くと同時に耐えられないほど苦痛を覚えている者の声で叫び、馬鹿にしたように付け加えた。「金縁眼鏡野郎!」

「まあ、まあ!」と金縁眼鏡の紳士は言った。「自制し給え!」

ポリー氏は火搔き棒を手に外に出た途端、次に何が起こったのかを見た。ワイシャツ姿で、毛深い胸をはだけたジム叔父は、何かを持っていた――まさしく！　それは尻尾のところを新聞紙の切れ端で包《くる》んだ、死んだ鰻だった。彼はそれを少し横に下げて持っていた、上に強く振って相手を強打しようとする恰好で。それは、眼鏡の紳士の顎の下に、妙なビシャリという音を立てて当たった。恐怖の叫び声が、そこから見える二つの坐ったグループから上がった。少女の一人は、切り裂くような声で「ホレス！」と叫んだ。誰もが、驚いてさっと立ち上がった。大勢の者が加勢してくれるとポリー氏は感じ、気強くなった。

「それを捨てろ！」と彼は火掻き棒を振り回しながら叫び、昔の英雄たちが牛革の盾を巧みに使ったように、目の前の眼鏡の紳士をぐいと前に押しやりながら踏み段を降りた。

ジム叔父は不意に後ずさりし、青いワイシャツを着た青年の足を踏んだ。青年はすぐさま、両手で彼を強く突いた。

「やめろ！」とジム叔父は怒鳴った。「俺の捜してるのは、あいつだ！」そして、眼鏡の紳士の頭をぐいとどけ、ポリー氏を鰻で強打した。

だが、眼鏡の紳士に、そうやって侮辱が加えられたのを見た一人の女は心を動かされ、ピンクのパラソルでジム叔父の筋張った首を正確に強く突き、同時に、青いワイシャツを着た青年はジム叔父の襟首を摑もうとしたが、また摑み損なった。

「婦人参政権論者共め！」とジム叔父は、パラソルの石突きを喉に押し当てられながら、喘ぐように言った（二十世紀初頭の婦人参政権運動の圧力団体は暴力を振るうこともあった）。「どいつもこいつも！」そして、もっとうまく第二の打撃をポリー氏に与えた。

「うわっ」とポリー氏は言った。

しかし、いまやジャムと卵のグループが、争いに加わった。白と黒の格子模様の服を着た、太ってはいるがまだかなり頑健そうな紳士が訊いた。「あの男は何をしてるんだ？　ここには警察がないのかね？」またしても大衆の意見が、ポリー氏支持に結集しているのは明らかだった。

「なら、お前たちみんなでかかってこい！」とジム叔父は叫んで、巧みに後ろに下がり、鰻を物凄い勢いで振り回した。ピンクのパラソルが、それを摑んでいた手から捥《も》ぎ取られ、緑のテーブルの上の、完璧だが簡素なお茶のセットに斜めに当たった。

「奴を捕まえろ！　誰か奴の襟首を摑め！」と金縁眼鏡の紳士は、力を回復しようとするかのように、パブのドアに通ずる踏み段の上の方に退《の》いた。

「どけ、お前ら炉棚の飾り野郎ども！」とジム叔父は叫んだ。「どけ！」そして、鰻を振り回して攻撃を躱《かわ》しながら後ずさりした。

ポリー氏は、鼻が手ひどくやられたと感じたが怯《ひる》まず前に向かって攻撃し、菫色と青のワイシャツを着た二人の若者は、ジム叔父の側面から攻め、白と黒の格子模様の服を着た男は、側面に回り込む一層の可能性を探った。そして二人の徒弟の少年は、櫂を取りに走った。金縁眼鏡の紳士は、あることを思いついたかのように、木製の踏み段から降りてきて、ジャムと卵のグループのテーブルクロスを摑み、陶器が割れるかもしれないことに前もってさほど注意を払わずにぐいと引っ張り、眼鏡をキラキラ光らせながら、唇を引き結び、横に屈むような奇妙な動き方をした。その姿勢と身のこなしは、闘牛を思わせた。ジム叔父は忙《せわ》しなかった。戦略的にうまく後退する計画を練ることができなかった。そのうえ、後ろに川があることが少し気になっているのが明らかだった。彼はカーブを描きながら退却したため、喪に服している一家がすぐさまどいた場所に駆け込み、踵で紅茶茶碗を砕き、ティーポットを引っくり返し、ついに、後ろ向きに大型バスケットに躓いた。鰻が手から横に飛び出し、芝生の上の単なる輪の死骸になった。

「捕まえろ！」と眼鏡の紳士は言った。「襟首を摑《くる》め！」そして、途方もない速さで前方に進み、最上のテーブルクロスでジム叔父の両腕と頭を包んだ。ポリー氏は、彼の意図を直ちに悟った。格子模様の服を着た男も後れを取らず、次の瞬間、ジム叔父は、息苦しそうに罰当たりの言葉を発している包み、一対の激しく動く脚でしかなくなった。

「川に沈めろ！」とポリー氏は、地震のように揺れているものを押さえつけながら言った。「一番いいのは――川に沈めることだ」

包みは、怒り、抗議しながらジタバタしていた。ブーツの片方が大型バスケットに当たり、それを十ヤード先まで飛ばした。

「家に入って物干綱を持ってきてくれ、誰か」と金縁眼鏡の紳士は言った。「奴はすぐに、これから出てしまう」

徒弟の一人が走った。

「庭に鳥網がある」とポリー氏は叫んだ。「庭に」

徒弟は、どうしようか迷った。

すると突然、ジム叔父はくずおれ、ぐったりした。彼らの手の下で、死んだように見える物になった。両腕は引っ込み、両脚は体の下で折れ曲がり、そんな恰好で横になっていた。

「気絶した！」と格子模様の服の男は言い、摑んでいる手の力を緩めた。

「発作だろう、たぶん」と眼鏡の男が言った。

「捕まえてるんだ！」とポリー氏が言ったが、手遅れだった。

というのも、突然ジム叔父の両腕と両脚は、緩めた発条《ばね》のように突き出されたからだ。ポリー氏は後ろ向きによろめき、割れたティーポットの上に倒れ、喪に服している父親の腕に抱えられた。何かがポリー氏の頭を打った——眩暈《めまい》がした。次の瞬間、ジム叔父は立ち上がり、テーブルクロスを格子模様の服の男にかぶせた。ジム叔父が、自分の体面を保つことはすべてしたと考えたのは明らかだった。そして、圧倒的多数の敵を前にしているし、また水に潜らされるおそれがあるので、逃げるのは恥ではないという訳だった。

ジム叔父は逃げた。

ポリー氏は、どのくらいかわからないが間があったあと、牧歌的な午後の残骸のあいだに坐っていた。実に多くの物が散乱し、壊れているようだったが、それを一度に理解するのは難しかった。彼は、人々の脚のあいだをじっと見た。すると、一つの声がゆっくりと、苦情を言うように話しているのに気づいた。

「誰かが、こうしたお茶の道具を弁償してくれなくちゃいけない」と、喪に服している父親が言った。「わたしらは、踏み壊されるためにこうした物を持ってきたんじゃない、決して」

10

その後、不安ながら平和な日が三日続いた。すると、青いジャージーを着たがさつな男が、パンとチーズとピクルスの玉葱を、喉を詰まらせるようにして食べていた合間に、不意にある情報をもたらした。

「ジムがまたムショに送られたよ、女主人《おかみ》さん」と彼は言った。

「なんですって?」と女主人は言った。「あたしたちのジムが?」

「あんたらのジムさ」と男は言った。そして、口の中の物を飲み込むのに絶対に必要な間を置いたあと、付け加えた。「斧を盗んで」

彼はしばらく何も言わなかったが、やがてポリー氏の質問に答えた。「そうさ、斧。ラマムの方で――おとといの夜」

「なんで斧を盗んだの？」と、ぽっちゃり女が訊いた。

「奴は、斧が欲しかったたって言った」

「何かに使うつもりだったたんだろう」とポリー氏は考え込みながら言った。

「なんで斧が欲しかったたんだろうよ」と、青いジャージーを着た紳士は言った。そして、会話ができなくなるほど物を頬張った。狭いパブの中で、長い間があった。ポリー氏は、急いで考えた。

彼は窓辺に行き、口笛を吹いた。そして「自分は頑張る」と、とうとう小声で言った。「斧だろうと斧でなかろうと」

彼は、青いジャージーを着た男がまたはっきり物が喋れるようになったと思った時、その男の方を向いた。「何年喰らったたって、あんたは言ったんだい？」と彼は訊いた。

「三ヵ月」と、青いジャージーを着た男は言い、自分の声が一瞬明瞭になったことに驚いたかのように、またせっせと食べ始めた。

11

その三ヵ月は、あっという間に過ぎた――陽が照り、気候が暖かい月、戸外で、これまでしたことのない、さまざまな作業で体を動かした月、気持ちのいい経験をした月、パブの仕事に興味を覚えた月、健康的な食べ物をとり、うまく消化できた月。ポリー氏が日に焼け、逞しくなり、髯を生やし始めた月日。一つの心配、ポリー氏がなんとか考えまいとした一つの心配で損なわれた月日。「最後の審判の日」については、ぽっちゃり女も彼自身も口にしなかったのは本当だが、ジム叔父の名は、二人の暮らしの中で、二人を黙って睨んでいた。その平穏な期間が終わりに近づくと、彼の不安は増した。そしてついに、昼間の働きに十分値する眠りも妨げられるようになった。彼は、リボルバーを買おうかと思った。だが結局、小さくてごく汚いミヤマガラス用のライフルにした。それを、鳥を脅すという名目でラマムで買い、慎重に弾を込め、ぽっちゃり女の目に触れぬよう、ベッドの下に隠した。

九月が過ぎ去り、十月が来た。

そしてついに、十月のその夜が来た。その夜の出来事は、同情的な語り手にとっても、夜に特有の曖昧な状況にあるものを、明確な記述という、明るい強い光の中に引き出すのはひどく難しい。小説家というものは、人物を描くだけであって、人物をおおやけに生体解剖に付するべきではない……最も正しくはなくとも、最上の、最も親切なやり方は、ポリー氏が、語られないことを明らかに望んだであろうことを、語らずにおくことであるのは確かである。

ポリー氏は、自転車に乗っている男が彼を見つけた時、ジム叔父にけりをつける武器を捜しているところだと断言した。その宣言を、なんの注釈も加えずに読者の前に置く。

その時、銃がジム叔父の手にあったのは確かだった。そして、ポリー氏以外の誰も、どうやってジム叔父がそれを手にしたのかを知ってはいない。

自転車に乗っていたのは、ウォースパイトという文学者だった。不眠症に悩んでいた。夜明け直前に起きてラマムの近くの家から外に出ると、ポリー氏が、ポットウェルの教会墓地の塀のそばの溝に、半分体を隠しているのを発見した。それは刺草《いらくさ》で一杯の、接骨木《にわとこ》と野茨の生い茂る普通の乾いた溝だった。決して兵器庫などを思わせはしなかった。物のわかった者ならば、そんな場所で銃など捜すはずがなかった。そしてウォースパイトが言うには、なぜポリー氏が尻だけ見せているのか知ろうと(それは、不注意からに見えたでもあろう)自転車から降りると、ポリー氏は、ただ頭を上げて、「気をつけろ！」と警告し、「奴はもう、二発撃ってきた」と付け加えた。

ポリー氏は説得され、ひどく辺りを警戒しながら溝から出てきた。今ではパジャマに広く取って代わられたタイプの白い木綿の寝間着を着ていた。脚と足は剝き出しで、引っ掻き傷が方々に出来ていて、泥だらけだった。

ウォースパイト氏は、世界中の小説家同様、独特で複雑な魅力を持つ人物にとりわけ生き生きとした関心を抱いていたので、直ちにこの事件に深く関わった。二人の男はポリー氏の主導で、教会墓地を抜けて〈ポットウェル・イン〉に戻ることにした。すると、イチイの木の脇の隅にある、サー・サミュエル・ハーポンの新しい記念碑の近くで、裂けて損傷したミヤマガラス用ライフルを見つけた。

「奴の三発目に違いない」とポリー氏は言った。「音が妙だった」

その壊れた銃を見ると彼は大いに勇気づいた。自分は、飛んでくる小さな弾丸から逃れるために、墓石の後ろに隠れようと教会墓地に逃げ込んだと、さらに説明した。そして、〈ポットウェル・イン〉の女主人と孫娘の運命が心配だと言った。そして、インに向かって一層きびきびと小径を先に立って歩いた。

二人がパブに着くと、パブのドアが開いたままだった。中は散らかっていた——数本のウィスキーの瓶がなくなっているのが、あとでわかった。村の警官のブレイクが、開いているドアを辛抱強くノックしていた。警官は、彼らと一緒に中に入った。カウンターの後ろのガラス類は滅茶滅茶に割られていた。鏡の一つが、白目のポットの一撃で星状に罅《ひび》割れていた。現金箱はこじ開けられ、中が引っ掻き回されていた。タップの後ろのごく狭い部屋の整理箪笥も同じだった。

二階の窓が開いていて、何か訊いている女主人の声が聞こえた。彼らは外に出て、彼女と話した。彼女は、小さな少女と一緒に二階の部屋に入って鍵を掛けた、と言った。そして、ジム叔父もポリー氏の銃もインの敷地のどこにも存在しないと請け合ってもらうまでは下に降りないと言った。ブレイク氏とウォースパイト氏は、ジム叔父がいないのを確認し始めた。ポリー氏は、朝にふさわしい服を探しに自分の部屋に行った。彼はすぐに戻ってきて、ブレイクとウォースパイト氏に、「ちょっと来て、見てもらいたい」と頼んだ。二人が行ってみると、部屋は混乱を極め、夜具は丸められて隅にあり、引出しはすべて開いていて、中が引っ掻き回され、椅子は壊され、ドアの錠はこじ開けられて壊され、一つのドアの鏡板は、発砲によって少し焦げた孔が空いていた。窓は広く開けられていた。ポリー氏の服はどこにも見当たらなかったが、どうやらかつては火夫の仕事着だったらしい衣服、茶色がかった黄色の二つに裂けたワイシャツ、おんぼろのブーツが床に散乱していた。火薬のかすかな臭いが、まだ辺りに漂っていて、ポリー氏が最近手に入れた二、三冊の本がベッドの下に乱暴に投げ込まれていた。ウォースパイト氏はブレイク氏を見、それから二人はポリー氏を見た。「あれは奴のブーツだ」とポリー氏は言った。

ブレイクは目を窓に向け、「何枚か、瓦が壊れている」と言った。

「僕が窓から出て、流し場の屋根の瓦の上で滑ったんですよ」とポリー氏は答えた。ポリー氏が多くのことを説明から省いたのを、二人は感じた……

「そう、奴を見つけて、話を聞いた方がいい」とブレイクは言った。「それが、目下のわたしの仕事だ」

12

しかし、ジム叔父は、ぱったりと姿を見せなくなった……

数日戻らなかった。それはおそらく、さほど不思議なことではなかったろう。だが、数日が数週になり、数週が数ヵ月になっても、ジム叔父は再び現われなかった。一年が過ぎ、彼についての懸念が薄らいだ。最初の癒しの一年のあと、二年目の癒しの年になった。「夜襲」のあと約三十ヵ月が経った、ある日の午後、ぽっちゃり女はジム叔父のことを口にした。

「ジムはどうなっちゃったのかしらね」

「僕も時々考えるね」とポリー氏は言った。

第10章　ミリアム再訪

1

　ある夏の午後、ポリー氏は初めて〈ポットウェル・イン〉に来てから五年ほどのち、枝を刈り込んだ柳の下に坐り、石斑魚《うぐい》を釣っていた。それは、われわれの小説の冒頭に描かれた、惨めな破産した胃弱の人間とはすっかり違った、ぽっちゃりし、陽に焼け、健康そうなポリー氏だった。彼はふっくらしていたが、体全体がふっくらしていて、顔の下半分は、小さな四角い顎鬚でやや威厳のあるものになっていた。また、前より禿げていた。

　それは、彼が釣りをする暇を見つけた最初の時だった。〈ポットウェル・イン〉で働くようになってすぐ、釣りの快楽に思う存分耽ろうと自らに約束していたのだが。英文学の傑作が証明しているように、釣りは瞑想と回想を誘う趣味で、わたしがすでに列挙した多くの仕事のせいで、非常に長く蔑《ないがし》ろにされていたさまざまな思い出が、ポリー氏の頭に蘇り始めた。ジム叔父についての推測は、材料不足のために終わりになり、それは、彼がポットウェルに来て以来の歳月の推移についての思い、自分のこれまでの人生についての哲学的省察に席を譲った。彼はミリアムについて、一歩離れて非個人的に考え始めた。彼は、忙しさに紛れて良心がなおざりにした多くのことを思い出した。例えば、放火し、妻を見捨てたというようなことだ。彼は初めて、こうした長く顧みなかった事柄に、正面から向き合った。

自分は放火をしたと考えるのは不愉快だった。それは、投獄されることになる行為だからだ。ポリー氏は、それ以外の点では、放火を少しも悔いてはいなかったと、わたしは思う。しかし、ミリアムは違った範疇にいた。ミリアムを見捨てたのは卑劣だった。

これはポリー氏の人生を語っているものであって、彼を称揚しているものではない。わたしは、彼のありのままの姿を語っているのである。もし自分の所業がばれたらどうなるかについて考えると心が疼いて不愉快になるのを除けば、彼はあの火事について、悔恨の念はいささかも持っていなかった。考えてみれば、放火は法律上の犯罪だ。ある犯罪はそれ自体が犯罪で、法律に関係なく犯罪だろう。人を恐怖に陥れ傷つける残酷な行為、嘲笑的行為、裏切り行為のような。しかし、物を燃やすというのは、それ自体、善くもなければ悪くもない。非常に多くの家は燃やして然るべきである、大方の現代の家具、絵画と本の圧倒的多数も――もっといくつも例を挙げることができるだろう。例えば、もしわれわれの社会が、総じてひ弱い白痴でなかったなら、ロンドンとシカゴの大半を焼き払い、こうしたくだらない私有財産の有害な堆積の代わりに、正気で美しい都市を造るだろう。もしわたしが、ポリー氏が多くの面で自然の無邪気な子供で、普通の野蛮人よりも遥かに未熟で、自制心に欠け、自発的であるということを読者にわからせなかったのなら、わたしはポリー氏を描くことに完全に失敗したことになる。そして彼は、ちょっとした不安という欠陥があるにもかかわらず、自分が自宅に火を放ち、逃亡し、〈ポットウェル・イン〉にやってきた勇気があったことを、芯から嬉しく思っていた。

しかし彼は、ミリアムを見捨てたことを嬉しくは思っていなかった。彼はこれまでの人生で、ミリアムが泣くのを二、三回見たことがあったが、それはいつも、彼に惨めな哀れみの気持ちを抱かせた。彼は今、彼女が泣く様を想像した。自分を彼女の人生に責任のある者にしたことを知って、戸惑った。いかに彼女が彼の人生を駄目にしたのかを忘れた。彼はこれまで、彼女が百ポンド以上の保険金を手にしたと信じて安心してきた。しかし今、浮きを見ながらつくづく考えていると、百ポンドは永遠に続かないのを悟った。彼女が無能であるという彼の確信は揺るがなかった。彼女《あれ》はともかく、今頃はその金を無駄に使ってしまったのに決まっている。そうなると！

彼は、近くにいるといつも嫌悪すべきものに見えた、背中を丸めてめそめそする妻の様子を思い浮かべた。しかしいまや、それは辛《つら》いほどに哀れなものになった。

「畜生！」とポリー氏は言った。浮きが沈んだ。彼は犠牲者を撥《は》ね飛ばして殺し、釣り針から外した。

彼は、自分の安楽な暮らしと健康を、彼の想像するミリアムの窮地と比べた。

「自分でなんとかしてるはずだ」とポリー氏は、釣り針に餌をまた付けながら言った。「あれは、何かするっていつも言ってた。できない訳がない」

彼は浮きがゆっくりと揺れてから静止するのを、じっと見ていた。

「あれのことを考え始めるなんて馬鹿なことだ」と彼は言った。「まったく馬鹿げている！」

しかし、いったんミリアムのことを考え始めると、考えるのをやめることはできなかった。

「ああ、畜生！」とポリー氏はすぐに叫び、釣り針を引き揚げた。もう一匹の魚が、最後の瞬間に釣り針を引ったくったところだった。手捌《てさば》きが、その哀れな物に、自分は歓迎されていないと感じさせたに違いなかった。

彼は釣り道具を纏め、パブの方に向かった。

〈ポットウェル・イン〉のすべてに、いまや彼の影響が現われていた。というのも実際、彼はこの世での自分の居場所を見つけたからだ。〈ポットウェル・イン〉は、彼が白と緑のペンキをふんだんに塗ったので、前より明るくなった。実際、あまりに明るかったので、陽気になったと言っていいくらいだった。庭の柵さえ白と緑の縞に塗られていた。ボートもそうだった。というのも、ポリー氏は、ペンキを塗ることに強い官能的歓びを感じる者の一人だったからだ。パブの左右に二つの大きな看板があった。それは、行楽客のうちで面白いことの好きな連中に対して、パブの人気を高めるのに大いに役立った。二つの看板は斬新だった。一つの看板には、大きな字でひとこと「博物館」と書かれ、もう一つの看板には簡単明瞭に「Omlets」（正しくは「omelettes」「オムレツ」）と書いてあった。後者の言葉の綴りはポリー氏の綴りだった。しかし、ラマムで昼食をとるつもりのボートに一杯の行楽客が、唖然として立ち止まり、じっと見つめ、ニヤニヤ笑い、中に入ってきて、皮肉たっぷりな口調で「Omlets」を注文すると、彼は、自分の不正確な綴りが、自分の巧妙極まるどんな工夫よりもパブに貢献したのを悟った。パブは一年ほどで、川上と川下の一帯で「Omlets」という新しい名前で知られるようになった。ポリー氏は密かに苛立ったものの、微笑み、満足した。そして、太った女のオムレツは、記憶すべき物になった。

（読者諸賢は、わたしが彼女の形容を変えたのにお気づきだろう。時は、われわれすべてに働きかけるのである。）

彼女は、彼が家の方に向かって歩いてきた時、踏み段に立っていたが、彼に向かってにっこりと微笑んだ。

「たくさん釣れた？」と彼女は訊いた。

「考えたんだけど」とポリー氏は言った。「もし休みをとって一日か二日店を空けたら、えらく迷惑するだろうか？　木曜日まで、そう忙しくないだろうから」

2

顎鬚を生やしたので無鉄砲なほどに安心感を抱いたポリー氏は、フィッシュボーン本通りを再び見やった。北側は、ラスパーの名前が消えている以外、ほぼ昔のままだった。大火で焼失した商店の代わりに、新しい商店が建ち並んでいた。マンテル・アンド・スロブソンズは、もっと派手な建物になって再建されていた。新しい消防署はジャーマン・スイス様式で、大部分が赤いペンキで塗られていた。その隣には、ランボールドの店の代わりに、コロニアル・ティー・カンパニーの支店があり、次にサモン・アンド・グリュックシュタイン煙草店があり、さらに、ショーウィンドーに菓子が並んでいる小さな店があり、「喫茶室は二階」と書いてあった。彼は、ずっと会っていない妻の居所《いどころ》は、ここで訊いたらわかるかもしれないと思い、その店と、通りを下った〈ゴッズ・プロヴィデンス・イン〉のあいだで、ちょっと迷っていた。すると、ショーウィンドーの上の名前が目に入った。「ポリー」と書いてあった、「&《アンド》ラーキンズ！　いやあ、これは――驚いた！」

一瞬、眩暈《めまい》がした。彼はその前を通り過ぎ、通りを下り、戻り、店をまたつくづくと見た。

カウンターの後ろにかなりだらしのない恰好の中年の女がいた。恐ろしいほど変わってしまったミリアムではないかと咄嗟に思ったが、肉付きがよくなり、もはや陽気ではなくなった義妹のアニーなのがわかった。彼女は、彼が店に入ると、誰なのか全然気づかぬ様子で彼をじろじろ見た。

「お茶は飲める？」とポリー氏は言った。

「ええ」とアニーは言った。「飲めるわ。けど、喫茶室は二階……姉が片付けてるところ――ちょっと散らかってるの」

「そうだろうね」とポリー氏は、そっと言った。

「なんて言ったの？」とアニーは言った。

「構わないって言ったのさ。上階《うえ》？」

「テーブルがあるの」とアニーは言って、彼のあとについて二階の部屋に行った。そこは、いかにもミリアムらしく、言ってみれば念入りに散らかっていた。

「片付ける時には、何もかも引っくり返すのが一番」とポリー氏は陽気に言った。

「それが姉のやり方」とアニーは公平に言った。「姉は、ちょっと空気を吸いに外に出てるんだけど、片付けを終えるためにすぐに戻ってくると思うわ。片付くと素敵な明るい部屋。あそこのテーブルに坐ってもらえる？」

「手伝おう」とポリー氏は言って、アニーがテーブルの用意をするのに手を貸した。

彼は開いた窓の脇に坐り、テーブルを指で叩きながら、アニーが紅茶を淹れに姿を消しているあいだ、次にどうしたらよいか、じっくりと考えた。結局、ミリアムにとって、事態はそう悪くないようだ。彼は、次の手をいくつか考えた。

「変わった名前だね」と彼は、アニーがテーブルクロスを彼の前に広げた時に言った。

アニーは、物問いたげに彼を見た。

「ポリー。ポリー・アンド・ラーキンズ。本名だと思うけど？」

「ポリーは姉の名前。ポリーさんと結婚したの」

「後家《ごけ》さんだと思うけど？」とポリー氏は言った。

「ええ。五年になるわ——十月になると」

「ほほう！」とポリー氏は、偽りではなく驚いて言った。

「溺死体で発見されたの。ここでは大変な噂になったわ」

「聞いたことがないなあ」とポリー氏は言った。「この辺は知らないんだ――ちっとも」

「メイドストーン近くのメドウェイ川で。何日も川に漬かってたのに違いないわ。もし、名前が服に縫い込まれてなかったら、姉はその人が誰だかわからなかったでしょうよ。真っ白になって、魚やなんかに喰われてた」

「いやはや！　姉さんにとってはショックだったに違いないな」

「ショックだったわよ」とアニーは言って、暗い口調で付け加えた。「でも、ショックの方が長い苦しみよりましってことがあるわ」

「そうとも」とポリー氏は言った。

彼は、目の前に用意されていく物をうっとりとして眺めた。「そうか、自分は溺死したのか」。何かが彼の中で言っていた。「生命保険は？」と彼は訊いた。

「あたしたち、そのお金で喫茶室を始めたの」とアニーは言った。

もし事態がこんな風なら、なんでミリアムに対する良心の咎めと懸念をずっと感じていたのだろう？　なんの答えも浮かんで来なかった。

「結婚は宝籤《くじ》さ」とポリー氏は言った。

「姉もそう思ってるわ」とアニーは言った。「ジャムはいかが？」

「卵が欲しいね」とポリー氏は言った。「二つ貰おう。こんな感じがしてるのさ――元気を出そうっていうような……そのポリー氏っていうのは、あんまりいい奴じゃなかったのかい？」

「人を疲れさせる夫だった」とアニーは言った。「姉は可哀想だと何度も思ったわ。あの人は一種の

――」

「自堕落男？」とポリー氏は、かすかな声で言ってみた。

「いいえ」とアニーは慎重に言った。「自堕落っていうんじゃない。意志薄弱っていうのが、もっと当たってる。あの人は気が弱かった。水みたいに弱かった。卵はどのくらい茹でたらいいかしら？」

「きっかり四分」とポリー氏は言った。

「すっかり話し込んじゃって」とアニーは言った。

「そうだね」とポリー氏は言って、彼女がいなくなると思いに耽った。

彼を戸惑わせたのは、自分がこのところミリアムに対し良心の呵責と優しさを覚えたことだった。今、彼女のいる所に戻ってみると、それはすべて消えてしまい、どうしようもない敵意という昔の感情が戻ってきた。彼は、積み上げられた家具、金を節約した絨毯、壁に懸かった不愉快な絵を眺めた。なんで自分は良心の呵責を覚えたのだろう？ なんで、無情な闇の中で彼のために声を出して泣いている無力な女という幻想を抱いたのだろう？ 彼は、心の計り知れない謎を覗き込んだ。そして、もっと些細な問題に戻った。俺が意志薄弱だと？ くだらん！ 俺より遥かに意志薄弱な人間を知っている。

卵が来た。アニーの態度からは、さっきの話を続けようという気配はなくなっていた。

「商売繁昌かい？」と彼は思い切って訊いた。

アニーは考え込んだ「そうでもあり」と彼女は言った、「そうでもない。そんなところ」。

「そうなのか！」とポリー氏は言って、卵を食べようと身構えた。「その男の検死があったかい？」

「どの男？」

「なんていう名前だっけね？――ポリー！」

「もちろん」

「彼だったっていうのは確かかい？」

「どういう意味？」

アニーは、彼をしげしげと見た。彼は不意に、恐怖で心がどす黒くなった。

「ほかの人間である訳がないじゃない——着ていた服で」

「もちろん」とポリー氏は言って、卵を食べ始めた。彼はすっかり動揺していたので、卵を半分食べるまで、その味に気づかなかった。アニーは、何も怪しまず階下《した》に行った。

「ひどい！」と彼は言って、急いで胡椒に手を伸ばした。「ミリアム流だ！　なんたるやり方！　こんな不味い卵は五年も食べたことがない……一体どこで手に入れてくるんだろう？　わざわざ駄目なのを選ぶんだろうと思っちまう」

彼はその卵を食べるのをやめ、もう一つの卵に取り掛かった。

ややと黴臭い点を除けば、二つ目の卵は実際、大変旨かった。彼が卵の底にかかった時、ミリアムが入ってきた。彼は顔を上げた。「いい午後だね」と、自分を見つめている彼女に言った。そして彼女が、彼の身振りと声で、彼が誰かたちどころに知ったのを悟った。彼女は蒼白になり、後ろのドアを閉めた。気絶しそうに見えた。ポリー氏はさっと立ち上がり、椅子を渡した。「なんてこと！」と彼女は囁くように言い、椅子に坐るというより、くずおれた。

「あんたなのね」と彼女は言った。

「違う」とポリー氏は大真面目に言った。「そうじゃない。そう見えるだけさ。それだけのこと」

「あたしは、あの男があんたじゃないってわかってた——初めっから。あんただと考えようとした。水であんたの手首と足と、髪の色が変わったって考えようとした」

「ほう！」

「あんたがいつか戻ってくるんじゃないかって、いつも恐れてた」

ポリー氏は、また卵の前に坐った。そして、「戻ってきたんじゃない」と、大真面目に言った。「そう思うんじゃない」

「今更どうやって生命保険のお金を返していいのか、わからないわ」

彼女は泣いていた。ハンカチを取り出し、顔を覆った。

「いいかい、ミリアム」とポリー氏は言った。「帰ってきたんじゃない、帰ってくるつもりもない。僕は――あの世からの訪問者なんだ。君は僕のことは喋っちゃいけない、僕も自分のことは喋らない。君が困窮してるかもしれない、厄介な事になってるかもしれないっていう、馬鹿なことを考えたんで来たんだ。今、君に会った――安心した。すっかり安心した。わかるかい？　跡《あと》をくらますつもりだ、わかるかい？　あーら不思議《ヘイ・プレスト》や、すぐさま」

彼は、しばらくまた紅茶を飲み、音を立てて飲み終えてから、立ち上がった。

「また会うだろうなんて思っちゃいけない。もう、会わないんだから」

彼はドアの方に行った。

「あれは確かに旨い卵だった」と言って一瞬立ち止まり、姿を消した……

アニーは店にいた。

「奥さんは、ちょっとばかりショックを受けたんだ。幽霊について一種の妄想を抱いたのさ。よくわからないのさ。さようなら！」

そして、彼は立ち去った。

3

ポリー氏は、〈ポットウェル・イン〉の裏の小さな緑のテーブルの前に、太った女の横に坐り、人生の謎についてあれこれ考えていた。それは、辺りが静かに光り、たっぷりした大気が静まり返っている夕暮れだった。川の湾曲部は、その時、最も美しい。一羽の白鳥が、向こうの堤の濃い緑の塊を背景にして浮かんでいた。流れは広く、光りながらその目的地に向かって、ほとんど漣《さざなみ》も立てずに流れていた――葦が岬から生えている所以外。三本のポプラが緑と黄の空を背景にくっきりと、辺りに溶け込みながら聳《そび》えていた。あたかも、何もかもが、水晶のような空の巨大な、暖かい、優しい球体の中にしっかりと横たわっているかのようだった。それは、まだ生まれていない子供のように安全で、閉じられ、恐怖のないものだった。それは、素晴らしいものと、静謐で全《まった》き安らぎとに満ちた夕暮れだった。ポリー氏の心は、実際、なんであれすべての物は満足のゆく、完全なものであるに違いないという信念で満たされていた。人生が、人の神経を逆撫でするように思える以上のことをしたということ、あの黙って浮かんでいる白鳥の背景になっている、ビロードのような柔らかさ以外の影がこの世にありうるということ、川には、鎖で留められ、静かに揺れているパントの周りで渦巻いている漣の立てる以外の呟くような音があるということが信じられなかった。こうした辺りの様子で昂揚し、優しいものになったポリー氏の心は、半ば埋没しながら心に漂ってくる種々《くさぐさ》の思い出を一つにしようと、そっと努めていた。しかし、真剣に。

彼は、二人が見ようとしている、さまざまなものの映っている鏡のような水面《みなも》を、折れ曲がった棒を不意に突っ込んで乱してしまうような言葉を口にした。「ジムは、もう永久に戻ってこない。五年前に溺死した」

「どこで?」と、太った女は驚いて訊いた。

「ここから数マイル先のところで。メドウェイ川で。向こうのケント州で」

「あらまあ！」と太った女は言った。

「確かさ」とポリー氏は言った。

「どうして知ってるの？」

「家《うち》に帰ったんだ」

「どこなの？」

「どこでもいいさ。家に帰って、わかったんだ。奴は数日川の中にいた。僕の服を着てたんだ、そうして、彼女《あれ》たちは、それは僕だって言った」

「あれたち？」

「それはどうでもいいさ。僕は、あれたちのところには戻らない」

太った女は、しばらく黙って彼を見ていた。その探るような表情は、静かな満足感に変わった。すると、彼女の茶色の目は川に向けられた。

「哀れなジム。世渡りが下手だった――ほんとに」

彼女は穏やかな口調で言い添えた。「気の毒とは、とても言えない」

「僕もさ」とポリー氏は言って、自分の考えに一歩近づいた。「でも、奴が生きていたのは、あんまりいいことに思われない、そうじゃないかな？」

「あれは、あんまりよくなかった」と太った女は言った。「間違いなく」

「奴にとってはいい事があったんだと思うな」とポリー氏は推測した。「僕らにとってはいい事じゃなかったけど」

またしても自信を失った。「よく人生のことを考えるんだ」と弱々しく言った。

また話してみた。「人は人生を、何かを期待しながら始める。そうして、その何かは起こらない。そうして、それは問題じゃない。人は、ある物事は善くてある物事は悪い、という考えを持って出発する――それは、実際に善いことと実際に悪いことに、あまり関係がない。僕はこれまでスケプティシャス（「スケプティカル」、「懐疑的」）な人間で、人が善と悪の違いを知っているふりをするのは、くだらないとかねがね思っていた。それは、僕が絶対にしなかったことだ。僕はどんな禁断の実も食べたことはない、マーム。だから善悪の違いなんてわからないのさ」

彼は、じっと考えた。

「僕は家に火を放った――一度」

太った女は目を剝いた。

「それは後悔していない。そうするのは悪いこととは思っていない――赤ん坊の時に一度したように、玩具《おもちゃ》を焼くのと同じさ。剃刀で自殺しかけた。そうしなかった者がいるだろうか？――ともかく、そのことを考えなかった者は？ 僕は大抵、半分夢を見ていた。夢現《うつつ》に安易に結婚した。自分の人生を計画したことも、考えて生きたこともなかった。僕は何事も偶然に任せた。物事が僕の身に偶然起こった。誰でも、そうさ。ジムは、自分をどうすることもできなかった。僕は奴を狙って撃ち、殺そうとした。僕は銃を落としてしまい、奴が拾った。奴は、僕を殺すところだった。間一髪だった――ひょいと頭を下げたんだ……えらく苦労した――あの夜は……マーム……でも、あの男を責めはしない――その点になれば。ただ、一体ああいうことは結局なんだったのかわからない……子供が子供部屋で遊ぶようなものさ。時々、怪我をする……」

「僕らのことなど気にかけない何かがある」と彼は、すぐに続けた。「僕らが手にするのは、僕らが手にしようとしたものじゃなく、僕らが自分のすることは善いと考えていることが善くはないんだ。

僕らを幸せにするのは、僕らの努力の結果じゃなく、他人を幸せにするのは、僕らの努力の結果じゃない。人に好かれる性格、味方してもらえる性格があり、好まれない性格がある。それをよく理解して、あとは結果を甘受しなくちゃいけない……ミリアムは、いつも努力していた」

「ミリアムって誰？」と太った女は訊いた。

「あんたの知らない女さ。でも、彼女《あれ》は眉間に皺を寄せ、なんであれ自分のしたいことはしようとしなかった――したかった何かがあったとしても――」

彼は、自分が何を言っているのかわからなくなった。

「太っているのは、どうしようもないのよ」と太った女は、間を置いてから、彼の考えを理解しようとして言った。

「そうとも」とポリー氏は言った。

「それが役に立つ場合も、妨げになる場合もあるわ」

「僕の支離滅裂な話しぶりみたいに」

「治安判事は、あたしが太っていなかったら、パブの営業許可をこうしてずっと出してはくれなかったでしょうよ……」

「で、僕らは何をしたんだろう」とポリー氏は言った、「こんな夕焼けを見るのに？　素晴らしい！　見てみ給え！」彼は、蒼穹の巨大な曲線に沿わせるように片方の腕を回した。

「もし僕が黒人かイタリア人だったら、ここで歌うだろうね。口笛を吹く時があるけど、本当のところ、歌が歌いたいんだ。自分は夕焼けのために生きていると思う時があるんだ」

「あんたみたいにいつも夕焼けを見ていて、なんのご利益があるのかわからない」と太った女は言った。

「僕もさ。でも、見るのさ。夕焼けが生まれつき好きなんだ」

「夕焼けなんて人の役には立たないわね」と太った女は考え込むように言った。

「そんなことは構わないのさ」とポリー氏は言った。

太った女は、しんみりとした。「人は、いつか死ななくちゃいけない」と彼女は言った。

「僕が信じられないいくつかのことがある」とポリー氏は不意に言った。「その一つは、人が骸骨だってことさ……」。彼は隣人の生け垣を片手で指した。「あれを見てみるんだ――黄色い空を背にしている――あれはただの棘のある刺草《いらくさ》なんだ。嫌な雑草さ――役に立つかどうかを考えれば。来世でもなんの助けにもならない。でも、ちょっとあの姿を見てご覧よ」

「姿だけが大事って訳じゃない」と太った女は言った。

「今日は夕焼けが素晴らしそうだという気配があるたびに、そうして、あんまり忙しくない時に」とポリー氏は言った、「ここに来て坐るだろうな」。

太った女は、ぼんやりと、かすかに躊躇《ため》いを覚えながらも、満ち足りたような目で彼を見た。そしてとうとう、金色の空を背にしているパゴダ状の黒い刺草に、目をゆっくりと向けた。

「あたしたち、そうできたらいいわね」と彼女は言った。

「そうするつもりさ」

太った女の声は、ほとんど聞こえないほど小さくなった。

「いつでもじゃないけど」

ポリー氏は、しばらくあってから答えた。「いつでもここに来る、僕が幽霊になったら」と彼は答えた。

「そうなったら、お客さんは寄りつかなくなるでしょうね」と太った女は、人生についての懸念を忘れ、いつもの軽口を叩いた。

「僕のような幽霊は、そんなことはしない」とポリー氏は、また長い間を置いてから言った。「僕は、一種の透明な感情だろうな——穏やかで、暖かい……」

二人は、それ以上何も言わずに、暖かい黄昏の中に坐っていた。とうとう、互いの顔が見分けられないほどになった。二人は、物を考えているというより、心の平穏な静けさに我を忘れていた。一匹の蝙蝠《こうもり》が二人のそばをすっと飛んで行った。

「中に入る頃だね、お婆さん」とポリー氏は言って立ち上がった。「夕食の時間だ。あんたの言う通り、僕らはいつまでもここに坐っている訳にはいかない」

訳者あとがき

H・G・ウェルズ（一八六六～一九四六）は、『タイム・マシン』、『モロー博士の島』、『宇宙戦争』などで知られる現代のSFの創始者であるのは言うを俟《ま》たないが、英国のエドワード王時代の社会的問題に取り組んだ小説家でもあった。『恋とルイシャム氏』（一九〇〇）、『キップス』（一九〇五）、『トーノ・バンゲイ』（一九〇九）、『アン・ヴェロニカ』（一九〇九）が、その代表的作品である。

一九一〇年に発表された本書『ポリー氏の人生』(*The History of Mr Polly*)は『キップス』同様、きわめてコミカルな傑作であるが、その根幹には、当時の社会的に虐げられた者に対する深い同情と、縦割りの抑圧的社会構造に対する強い怒りがある。ジョン・ケアリーは『純粋の快楽――二十世紀の最も愉しめる作品案内』の中で、こう述べている。

「『ポリー氏の人生』は、深い所で、社会抗議の小説である。それよりずっと楽しいものにして、そのことを巧みに隠してはいるが。英国の教育は言語道断だとウェルズは考えていた。彼は、政府の、学校に対する雀の涙ほどの支出と、軍備に対する厖大な支出とを比較するのを好んだ。彼は軍艦の建造を、何万もの子供の人生を阻害しているとして反対した。アルフレッド・ポリー氏も、子供の頃、人生を阻害された一人である。貧しい商店主の息子である彼は十四の時、無知で頭が混乱したまま学校を去る。彼の生来の好奇心は、ほとんど抑圧されている。ほとんど、であって、すっかりではない。彼は洗練されていない外見の下では、繊細な魂とロマンチックな想像力を持っている。長い言葉を愛し、それをひどく間違って発音する。服地商の徒弟になった彼は、ほかの二人の教養に飢えた仲間の店員と仲良くなる。三人は本を耽読し――シェイクスピア、ラブレー――生半可で派手な文学談義に興ずる。そのいずれも、ウェルズ自身の人生から百マイルとは離れていない。ぱっとしない商店主と女中の息子だったウェルズは、悪戦苦闘して独学しなければならなかった。そして、服地屋になる運命にあった」

ポリー氏の少年時代には、ウェルズの少年時代が投影されているが、ウェルズは必死に勉強することで奨学金を獲得してやがて科学師範学校に入ることで服地商の徒弟の身分から抜け出た。服地商の徒弟生活がどんなものだったのかは、『キップス』につぶさに書かれている。キップスの先輩店員は言う。「いいかい、おまえはひでえ下水管の中にいるんだ、おれたちは死ぬまでそこを這いずり回らなくちゃいけねえ」

やがてポリー氏は、父が死んで遺したささやかな遺産をもとに自分で店を開くことによって徒弟の身分から脱しはするが、その後の人生は真っ逆さまに「穴ぼこ」に落ちるようなものだった。店は倒産寸前、高嶺の花の少女にふられた反動で結婚した従妹の妻との仲もうまくいかず、彼は、ある決心をする――自宅に火を放って剃刀自殺をし、生命保険と火災保険を妻に遺す。ここから、この小説は俄然冒険小説的色彩を帯び始めるが、エピローグは、予想もできないような、胸に沁みる静けさを漂わせて終わる。

アメリカの文芸批評家マイケル・ディアダは、この作品について、こう言っている。「『ポリー氏の人生』は、そのまったく無害なタイトルにもかかわらず――カミュやサルトルが書くずっと前の――急進的な実存主義の古典であり、百年後の今でも、依然として面白く、読む者の心を揺さぶる力強い同時代作品である」
『ポリー氏の人生』は、『ガーディアン』紙の「古今の名作小説100」（二〇一四年六月十五日付）に入っているが、選者のロバート・マクラムによると、ウェルズ自身、同作品のアトランティック版（一九二四年）の序文に、次のように書いている。「少数だが影響力のある批評家のグループは、『ポリー氏の人生』がわたしの最高の作品だと言ってくれている。……『ポリー氏の人生』は間違いなくわたしの最もハッピーな作品で、一番好きなものである」。ちなみに、ウェルズを主人公にした画期的な伝記小説《バイオ・ノヴェル》『絶倫の人』（二〇一一）を書いたデイヴィッド・ロッジは、二〇一一年五月四日付『ガーディアン』紙で、百冊以上あるウェルズの著作から選んだトップ・テンに『ポリー氏の人生』を入れている。

訳者の数多くの質問に快く答えて下さった早稲田大学名誉教授ポール・スノードン氏、本書の刊行にひとかたならず尽力して下さった白水社編集部部長藤波健氏、一字一句原書と突き合わせて綿密な校正をして下さった校正者の方に心から御礼申し上げる。本書の翻訳はペンギン・クラシックス版（二〇〇五）に拠った。訳注は、ペンギン版の『ポリー氏の人生』と、*Pan Study Aids*——*Brodie's Notes* に負うところが多い。なお、本文中のシェイクスピアからの引用は、すべて坪内逍遙訳による。

二〇一九年九月

高儀進

訳者略歴

高儀進（たかぎ・すすむ）

一九三五年生まれ。早稲田大学大学院修士課程修了。翻訳家。日本文藝家協会会員。

訳書に、デイヴィッド・ロッジの小説のほかに、トマリン『チャールズ・ディケンズ伝』、デイヴィソン編『ジョージ・オーウェル書簡集』『ジョージ・オーウェル日記』、ウォー『スクープ』『イーヴリン・ウォー傑作短篇集』、イード『イーヴリン・ウォー伝　人生再訪』（以上、白水社）がある。

〈エクス・リブリス・クラシックス〉

ポリー氏の人生

二〇二〇年一月二五日　印刷
二〇二〇年二月一〇日　発行

著　者　H・G・ウェルズ
訳　者　© 高　儀　　進
発行者　及　川　直　志
印刷所　株式会社　三　陽　社
発行所　株式会社　白　水　社

東京都千代田区神田小川町三の二四
電話　営業部〇三（三二九一）七八一一
　　　編集部〇三（三二九一）七八二一
振替　〇〇一九〇‐五‐三三二二八
郵便番号　一〇一‐〇〇五二
www.hakusuisha.co.jp
乱丁・落丁本は、送料小社負担にてお取り替えいたします。

誠製本株式会社

ISBN978-4-560-09912-4

Printed in Japan